C0-ATD-936

LOS JINETES DEL ALBA

JESÚS FERNÁNDEZ SANTOS

LOS JINETES DEL ALBA

Seix Barral  Biblioteca Breve

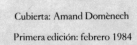

Cubierta: Amand Domènech

Primera edición: febrero 1984

© 1984: Jesús Fernández Santos

Derechos exclusivos de edición en castellano
reservados para todo el mundo:
© 1984: Editorial Seix Barral, S. A.
Córcega, 270 - Barcelona-8

ISBN: 84 322 0492 7

Depósito legal: B. 4.502 - 1984

Impreso en España

Se diría que un heroísmo sin objeto y sin empleo ha formado a España: se levanta, se yergue, se exagera, provoca al cielo, y éste, a veces, para darle gusto, se encoleriza y contesta con grandes gestos de nubes, pero todo queda en un espectáculo generoso e inútil.

Carta de Rilke a Rodin
(Diciembre 31 de 1912)

I

Bajo la vaga luz del alba, el caballo se detuvo. Su breve alzada le hacía parecer más pesado, dejándole apenas asomar la cabeza sobre el bosque de piornos y jara. Quizás por ello nadie oyó tampoco su leve trote, casi tan suave como el sedal castaño de sus crines. Sólo abajo, frente a las Caldas, junto a la carretera, donde el agua corría cálida y reposada, el joven celador, atento al ir y venir de la manada, se asomó a la ventana de la alcoba esperando el rosario de sombras que tras aquella primera no tardaría en aparecer.

Como siempre, acertó. Allí llegaba, empujada por el duro estiaje que, una vez agotados los altos manantiales, hacía bajar a los animales hasta las húmedas orillas del río. Ahora debía buscar en aquel mar de grupas escuálidas el hierro del ama, reunir los que pudiera hallar y devolver a la sierra lo que en cierto modo era también suyo.

Aún soñoliento recordaba las historias que el hermano del ama solía contar en sus visitas desde la capital para matar en breves plazos el calor del verano, enzarzado en partidas de brisca con el médico o el capellán que acudía en los días festivos. En su opinión, los caballos del monte no bajaban huyendo de la sed o el hambre, sino obligados por el aguijón de invisibles jinetes que eran tres sobre todo: vida, pasión y muerte. El primero, cubierto con un blanco airón, el segundo, de rojo terciopelo; el postrero, sin rostro ni color, blandía el puño amenazando al cielo.

Así se los imaginaba el celador también cada vez que la cólera del viento traía su rumor como de lejana marejada. Más allá del monte se abría paso la brisa cálida o helada recorriendo caminos labrados a lo largo de siglos por el ímpetu bravo de las aguas. Un día, tiempo atrás, el valle entero, desde la ermita del santero vecina de las nubes hasta los caseríos bajos, hirvió en busca de escondidos tesoros, en un sonar constante de picos y azadones. Fue suficiente que la reja de un arado sacara a la luz lo que en tiempos debieron de ser collar y diadema de una reina, para que todos, chicos y grandes, buscaran su parte de botín a fuerza de cavar tierras propias y ajenas. El valle entero se llenó de sueños de cortejos reales, de oro y plata, de espadas y puñales, y aun los mismos caballos parecieron crecer de la cruz a los cascos. La gente del valle intentó penetrar en la montaña, abrirse paso a golpes de pasión como en el cuerpo de una antigua amante, mas la caliza resistió bajo sus sábanas de helechos cerrándoles el paso de su oscura veta.

Cuando el eco de los golpes cesó definitivamente, volvieron el silencio y la humedad a las secretas galerías; mas, como predicaba el santero anterior, el hombre sin codicia no se tiene por hombre, y un nuevo modo de medrar vino a anidar al pie de aquellas paredes. Fue quizás alguna res curada en sus manantiales cuando ya se le daba por perdida, aquel fluir de nieve lo que sirvió de medicina. El caso es que de nuevo volvió la fe a la montaña, aunque esta vez sólo beneficiara a una familia. Rodeando el manantial se alzó una primitiva fonda de dos pisos con comedor y alcobas y un complicado mecanismo de tubos y calderas gracias al cual se conseguía dar presión al agua para llenar los baños o lanzarla sobre el cuerpo de los enfermos ateridos.

En el vecino Arrabal se contrató celadores y criadas que, unas veces a las órdenes de una gobernanta y otras del ama en persona, mantenían la casa en orden o ayudaban al médico cuando era preciso vestir o desnudar aquellos cuerpos ya poblados de grietas y de canas. Apenas el paciente se apeaba del coche con el polvo aún cubriéndole la ropa, escuchaba el doctor su confesión, síntomas y dolores, para después tomarle la tensión y aplicarle tratamiento adecuado. Se le asignaba una habitación en el mismo edificio o en las casas fronteras desde una de las cuales el joven celador atisbaba ahora a los caballos.

Dentro en las habitaciones de las Caldas, en bañeras ya comidas en parte por el óxido, desde muy temprano, las curas comenzaban. Era preciso darle presión al agua, ayudar a los débiles, rociar con chorros de manguera sus piernas y doloridos brazos, obligarles a beber, sorbo tras sorbo, aquel zumo a la vez turbio y amargo.

Aquel día, de mañana, una voz apartó al joven celador de uno de los baños.

—Tú, Martín, deja eso que tienes entre manos ahora. Ha dicho la señora que vuelvas a subir los caballos al monte.

Sólo entonces cayó en la cuenta de que aún debían andar en el jardín quizás dispuestos a pastar en él. Dejó en manos del recién llegado el viejo tubo de goma y, olvidando al paciente y sus zurcidos calzoncillos de bayeta amarilla, salió camino del pilón que en tiempos de sequía servía como abrevadero. Allí los encontró como siempre a punto de estallar el vientre por el agua bebida. Montó el primero que le vino a mano y arreó por delante a los demás. Cruzando ante las últimas casas, de improviso un destello rojo y dorado se alzó en uno de los tejados próximos como una lengua cárdena envuelta en una nube de humo. El caballo de Martín hizo un extraño golpeando al jinete contra el muro cercano entre un fragor de maderas y cristales. Martín, por su parte, olvidó los caballos. Conocía bien aquellos fuegos del estío capaces de acabar en un instante con enteros caseríos y por ello, apenas sin pensarlo, volvió aprisa a las Caldas. La primera en asomarse fue el ama, quizás arrancada del sueño; luego la explanada se llenó de órdenes, criadas apresuradas y hombres con calderos de cobre que, como en una estrategia aprendida de antiguo, formaron una cadena a través de la cual llevar el río sobre los muros encendidos.

Cuando por fin el humo desapareció, el tejado de la casa volvió a surgir reducido a una negra osamenta. Una mujer, tras comprobar los daños, colocó una mesa ante la puerta a su espalda:

—Marian. Saca vino a estos hombres.

A poco apareció en el umbral una muchacha trayendo consigo una garrafa.

—Tu madre quiere emborracharnos —murmuró alguno tras del quinto vaso; mas la mujer no le oyó en tanto calculaba las pérdidas rodeada de un corro de chicos. Y como para ellos no había escuela ni trabajo tampoco, al punto el círculo se deshizo dejando la plaza vacía.

Ya Martín iba a juntar otra vez la manada cuando le fue preciso detenerse. A sus espaldas alguien susurraba su nombre. Se acercó hasta la puerta donde la voz había nacido y, empujando el postigo, descubrió en la penumbra unos ojos que luchaban por abrirse paso en las tinieblas.

—¿Quién anda ahí? —preguntó en la oscuridad.

Nadie respondió. El cuarterón del postigo se fue cerrando suavemente y Martín, tras una postrer llamada inútil, empujó a los caballos hacia el monte camino de sus secos pastos donde engañar el hambre. A su vuelta todo era silencio en torno de la casa quemada; frente a ella se detuvo largo rato, mas sólo llegó a escuchar el despertar del Cierzo y la llamada oscura de los grajos.

Incluso el río parecía detenido entre los recios álamos, lo mismo que la capilla con su campana inmóvil en lo alto.

Y, sin embargo, alguien entre aquellas paredes había susurrado su nombre, una voz afilada como el viento, capaz de abrirse paso hasta el mismo jardín. Se preguntó de quién sería, por qué callaba sin fuegos ni testigos ahora, mas resultaron inútiles sus llamadas discretas a las ventanas. Nadie respondió, por lo que emprendió de mala gana el camino de las Caldas dispuesto a comenzar las faenas del día.

II

Marian no se llama Marian, sino Ana María. Ella misma se ha vuelto a bautizar así y hasta su madre, que es parienta cercana de la señora de las Caldas, la llama por su segundo nombre cuando torna a casa rendida de bregar dando lustre a pasillos o arreglando camas. Una y otra se parecen aunque Marian tenga el pelo más oscuro y un cuerpo en el que se adivina la semilla del padre perdido tiempo atrás para la madre, ajeno a su casa y cama.

La madre, en cambio, aun ajada por tantas horas de trabajo, conserva todavía, bajo su ropa remendada, recuerdo de tiempos mejores vividos entre el amor y la abundancia. A ratos, en tanto prepara la cena de ambas, un suspiro profundo le obliga a hacer un alto. No hay marido ni hombre alguno en la casa, tan sólo Marian y los enfermos que a lo largo del día a veces la espían quizás para tener después con quién llenar sus sueños.

A medianoche, en ocasiones, se desliza en silencio de la cama para asomarse a ver la amanecida que a veces la consigue hacer dormir. Es la hora en que los grajos comienzan su torpe algarabía, cuando la luna y su rebaño se borran poco a poco empujados por el brillo cada vez más encendido de la aurora.

Con un hombre en casa tales insomnios no la asaltarían, pero los más cercanos son los que vagan por el balneario rodeados de blancas fumarolas o el médico que mide el tiempo de sus vidas en su pulso y fiebre o en los libros que tapizan su cuarto. También hay algún que otro celador al acecho del cuarto en el que las mujeres se lavan o cambian; incluso suele espiar a Marian con ojos risueños repletos de promesas que a más de una han hecho vacilar y aceptar el camino de las sábanas.

—Tú un día no te escapas —murmura a su oído a veces—. Voy a enseñarte algo bueno que no conoces, muchacha.

Marian calla y recuerda viejas historias que oyó contar acerca de su madre, de otros hombres que pasaron por ella, amores de todo un verano, huéspedes trashumantes a los que era preciso servir el desayuno en la alcoba, nunca con celadores, pues por algo es prima hermana de la dueña y no estaría bien visto, lo mismo que si Marian trabajara allí.

—Mientras pueda ganar para las dos, tú te quedas en casa.

Como si no supiera defenderse, plantar cara, bregar en la cocina, fregar muros tan viejos como el río o aguantar el rancio olor de la lejía que devora las entrañas de la ropa. Sólo cuando el servicio comienza a faltar, en otoño, cede la madre.

—Más adelante se verá.

—En invierno lo cierran todo. ¿Qué voy a hacer ahí dentro yo?

En verano la madre se sigue negando, y eso que no conoce al celador ni sus palabras, o quizás las adivina y sólo se trata de cubrir las apariencias.

Mientras tanto, noche tras noche, el tiempo pasa lento, solamente apresurado cuando es preciso devolver al monte los caballos. Así conoció a Martín, conduciendo su recua entre los bosques de avellanos. Marian andaba en busca de retamas y descubrió en un claro el polvo que tras sí dejaban una hilera de cascos. A Martín le había visto ya otras veces desde que llegó para curarse un mal de huesos pagándose médico y tratamiento con trabajo y cama.

—Este año, ¿no se va tu señora? —le había preguntado Marian.

—Este año se queda hasta el otoño; el administrador se despidió y tiene que llevar las cuentas ella.

—Y el hermano, ¿no viene?

—A ése no le hables de números. Le importan otras cosas.

—¿Qué cosas, por ejemplo?

—Un par de buenos muslos —respondió Martín riéndose.

—Y tú, ¿cómo lo sabes?

—Como todos, no hay más que ver cómo mira a las criadas. Del pelo a las enaguas, no se pierde detalle.

Había en su voz, en su tono de burla, algo que hizo pasar en blanco muchas noches a Marian. También, a sus oídos, otros solían murmurar tales cosas, mas pronto se borraban como aquella nube de dorado polvo que a los dos envolvía ahora. Con la manada reunida, preguntó Marian a Martín:

—¿Dónde los llevas?

—Donde siempre, donde más tarden en volver a bajar. Este año va a secarse hasta el río.

—Van a tener que sacar al santo.

—¡Como no saquen a ése! —volvió a reír por lo bajo Martín, señalando con un ademán la cresta de un vecino barranco.

Allí colgada aparecía la ermita del santero contratado por el Arrabal.

—Total, a él poco le costaba echar mano a unas cuantas nubes. Sólo alargar el brazo. Además, para eso se le paga, ¿no? —volvió a reír y de nuevo preguntaba—: ¿Qué?, ¿te vienes conmigo?

—¿Adónde?

Antes de responder, abarcó el horizonte con el brazo.

—Por ahí.

Marian dudó un instante; ahora, con el camino despejado, se alcanzaba a distinguir abajo la blanca mole de las Caldas frente al Arrabal.

—Entre ir y volver se me va la mañana.

—¿Y qué? Tu madre nunca come en casa.

—Pero yo sí —y luego, sin negarse del todo, añadió—: Otro día será.

Tratando de olvidar sus palabras, desvió la mirada. Abajo, junto al río se destacaba el balneario con su capilla al lado y las modestas casas de color de la tierra. La corriente envolvía el jardín y la terraza; incluso el baño de la infanta sin nombre, tan famosa en los alrededores como su estanque brillando entre los sauces como un lecho de plata. A aquella hora, desde lo alto del monte, infanta o reina tanto daba; nada quedaba de ella salvo el rastro indeleble de su fama. Incluso su baño cada cual lo imaginaba a su manera: unos a solas, otros rodeada y defendida de criados, toda blanca, desnuda, bajo la luz opaca de la luna.

III

TAL COMO TODOS se temían, aquel duro estiaje acabó con los rebaños en los altos. Incluso los que cada año venían de lejos con sus mastines y merinas volvieron a poner en pie viejas historias. Cierta mañana despertó el Arrabal bajo la sombra de grajos y milanos. Se les veía trazar sus círculos por encima de la ermita.

—Será el santero que murió —murmuraron los del Arrabal.

—¡Qué cosas tienes tú!

—O algún caballo que se perniquebró. Mejor subía el dueño a rematarlo.

—Yo, en cambio, estoy tranquilo. No tengo animales en el monte.

—Entonces será de la señora.

Pero no se trataba de un ningún caballo. Antes que los del Arrabal coronaran la cuesta de la ermita, ya el santero salía a su encuentro agitando los brazos en el aire.

—¡Jesús bendito, qué escabechina! Éste es un año de desgracias.

El grupo, siguiendo el rumbo que indicaba, no tardó en descubrir la hecatombe. Una aguda quebrada se había convertido a la vez en corral y matadero. Sobre un montón de corderos se cernía la sombra de dos buitres en tanto los grajos se disputaban entre sí con saña buches, ojos y patas alzando en el aire una nube de rojos vellones.

—¡Qué animales más necios! —clamaba el santero—. Perdió uno el pie y los demás fueron tras él. Todo por culpa de la seca y, por si fuera poco —añadió mostrando el cielo a sus espaldas—, con esos dos bandidos acechando.

Pero nadie se fijó en las sombras que se cernían cada vez más bajas, cruzándose sin llegarse a posar sobre el mar de ovejas muertas, como una pareja real a la espera de su festín trinchado y servido.

—¡Cuánta carne perdida! —se lamentó el santero a media voz—. Se daba de comer a un pueblo entero.

—Y a nosotros, ¿quién nos saca adelante? ¿O vivimos del aire? —preguntó airado uno del grupo.

—Se vive de lo que se puede, amigo —medió uno hasta entonces silencioso—. De todos modos, habrá que sacar a subasta los despojos. Lo demás que se lo lleve quien lo quiera.

El santero, sin esperar a más, desafiando las miradas en torno, se alejó hacia el montón de carne alzando a su paso nubes de gruesos moscardones dispuesto a arrancar la tajada mejor.

Luego llegaban las mujeres lamentándose como en un entierro, cargadas de razones como la falta de agua, aquel sol de castigo capaz de hacer enloquecer a hombres y reses bajo un cielo eternamente añil. Cuando por fin callaron, una voz murmuró:

—Veremos si mañana alguien puja por esto, aunque yo creo que maldito si sacamos algo.

—¿Qué vamos a sacar? Por los pellejos, cuatro cuartos.

—Lo que sea —respondió el de antes— con tal de no dejarlo ahí. Sólo sirve para traer alimañas.

No fue preciso anunciar la subasta. Muy de mañana gente del Arrabal y los vecinos caseríos se hallaban presentes en torno a la quebrada, con fardeles y sacos dispuestos a cargar cuanto pudieran a lomos de sus ruines caballos. En silenciosa ceremonia hundían sus cuchillos afilados entre tendones y costillas, vigilados desde las nubes por la pareja real y su clan de vasallos.

Con los recién llegados vinieron noticias de manadas de lobos a los que aquella sequía sacó de sus guaridas empujándoles montaña abajo, en tanto el río, como las mismas fuentes, comenzaba a menguar mostrando al cielo su vientre repleto de pescados. En presas y canales rebosantes de limo aparecían muertas bandadas de libélulas pegadas a los muros de las Caldas, en las que era preciso escatimar el pan.

—Mientras no falte el agua —aseguraba el ama—, aquí estaremos. Luego Dios dirá.

Mas el agua no se agotaba; el baño de la infanta mantenía vivo su canal en tanto los enfermos soportaban curas más breves cada día, tanta era su fe en ella o, al menos, su afán de mejorar aun a costa de continuas privaciones.

—En tanto no se seque el manantial, yo sigo aquí —solían afirmar si se les preguntaba. Y allí continuaban imitando al médico, que también a su modo resistía tomando el pulso a los enfermos, recetando vasos o jugando su partida habitual de dominó con el capellán.

En la penumbra del comedor vacío donde las voces de los enfermos no llegaban, los dos continuaban su eterno desafío, ajenos al tiempo, al nivel cada vez más menguado del río. Era un absurdo mano a mano prolongado por ambos hasta el infinito, manejar las fichas, alzarlas, derribarlas, revolverlas, estudiarlas como si de ellas dependiera la salud o la vida de tantos enfermos a su cargo.

Con la dueña, en cambio, sí conversaba el doctor a ratos, incluso a propósito de aquellos benditos caballos.

—Sí, señora; cien años antes de Cristo ya andaban por aquí.

—Muchos me parecen.

—Los mejores tenían una estrella en la frente, lo mismo que los santos. Figúrese si serían famosos —reía entre dientes—, que a alguno hasta le hicieron un altar.

—¿Qué se puede esperar de unos bárbaros?

Mas las palabras de la dueña no apagaban el entusiasmo del médico, que Martín atento escuchaba inventándose tareas que le obligaran a prolongar su tiempo cerca de los dos.

—Tan buenos eran, que llamaban la atención de los mismos romanos.

—Ellos tendrían los suyos —replicaba la dueña bostezando.

—Pero no tan duros ni tan fuertes. Sus dueños llegaban a beber su sangre para sanar alguna de sus enfermedades.

—¡Qué porquería! Hasta su carne comerían.

—¿Por qué no? Era su comunión, su eucaristía.

—¡Qué cosas tiene! No sabe lo que dice.

—¿Por qué? Para sus amos eran dioses también. No hay más que ver sus sepulturas. Si quiere verlas, un día se las traigo.

—Deje, deje; no estoy yo ahora para pasar revista a sus postales. Otra tarde será.

En el laboratorio estaban, Martín las había visto alguna vez entre libros y análisis, borradas a medias por el polvo y las moscas, quizás compradas en algún viejo negocio. En ellas aparecían los padres de los que ahora vivían en el monte con una explicación al pie cuyo significado nunca se atrevió a preguntar. Todo ello, trotes, santos, sangres y recios galopes, bullían en su mente cada vez que era preciso subirlos a sus pastos. Con la sequía de aquel año, casi una vez a la semana, la voz del ama podía sonar a cualquier hora.

—Martín.

—Mándeme, señora.

—Ya sabes lo que tienes que hacer.

Había que acercarse al pilón de la fuente, obligarles a apartarse del agua y encaminarlos cuesta arriba a través de los bosques de avellanos.

La última vez, a punto de dejar atrás el Arrabal, de nuevo encontró a Marian a la puerta de su casa en obras. Como un buen patrón, ayudaba en lo que podía a los peones que colocaban nuevas vigas en el techo.

—¿Cómo va esa obra? —le preguntó Martín.

—Hoy ponemos el ramo, me parece.

Martín quedó un instante pensativo para preguntar luego de repente:

—¿Por qué no vienes conmigo? Dentro de un rato estás de vuelta.

Marian lanzó un vistazo a los dos peones.

—A lo mejor me necesitan.

—¿Necesitarte a ti? —la miró dudando—. ¿No tendrás miedo?

—¿Miedo? ¿De qué?

—Lo mismo digo yo. Vámonos.

Habían salido con los postreros rayos de sol dorando la piel de Marian, invitando a ciegos combates en torno de sus pechos, sobre el pequeño bosque donde el amor hacía su nido. Ahora, según caminaban juntos los dos y a medida que aquel rojo tizón se escondía, más allá de los oscuros avellanos, los caballos se alzaban a ratos en un relámpago de amor que dejaba al macho exhausto y a la hembra indiferente. Martín los miraba de soslayo; Marian no decía palabra, ni siquiera sintiendo su boca cerca de su boca, sus labios y sus dientes en una vieja ceremonia de dolor y pasión. Tan sólo torció el gesto en una mueca dolorosa. De todos modos, debía esperarlo, incluso el otro amor arrancado después, a golpe de sollozos y suspiros.

Martín, luego, vacío, sobre el césped, se decía que con ella el amor era otra cosa; no aquel de la señora, entre cuyos brazos no se sentía renacido sino tenso, esclavo de sus juegos, sobre la huella de antiguos amantes no del todo olvidados ni perdidos.

De noche, cuando le recibía, aun después de una dura jornada, parecía cambiada; no era la misma ama firme y altiva sino, por el contrario, cordial y acogedora en el blando sendero de la alcoba.

—¿Cómo tardaste tanto?

—A última hora tuve que echar una mano en la cocina.

—Eso es cosa de mujeres —la señora lo atraía hacia sí—; tú eres un hombre, ¿no?

—¡Si no lo sabe usted!

—Pues mejor lo demuestras otra vez.

Y, sentándose en el borde de la cama, a poco los dos quedaban desnudos en el fresco cobijo de las sábanas.

IV

EL CENTENO no llegó a granar; el molino detuvo sus
turbinas al faltar el agua y los chopos de los prados
vecinos parecían navegar en un mar silencioso de to-
peras y lodo. Los rebaños, según el tiempo pasaba, se
iban volviendo más escuálidos. Reses perdidas, abandonadas a su suerte, vagaban por la sierra fingiendo
solitarias estampidas para huir del azote de los tába-
nos. Fueron inútiles plegarias y procesiones. De cuan
do en cuando un puñado de nubes parecía dispuesto
a cruzar las crestas de la sierra, pero al final se disol-
vía en blancos jirones como nubes de espuma. Una
calma total, lunar, envolvía tejados y espadañas, co-
rrompía las acequias y secaba hasta las raíces de las
plantas.

Desde su ventanal, en su nicho de piedra, el santero
también escrutaba el horizonte para hablar luego a los
del Arrabal invitándoles a nuevas penitencias.

—¿Más penitencias todavía? Ese hombre está loco
—comentaban de mal humor los hombres.

—Más loco debía estar el que le dio ese puesto.

—Aquí, el único listo fue el hojalatero. El que le
robó la mujer y la hija y hasta el alma, si se descuida.
Buena labia debía de tener el pájaro.

—¿De qué viven ahora?

—Deben andar de feria en feria, dispuestos a llevarse lo que puedan. Vete a saber, igual puso a las dos
al punto. No serían las primeras.

—Ni las últimas.

Cuando las dos mujeres huyeron con aquel hombre
que en mala hora se detuvo en el Arrabal un día, de
nada le sirvió al santero dar parte o seguir sus huellas
en la capital por fondas y bares. Allí, aquellas tres
sombras pecadoras se perdían, según algunos afirma-

ban, camino de América, rumbo a lejanos lupanares; según otros, en provincias vecinas. No era cuestión de recorrer el mundo tras sus pasos, sobre todo cuando cierto día, hojeando el periódico, se topó con el anuncio, que aún parecía oler a genciana y romero. Había muerto el santero de las Caldas y se solicitaba alguien capaz de mantener en pie aquel montón de ruinas azotado por el viento.

A pesar de que el sueldo era escaso, le pareció, tal como andaba, confuso y derrotado, un aviso del cielo que le empujara hacia la oficina del Ayuntamiento.

El alcalde había echado un vistazo al pedazo de periódico para mirarle luego de arriba abajo, desde el cuello curtido hasta las botas. El examen no debió de ser demasiado favorable; quizás le conocía de vista y sabía la historia de su repentina vocación, pero no había mucho donde escoger y hasta en los seminarios comenzaban a escasear las vocaciones.

—¿Seguro de que no vas a arrepentirte luego?

—¿Por qué?

—Mira que es vida dura —había insistido agitando ante sus ojos el anuncio amarillo—. Los hay que antes de un mes se van; sobre todo en invierno.

—El invierno es igual en todas partes. Yo creo que resistiré.

Había insistido tanto, que a la postre el puesto fue suyo. En un instante le pusieron al día de sus obligaciones: tener limpia la ermita siempre como si fuera a llegar el obispo en persona, pedir limosna para el culto del santo y, en general, atender todo lo que sirviera para mantener el culto con decoro. A cambio, allí estaban las llaves y un abultado cepillo de latón que a buen seguro ninguna caridad habría de llenar, a pesar de sus súplicas. Ni siquiera le hicieron calzar sandalias o vestir sayal tal como se temía, sino traje de pana como todos.

Viéndole arriba, sus paisanos del Arrabal pensaron que la fuga de la mujer le había trastornado la cabeza sembrando en ella un viento arrebatado. Cruzando ante su puerta, solían asomarse para sorprenderle cocinando o rezando. Cualquier labor llevada a cabo servía de

24

comentario a la hora de comer, más tarde, ante los hijos y la mujer.

—Y arriba, ¿a qué se dedica? —preguntaba ésta.

—A nada, a rezar y cuidar sus navicoles.

—¿Y quién le guisa y le cose? —preguntaba la mujer, ordenando la cena.

—Eso mejor se lo preguntas tú, si subes.

—Descuida que lo haré. La última vez no llevaba ni camisa, el pobre. Tuve que darle una de las tuyas.

—No sería de las buenas.

—Así sois los hombres. Mucho quejaros y, en cuanto os falta la mujer en casa, todo va manga por hombro. Si bien se mira, la culpa es suya por no buscarse otra que llevar para casa.

—¿Y tú qué sabes?

—Eso a la vista está. El día que se enteró, debió matarlos a los dos.

—Querrás decir a los tres.

—La chica, ¿qué culpa tiene?

—La chica era otra zorra. Tenía a quien parecerse.

La mujer callaba recordando las historias del santero y sus remedios para traer hijos al mundo, famosos en el Arrabal. Un día, cansada de inútil soledad, había propuesto al marido ir de visita al médico.

—¡Cómo os gusta a las mujeres andar por ahí enseñando la castaña al primero que aparece! —había respondido aquél.

—Está bien —le replicó a su vez de mal humor—, ¿quieres hijos o no?

—Los quiero, pero míos. Vete a saber cómo los hace ese médico que dices. Me lo imagino. Son ganas de gastar tiempo y dinero.

Sin embargo, el afán de la mujer pudo más y a la postre fueron a la capital. En un principio pensaron visitar a alguno de la villa, pero para llegar a ella era preciso cruzar el monte.

—Mejor la capital; allí saben más de eso. Además, no hace falta más que coger el coche.

Se presentaron con el pretexto de una enfermedad que, bien sabían ambos, la mujer no padecía. Su verdadero mal lo adivinó el doctor nada más verlos cruzar el umbral de la puerta, pues sabía más por los años que por el título que en la pared, tras él, colgaba medio roído por el tiempo. Quizás lo supo en el color de su piel, en sus ojos que, buscando dónde posarse, constantemente volaban en torno, en sus pechos altivos todavía, sin hijos que los volvieran sumisos a costa de mordiscos y tirones, mientras el marido parecía disculparse ante el doctor o la propia mujer, que aguantaba el trajín de sus manos abierta de piernas sobre la blanca mesa.

Un sermón prolongado, que ninguno de los dos llegó a entender, concluyó con las únicas palabras que más tarde, a su vuelta, repetían:

—De todos modos —había terminado su discurso—, en estos casos no hay que perder las esperanzas.

—A usted, ¿qué le parece, entonces? ¿Servimos para hacer hijos o no?

—Nunca se sabe a ciencia cierta —había respondido el doctor—; el hombre es fértil de por vida.

—¿La mujer no?

El médico negó con la cabeza y, en tanto les acompañaba hasta la puerta, murmuró:

—¡Ánimo! Los dos son todavía jóvenes.

Pero, jóvenes y todo, la verdad era que progresaban poco. La casa seguía tan vacía como antes, con sólo ellos dos lidiando con el tedio, hasta que cierta noche la mujer propuso ir a ver al santero.

—Vete tú. Yo no —repuso receloso el hombre.

—A otras sacó adelante. ¿Por qué a mí no? Hay quien dice que tiene un remedio, que él mismo lo recoge en el monte.

—Ese remedio lo conozco yo.

—¡Para lo que te sirve!

El marido la había mirado amenazador, mas su ira iba poco a poco cediendo en tanto la mujer callaba por no echar más leña al fuego, cuyas brasas hacían aún más viva su monótona soledad. Sin embargo, a poco tornaba a la carga:

—Me han dicho que tiene unas hierbas que, tomándolas en ayunas, te hacen bajar la sangre cuando lo necesitas. Muchas tienen así los hijos en la capital. Total, si es sólo eso, no se pierde gran cosa con probar. Que me las dé y las tomo, a ver qué pasa.

—Algo más te dará.

—Los hombres no pensáis en otra cosa.

—Yo sí; yo en el dinero que me va a costar.

De todos modos, más allá de los celos y de bromas, nunca se vio tantas mujeres de distintos caseríos como en cierta ocasión, cuando un mal frío se le enganchó al santero en el bajo vientre.

—Se ve que el mal le fue a trabar por la herramienta que más usa —comentó uno de los maridos despechados.

—Querrás decir por la entrepierna.

—No van las cosas por ahí —comentó el otro—. Dice el doctor que cogió frío en los pulmones.

—¿Frío en verano?

—¿Por qué no? ¿O es que tampoco nieva en mayo? —había murmurado por primera vez el dueño del molino—. Además, el que esté libre de pecado que tire la primera piedra.

Ninguno respondió; sólo una voz comentó en tono quedo:

—A éstos, todo les parece bien. Luego presumen de ser protestantes.

En tanto el santero permaneció en su catre, rodeado de aquella corte de mujeres, nada le faltó: ni pan, ni un frasquillo de vino, o alguna vieja manta con que cubrir sus costados doloridos, mientras los hombres desde el bar miraban aquella extraña procesión que cada mañana se dirigía camino de la ermita.

—Más que santero, parece santo. Mi mujer cuida más de él que de mí y de los hijos.

—Calcula yo, que no los tengo.

—Sube a verle; a lo mejor te arregla —se burlaba el del bar—. No pondría las manos en el fuego por los míos siquiera.

—Buen garañón nos mandaron los del Ayuntamiento.

—A lo mejor, de ésta no salva.

—Amén digo yo a eso. Más tranquilos andaríamos todos. Al menos, eso saldríamos ganando si no vuelve el doctor.

Así la enfermedad hizo crecer la fama del santero cuando al fin se curó solo, sin médico ni medicinas, salvo la que él mismo se recetó. Desde entonces, los que en él no creían comenzaron a mudar de opinión; sobre todo aquellos dos que tanto suspiraban por tener un hijo.

—Cualquiera sabe cómo se las apañaría —había comentado la mujer, y esta vez al marido no le quedó más remedio que ceder, aun temiendo las bromas en el bar.

—Al final va a ser verdad lo que dicen —aventuraba el dueño.

—¿Las hierbas que recoge?

—Las mujeres a las que se las da. A fin de cuentas, nadie le vio en el catre con ninguna.

—En el suelo lo hacía yo de chaval.

—De chaval, encima de un espino, si me apuras; pero en llegando a hombre es otra cosa. Así estamos todos. ¿O no?

De lejos escuchaba el dueño del molino, que al fin, como quien oyó bastante, exclamó en alta voz:

—¿Cómo va a protegeros el Señor, si os pasáis media vida pensando disparates?

Mas, disparate o no, el caso fue que la mujer subió a la ermita varias veces, volviéndose cada vez más lozana y sonriente, hasta tener el hijo que tanto deseaba. Nadie echó nada a la pareja en cara, pendientes todos de un estiaje duro como el de aquel año. Sólo el dolor o la necesidad mantenían a los clientes al pie del manantial hasta que, una vez perdida la esperanza, el coche de línea debía multiplicar los viajes. La señora, entonces, preguntaba en la cocina:

—¿Cuántas comidas servimos hoy?

—Diez o doce.

El ama suspiraba y salía echando cuentas para sí, en tanto el cocinero comentaba con las criadas:

—Harto estoy de pasarme el día encerrado. Total, ¿para qué? Para no ver ni una perra. Por lo menos vosotras tenéis propinas siempre.

—No todas.

—Será la que no quiera. Entre unas cosas y otras, siempre algo lleváis para casa —lo decía en tono que a menudo le obligaba a añadir—: Bueno, vosotras me entendéis. El caso es que un día de éstos el otoño se nos viene encima y, por mucho que llueva, poco queda que hacer. Eso les viene bien a los que tienen tierras. A nosotros, si llueve como si truena.

Y, tal como anunciaba, las alcobas quedaron vacías, en tanto las mangueras rociaban sólo unos pocos cuerpos que más tarde parecían flotar en el desierto comedor.

—Y tú —preguntaba el médico a Martín—, ¿cuándo te vas?

—Yo, cuando diga el ama.

El doctor medía con su mirada aquel cuerpo, demasiado delgado, que conocía de sobra.

—Tú come lo que puedas, hijo; no te pongas enfermo con tanto trajinar.

Y el muchacho nunca sabía si hablaba de su trabajo del día o de la noche, como cuando en la cocina le guardaban los mejores canteros de queso y de cecina. Lo mismo que el de sus amigos del monte, su cuerpo se iba volviendo duro y firme. Ellos tan sólo le llevaban la ventaja de ser libres, de pasar una y otra vez la cordillera rompiendo las barreras de nubes, compañeros de corzos y milanos. Además, aquel año, por culpa de la seca, no hubo feria. No vinieron tratantes, ni rebaños; ni ningún amo subió a lacearlos para luego llevarlos camino del mercado. Fue aquél un verano especial en el que el sol y el agua decidieron la ruina o la fortuna de muchos.

V

AL FIN llegó el otoño cuando ya los álamos, a falta de humedad, parecían nevados.

—A buenas horas —se quejaba el chófer aprovechando el agua para lavar el autobús—. Después de fastidiarnos el verano, lo mismo le da al tiempo por meterse en agua hasta Navidad.

El médico decidió dar por concluida la temporada, y así quedaron en el aire hasta el año siguiente sus historias de romanos y caballos.

—Sobre todo —insistió al despedirse de Martín—, no te empeñes en ser hombre antes que el cuerpo te lo pida. Tiempo tendrás más adelante.

Mas el cuerpo se anticipaba a sus constantes prevenciones. Ahora los huesos ya no le dolían cada vez que llevaba los caballos al monte; y además, en la cama, el ama se deshacía en atenciones.

—Tómate esto ahora —decía ofreciéndole un caldo adornado con una yema de huevo—. No digas luego que no te trato bien.

Sin embargo, Martín, llegando la tarde, recordando a Marian, procuraba esquivarla trayendo a colación algún trabajo. Tantas veces recurrió a ello, que el ama dio en sospechar.

—¿Te cansaste de mí? Pues has de saber que más de uno y de dos tengo yo dispuestos a servirme antes que tú.

De día hablaba mucho; se la notaba segura y confiada, mas al llegar la noche nunca faltaba su petición acostumbrada.

—Pasa luego, si quieres.

Martín hacía de tripas corazón y, empujando su puerta, la hallaba bajo el edredón, con la luz apagada. Aquella luz era su cómplice; borraba sus arrugas, pequeñas cicatrices quizás recuerdo de amores anteriores, grietas y manchas sobre su carne sonrosada. De su boca aún surgían las preguntas de siempre: «¿Eres feliz? ¿Te gusta?», para después caer sobre su presa bebiendo hasta saciarse con brío parecido al de los potros que en el monte buscaban la leche de la madre.

A veces, recordando las palabras del médico, aquellos arrebatos del ama le inquietaban sin saber a dónde llegarían; sobre todo desde que cierta tarde, esperando a Marian en el prado de la aceña vecina, la vio llegar trayendo en la mano una pequeña cartulina.

—¿Sabes quién es? —le preguntó mostrándole la fotografía.

—Tu padre.

Marian rompió a reír de buena gana.

—No es mi padre; es tu ama.

—¿La señora? —preguntó maravillado dando vuelta en sus manos a aquella imagen con cinturón y pantalones.

—¿No sabías que estuvo en La Habana? Este retrato se lo cogí a mi madre. ¿No te gusta? —y, en tanto Martín callaba sin saber qué responder, añadía—: ¿Tampoco sabes que fuma lo mismo que los hombres? Allá en Cuba todas lo hacen, sobre todo las mayores.

Desde entonces aquella imagen del ama, con sus botas altas, sus pantalones de montar y el sombrero tumbado sobre los ojos ocultando la frente, volvía en la penumbra cada vez que en la noche compartía su lecho. Incluso aquella fusta que aparecía en una de sus manos, a la vez le atraía y le asustaba como si fuera a caer sobre sus flancos cada vez que el cuarto se llenaba de un duro batallar culminado en profundos jadeos.

También se preguntaba por qué la madre de Marian tenía su retrato precisamente vestida de hombre.

—Porque son primas, ¿no lo sabes?

Sí lo sabía, pero mejor aún el chófer, que de charla con el cocinero había comentado a sus espaldas, sin saber que le oía:

—¿La señora? Si le caes en gracia, te lleva al huerto antes que te des cuenta. Y eso que no le falta gente en casa para hacerlo a pelo y pluma. En cuestión de caprichos, maldito si se priva de nada.

La madre de Marian, en cambio, procuraba mantenerla alejada de Martín con distintos pretextos que a la postre quedaban en nada.

—¿Tú crees que lo sabe? —preguntaba inquieto.

—Y, si lo sabe, ¿qué?

—Nada; no pasa nada.

En realidad, lo que más le importaba era lo que pensaría la señora el día en que le fuesen con el cuento. Su pasión crecía día a día aunque Marian no lo notara, siempre pendiente de sus pies desnudos y de su ropa heredada y rota. Martín, viéndola, se preguntaba cómo sería su padre, altivo y grave, locuaz a ratos y a ratos silencioso, o tan mala persona como el ama afirmaba. ¿Por dónde andaría, si vivía aún? ¿Qué consejos vendrían de su parte a lomos de las ráfagas de viento? Tal vez como la madre condenaba sus furtivos encuentros en el monte entre retamas agostadas que empujaban al sueño después del amor sobre el blando almohadón de helechos cenicientos. Era como buscar en la muchacha parte de sí mismo, como de niño escarbar la madriguera del tejón hasta lo más profundo de su oculto nido.

Antes de que las lluvias pusieran fin definitivamente a la estación, mudadas en nieve, habían subido en esta ocasión al monte a devolver los inquietos caballos del ama. Esta vez alcanzaron la cima en la que los calveros comenzaban.

—A ver si así tardan un año al menos. Estoy harto de subir con ellos.

Marian miraba el horizonte. A lo lejos, un mar de bruma parecía la antesala del invierno.

—¿Tú no te cansas nunca? —insistía Martín.

—¿De qué?

—De la vida que llevas.

—No sé —había respondido encogiéndose de hombros.

Que ella supiera, tan sólo los caballos eran capaces

de cambiar su camino una y otra vez. Jamás se fatigaban. Hasta dormían de pie.

—Yo debo ser como ellos —había respondido con orgullo infantil, sin dejar de mirar el horizonte.

Y, espiando sus ojos, Martín se preguntaba si no habrían sido los que acechaban su paso desde la casa a punto de quedar convertida en cenizas. Muchas noches después había cruzado por sus alrededores, mas su nombre no volvio a sonar, sólo el rumor del búho en el molino, al que la voz del viento se unía en un perpetuo repicar.

—Dicen que, antes de ir a vivir nosotras, estuvo en venta durante mucho tiempo.

—¿Por qué?

—Porque el dueño se ahorcó.

—¿Y qué tiene eso que ver?

—Que a nadie le gusta vivir con un muerto.

—Total, ¿qué más da? Cada cual vive con el suyo a cuestas. Desde que naces te acompaña como la sombra al sol. Al menos, eso dice el médico.

—Pero él los cura, ¿o no?

—Él saca lo que puede, como todos.

—No lo dirás por la señora. Después de todo, no te trata tan mal.

—¿Por quién voy a decirlo, si no?

Seguramente Marian lo sabía como la mayoría. Ya se habría cuidado la madre de tenerla al tanto si creía que con ello era capaz de apartarla de su lado, de poner coto a sus entrevistas. No era como los protestantes de la aceña, aquel silencioso matrimonio siempre aparte de los del Arrabal, salvo su hija, de la edad de Marian, más dispuesta a charlar cada vez que las dos se encontraban.

—Todo eso son historias —replicaba Martín— que inventan los mayores, como la de la infanta.

—¿Y para qué las iban a inventar?

—Para mandarnos a la cama cuando somos chicos.

—Mi madre no es tan vieja y bien se acuerda de ellas.

—Está vieja de tanto trabajar.

Tal vez Marian soñaba también historias de ahorcados o del padre que apenas conoció, con su mochila

y su arma al brazo a la caza de lobos que más tarde
el concejo se negaba a pagar. Quizás soñara también
con dejar para siempre aquel vestido remendado en el
que tantos otros se reconocían, las viejas sandalias cur-
tidas por el sudor y el barro, incluso aquellos ojos a
los que el padre se asomaba tras el humo de su eterno cigarro. Y viéndola ensimismada, Martín le preguntó:

—¿En qué piensas ahora?

—En nada; en la infanta que dices.

—¿Qué infanta? ¿La del baño? ¿La del estanque
del jardín? Otra historia más.

—¿Quién sabe? Allí estaba su casa, ¿no?

Allí estaba la torre de sus padres, según aseguraban
los libros del doctor, a orillas de su baño abandonado
ahora pero cuidado en otro tiempo. ¿Cómo sería su
vida?, se preguntaba Marian a menudo. ¿Cuáles sus
oraciones, su meditar acerca de sus horas ganadas o
perdidas, sus palabras y su modo de hablar, su rostro
y su figura? Lo que más llamaba su atención era que,
sin haberla visto nadie, la recordaran todos más que
las mismas Caldas asomadas a su rincón de sauces.
¿Sería casada, yerma o viuda? ¿Encontraría un hombre de su rango capaz de rescatarla y llevarla consigo,
o acabaría monja como tantas entonces en su siglo?
El médico y sus libros no explicaban gran cosa. Contaban sólo que allí, en su torre inexistente ahora, quedó como rehén de guerra con vistas a otras guerras
que más tarde asolarían las orillas del río. Era preciso olvidar voces y páginas para llegar a imaginarla
al propio gusto y medida, a medias entre el tedio so-
metido y la altiva arrogancia. Pintársela a sí misma
o, por mejor decirlo, soñarla viva, dueña y señora de
aquel estanque y sus alrededores, desde el río y sus
álamos hasta las cumbres pobladas de jara.

En ello pensaba con Martín a su lado respetando
su silencio, cuando de pronto una sombra apagó de
golpe el sol como un crespón enorme hinchado por el
viento. En un instante creció tan hondo, que amenazó
cubrir el cielo todo. Un relámpago iluminó su vientre
poblándolo de reflejos cárdenos y de lejos llegó el eco
solemne de un trueno prolongado. Una cortina de pe-

sadas gotas batía ahora la montaña empujando más acá de la sierra lejanos ecos de remotas estampidas. Los caballos relincharon sordamente y, alzando al aire el torbellino de sus crines, se alejaron bajo la lluvia que azotaba sus costados.

También huyeron Martín y Marian con la ropa pegada al cuerpo, buscando dónde defenderse de las rachas de Cierzo.

—¿Qué hacemos? ¿Esperamos por aquí a que escampe?

—Más abajo hay un bosque de avellanos.

—Allí un rayo mató a un pastor un año.

—No tendremos tan mala suerte. Vamos.

El monte, ahora cargado de humedad, se abría en repentinos resplandores. Cruzaban sombras de animales, vagos fantasmas que parecían navegar sonámbulos. En un instante la cuesta hervía en torrentes, pizarras tibias todavía, raíces en pie como pequeñas lanzas fundidas por el sol de la tarde.

—Dame la mano; trae —murmuró Martín en un esfuerzo, aguantando la lluvia sobre sí.

Cuando Marian obedeció, la fue guiando en la espesura sin una sola voz. Ella, empapada, le seguía, le obedecía en todo, buscando algún refugio del monte que pudiera dar albergue a los dos. Poco a poco, según se iba haciendo menos espesa la cortina, aparecían las primeras cañadas con sus huertos colgados sobre el río, sus senderos inciertos y el humo avisando la presencia de caseríos solitarios.

—En uno parecido nació el padre de mi padre, pero al otro lado —murmuró Martín señalando más allá del monte—. Ahora todo eso no vale nada, pero, cuando lo vendió, se lo quitaron de las manos. Hay que echarle valor a la vida para dejarlo todo y marcharse a buscarse un trabajo en la villa.

—¿Por qué no en la capital?

—Allí hay industria, ganas de salir adelante. En la capital, en cambio, ya se sabe: dormir y gastar.

Hablaba como para sí, aunque ya la tormenta iba menguando y sólo alguna ráfaga de lluvia dejaba resbalar su huella fría sobre el estrecho nudo de sus manos.

—Ven; vamos a meternos aquí —habían descubierto una cabaña diminuta, apenas un rincón entre cistos y jaras—. Al menos, no nos mojamos.

En su interior, casi en el centro, aparecía a la luz de los relámpagos un hogar rematado por su gran chimenea de pizarra negra. Todavía humeaban sus lávanas cada vez que una avalancha de cal se desprendía yendo a caer por el hueco del tiro.

—Han debido estarse secando aquí —murmuró Martín.

—¿Quiénes?

—Cualquiera sabe. Cazadores.

Poco a poco los ojos se iban acostumbrando a la penumbra, en la que surgía tendida de pared a pared una cuerda de la que colgaban blancas enaguas junto a negras botas.

Sobre un montón de hierba seca brillaba el fulgor pavonado de dos armas. De pronto se animó ante el cuerpo desnudo de un hombre surgiendo a la luz como el mismo Moisés naciendo de las aguas.

—¿De dónde salís vosotros dos? —había preguntado.

—Del monte —respondió vagamente Martín, mientras Marian desviaba la mirada.

—Mal día fuisteis a escoger.

El agua aún recorría su negra maraña sobre pecho y vientre, en un torrente de relucientes gotas.

—¿Vivís cerca de aquí?

—A un paso de las Caldas.

—Esas Caldas, ¿caen cerca o lejos?

—A media hora con buen tiempo.

El hombre se había vuelto hacia el rincón de hierba murmurando:

—Sería cosa de pensarlo. Si no escampa, se nos va a hacer la noche. De todos modos, tarde o temprano, nos vamos a empapar.

Marian hizo ademán de escapar, pero Martín se lo impidió deteniéndola en el quicio.

—¿Adónde vas? ¿Quieres mojarte más?

Y, en tanto el montón de hierba se iba animando a sus espaldas, arrastraba consigo un rumor de risas y palabras ahogadas.

—¿Está la ropa seca ya? —preguntó una voz de mujer.

—Seca y lavada —rió el desnudo tras tenderla en la cuerda—; puedes venir por ella.

—Ni lo pienses —respondió la voz—. Aquí, todas vestidas o todas desnudas. No me gustan las cosas a medias.

—¿De dónde salió esa pareja? —preguntaba a su vez un segundo desnudo más joven, recién nacido de la hierba también.

—No lo sé. Dicen que andaban por el monte.

El más joven, en tanto se vestía, miraba de soslayo a los dos.

—Al mozo le conozco yo. —Y, ya hablando a Martín, añadió—: Tú sirves en las Caldas, ¿no?

De nuevo el montón de hierba se abría ante una cabellera de pelo largo y bravo, sobre unos hombros temblorosos de frío.

—¿De mí nadie se acuerda? —clamó la mujer—. Menos hablar y echarme de una vez la ropa.

El segundo desnudo desprendió de la cuerda las enaguas y, junto a un par de medias rotas, lanzó todo sobre el montón de paja.

—Vete arreglándote con eso. Lo demás te levantas y lo coges.

Poco a poco, sobre el montón, iban tomando forma dos pechos solemnes y un par de recios brazos que a duras penas se tapaban de ombligo para abajo. Tras mucha maniobra, melena y cabeza desaparecieron en el mar de enaguas para volver a renacer más vivas una vez sujeto a la cintura el cordón desteñido de la falda.

—Bien podías arrimar algo de leña, Quincelibras —murmuró la mujer, viendo las brasas del hogar apagadas—. Hace más frío aquí que en casa de un muerto.

Pero ninguno de los dos parecía escucharla en la húmeda penumbra. Ahora, vestidos, ni siquiera se fijaban en Martín y Marian, cada vez más cerca de la puerta; tan sólo tenían ojos para comprobar el estado de sus escopetas. Sobre todo el tal Quincelibras, que no paró hasta ver relucir sus dos cañones.

—Tanto frotar —insistió la mujer— para nada. Las

palomas las cazáis hoy en el plato. Ahí fuera no se ve ni a un paso.

Tal como aseguraba, el cielo se volvía a cerrar, deshaciéndose, chimenea abajo, en gotas infinitas, en lívidos relámpagos. La negra campana recogía los postreros murmullos de la tarde, el cántico monótono de las tórtolas, el paso calculado de algún altivo corzo, el lamentar insistente de los grajos.

El mayor de los dos cazadores asomó la cabeza tras entornar la puerta.

—Tienes razón —se volvió hacia la mujer—, la tarde se metió en agua. Esto ya no es tormenta, es temporal. Vámonos, Quincelibras. Y vosotros también, si queréis —añadió a Martín.

Tras asentir con un gesto la mujer, se dispusieron a desafiar la lluvia convertida en murmullo bajo la mancha roja de los robles.

Por senderos convertidos en ríos, el estío huía arrastrando revueltas hojarascas. Cielo y monte se confundían de nuevo escondiendo sus tesoros, vidas al otro lado de la vida, secretas galerías de otros tiempos. La montaña horadada, herida, penetrada, se apretaba de nuevo en sí misma; parecía cerrarse ante los cazadores, con la mujer tras ellos y Martín y Marian intentando no quedar rezagados. Pronto cayó la fría noche sin camino a seguir ni estrellas por las que dirigir los pasos. Sólo la cuesta y el rumor del río, unido a los ladridos de los canes, avisaban de que las Caldas ya se iban acercando a orillas del río, al amparo del último remanso.

—¿Sabes si están abiertas todavía? —preguntó a Martín el más pequeño y delgado.

—Depende del ama y de la hora.

—Sólo para dormir y echar un trago.

—A mí tampoco me vendría mal —murmuró la otra sombra—. Me es lo mismo tinto que blanco.

La mujer les seguía envuelta en su vieja manta militar, chapoteando con los pies desnudos en el barro. De vez en cuando miraba a Marian como intentando arrancar el secreto de su presencia allí, hasta que al fin llegaron ante las casas y, alcanzando la primera, descubrió la muchacha a su madre esperándola en el quicio del establo.

—Por fin apareces —suspiró lanzando una mirada a los hombres—; llevo toda la tarde pendiente de ti.

—Se hizo de noche y nos cogió la lluvia.

—Ya veo —respondió la madre, palpando en la penumbra su vestido mojado—. Quítate esa ropa y sécate. No vayas a ponerte mala ahora.

—¿Y qué me pongo?

—Cualquier cosa. Nadie te va a venir a ver.

Arriba, en la alcoba, las dos mujeres se miraron, pendientes de pronto la una de la otra, unidas por el rumor estremecido de la lluvia.

—El tiempo va a cambiar —murmuró al fin la madre, en tanto Marian se desnudaba.

—Sí; a peor.

Con un brusco ademán, tiró lejos de sí las sandalias, luego entregó a la madre su vestido empapado y con gesto aburrido se metió entre las sábanas.

—¿Cuándo se marcha la señora?

—Creo que quiere cerrar mañana. Va a venirla a buscar el hermano. —Luego la madre, desde la puerta, se volvió a preguntar—: ¿Te subo algo caliente?

—Está bien, como quieras.

—Voy a poner esto a secar. Sólo un momento y vuelvo.

Cada vez que cambiaba de sitio sentía Marian ahora por todo su cuerpo los rastros de su propia humedad convertidos en nueva piel de barro. En su nueva envoltura, se acordaba de la mujer del monte en su montón de paja y los dos hombres desnudos a su lado, primero riendo y luego caminando. Quizás ahora dormían ya o bebían en las Caldas vecinas antes de echar el cierre. Quizás estuviera con ellos Martín, a saber si despidiéndose a su vez del ama.

A fin de cuentas, el virar tan repentino del tiempo, cambiando en una noche el sol candente por la cruda humedad, venía a decir que ya no volvería a verla hasta el año siguiente. Lo malo fue que aquella misma humedad reavivó sus antiguos dolores, devolviéndole al lecho.

—Ahora que estaba todo listo —se quejó el ama—, vas tú y te pones malo.

No era gran cosa, pero sí suficiente para mantenerle apartado de Marian en tanto el coche traía al hermano del ama venido como todos los años para nada, para ver cómo se había dado la temporada.

—Menudo negocio —solía exclamar revolviendo facturas y papeles—; lo que no se va en grifos, se gasta en blanquear.

Y no le faltaba razón, pues entre pagar al médico, servicio y facturas de luz, se iba lo comido por lo servido.

Afuera, más allá del jardín y del estanque de la infanta, el cielo se encapotaba día a día sobre prados de ropa inútilmente tendida a secar. La señora, como todos los años, puso sus llaves, antes de partir, en manos de Marian.

—Cuida del chico —dijo—; se irá en cuanto pueda moverse. Por San Miguel vendremos a la feria, si es que la hacen por fin este año. Entonces echaremos cuentas.

Y, dando el brazo al hermano, subió al coche, que a poco se alejaba para desaparecer tras la montaña como barrido por el viento.

VI

MARTÍN no se llama Martín. Le bautizaron con un nombre que ya ni recuerda, pero al cabo del tiempo alguien le vio a caballo con el viejo capote del padre y exclamó: «Parece san Martín, el que partió la capa con el pobre», y Martín se llamó desde entonces, incluso para el padre y los hermanos. El mayor trabajaba en el matadero en tanto la menor cosía para un obrador. Más tarde, cuando el corazón del padre comenzó a desbocarse, se echó mano de los ahorros de la casa, que fueron menguando hasta acabar en nada justamente cuando se iniciaban en Martín los dolores. El médico explicó a los hermanos que la humedad del valle no era buena para él y a través de comunes amigos consiguieron enviar a Martín a otro lugar más alto del que volviera, si no sano del todo, al menos no tan dolorido.

«Su trabajo no mata a nadie», aseguraban los enfermos, convencidos de que, al lado de la suya, no era nada su enfermedad. Mas, dolorido y todo, para pagar su hospedaje le era preciso subir al monte en busca de las yeguas paridas y evitar que las crías se perdieran. Al principio, el padre enviaba un poco de dinero, pero desde que su corazón se aceleró el hermano pasó más horas aún en el matadero rematando reses entre roncos bramidos y amagos de estampidas en tanto la hermana preparaba su ajuar.

Martín llegó a la conclusión de que, en la villa, estaba de sobra; nada ni nadie le mantenía atado a ella, sobre todo desde el día en que el hermano le llevó consigo por primera vez a una de aquellas hecatombes en las que los caballos, empujados por duros aguijones, avanzaban uno tras otro dispuestos al sacrificio que su mano enfundada en negro cuero llevaba a cabo con brío y rapidez. El cuerpo caía a plomo sobre el rojo cemento, lavado de cuando en cuando con un balde ante el veterinario y un coro de muchachos que presenciaban fascinados cómo cada animal se convertía en carne anónima colgada de unos cuantos garfios.

Al hermano, tal ceremonia no parecía impresionarle demasiado. A fin de cuentas, era un trabajo como tantos: esperar, recibir, sacrificar.

—Es como ir a la guerra —aseguraba—, sólo que aquí no hay malas rachas: siempre llevas las de ganar.

Su guante de cuero negro y su cuchillo ensangrentado robaron a Martín muchas horas de sueño.

Ahora, en cambio, iba a poder dormir a pierna suelta a pesar de las voces de los rezagados, esperando el momento en que Marian o la madre acudieran a saber si sería capaz de resistir el viaje.

Fuera, el cielo se abría a medias, dispuesto a concederle un plazo. Si la noche no se metía en agua, al día siguiente partiría camino de la villa monte a través, por donde tantas veces persiguió a los caballos perdidos.

En tanto se alzaba dando diente con diente, luchando por caminar sin detenerse, sentía crujir la gran espina de su cuerpo; mas, a pesar de todo, cruzó la penumbra del comedor buscando la cocina, donde guardaba el cocinero la leche y el pan. Como los muebles, igual que estantes y vasares, la encontró cerrada. Sería preciso contentarse con un duro cantero y restos de cecina que al día siguiente serían pasto de ratones.

De arriba llegaba un rumor ya conocido de palabras que contaban historias de siempre: «Yo, entonces, le dije...» «¿Y qué te contestó?» «Al año que viene nos casamos.» «Antes quería irse de aquí y buscarse otro trabajo, pero para pasar fatigas, mejor en casa.» «Si mi padre se muere, nos dejará la huerta y cuatro cuartos.» La tarde se llenaba de risas encendidas, de un arrastrar continuo de jergones sobre los baldosines. «Aquí, ni se te ocurra.» «Mujer, ¿quién va a venir?» «La madre de Marian tiene las llaves.» «Y a ella, ¿qué más le da?» «Sólo la despedida.» «Mañana, te digo.» Sin embargo, la noche en las alcobas se iba poblando de un silencio cómplice que parecía nacer a borbotones como el agua del vecino manantial en el que un día se bañara la infanta.

Hacia él la ve Martín acercarse ahora envuelta en su túnica de sauces, el paso quedo y la mirada atenta, espiando en torno los cerrados ventanales. Su melena del color del maíz apenas cubre la diadema que aquel paisano descubrió años atrás trabajando la huerta. Martín la acecha desde su ventana cegada como todas para defenderla del viento y de la nieve. Bajo la luz difusa del portal, de pronto reconoce a la madre de Marian. Lleva en sus manos las temidas llaves. Apenas se las oye girar en la cerradura, callan los murmullos y se apaga el rumor de los jergones, mientras suenan sus pasos, los de la mujer, una vez vencida la escalera.

Tras un primer intento vano, entra en la alcoba de Martín:

—¿Qué haces a oscuras?

Una mano se enciende en el fulgor palpitante de un fósforo. Tienta su frente y murmura:

—Tienes fiebre. ¿Cenaste?

En vez de responder, asiente señalando con un ademán el pan que aún resta sobre la mesa de noche.

—Espera a ver si encuentro leche. Si sigues así, mañana no te vas.

Sus llaves son un secreto talismán capaz de abrir las alhacenas donde el ama guarda restos de sus festines especiales, pues al cabo de un rato vuelve con un tazón rebosante que hace arder la garganta y la boca de Martín según lo va tomando.

—No tengas prisa; tómatelo despacio —y acompaña al ardiente tazón con unos cuantos polvorones de los que el capellán suele tomar alguna vez de postre.

Martín, en tanto los devora, no entiende el mal querer de todos para con ella, que a veces alcanza hasta a la misma Marian. Quizás se deba a que las dos se complementan, se parecen en su modo de andar como un eterno deslizarse, en su mirada que nunca se desvía, como si sólo les importara sentirse ajenas a los otros como los protestantes de la aceña vecina. Y, sin embargo, cuando se les conoce, pueden llegar a ser cordiales, como la madre ahora, con el cabo de vela encendido en la mano. Cuando después le arregla las sábanas, no son sus manos blandas como las del ama, siempre en busca del rincón más escondido de su cuerpo, sino abiertas, acostumbradas a bregar en el hielo y la nieve. Y aún le sorprende más su tono amigo, al retirarse:

—Veremos mañana qué tal andas.

Martín piensa que mejor estaría allí junto a Marian. Ella también sería capaz de sacarle adelante y, allá por San Miguel, ayudarle en el monte persiguiendo caballos con lazo de soga y caña, escogiendo para la feria los mejores. El hermano del ama no pondría reparos a un trabajo que ni iba a pagar, aunque quebrara alguna pata de sus recién traídos garañones.

—¡Mira lo que haces, animal! —solía gritar ofendiendo a sus pastores, que a sus espaldas le devolvían sus amenazas.

Mas tales juramentos no borraban su sueño. Simulaba no escucharlos, embutido en el viejo chaquetón que le defendía de la nieve y del Cierzo.

Si aquel año, por fin, no se decidían a suspender las ferias y, como acostumbraba, viniera a echar un vistazo a sus caballos, Martín quizás se decidiera a pedirle permiso para ayudar en el violento remolino de coces y crines. Era preciso poner sobre la piel de los machos y las yeguas el hierro al rojo vivo, aguantar el olor de la carne quemada y espantar a las crías que, huyendo de su propio miedo, corrían monte arriba mostrando al aire sus ancas afiladas.

Mejor quedar allí —se dijo— en tanto un nuevo día anunciaba otra vez chaparrones. Por fin se habían borrado los «Quieto, déjame», «¿Por qué?», «Quietas las manos», «Cómo sois los hombres. No pensáis más que en eso», «Estate quieta», «Quita. Cualquiera sabe si volveremos a vernos», «Tú sólo quieres divertirte. Mejor te buscas otra», «No sé a quién».

Habían cesado incluso los envites del viento contra los negros sauces que encerraban el estanque de la infanta. A sus orillas, casi tocando el borde rebosante, iba ahora con el rostro cubierto defendiéndose del frío. A veces su imagen era la de la madre de Marian, quizás porque en sus manos iban esas llaves que guardan la vida, el amor de los demás, su poder, la fortuna que las criadas odian y añoran cada vez que se ausenta la señora.

—Ni que fuera la dueña de la casa.

—Es que lo es. No hay más que ver cómo confía en ella.

—A lo mejor, con la hija se porta así también.

—Cualquiera aguanta juntas a las dos.

—Pues las habrás de aguantar antes de lo que piensas.

Martín se preguntaba qué otra razón podría impedirlo; precisamente el tedio o el capricho del ama, que gustaba de recuperar años perdidos rodeándose de jóvenes. Por ello quizás escuchaba tan atento las historias de la infanta que el médico, a la caída de la tarde, iba narrando en tanto sus pacientes paseaban.

—Según unos —decía—, la infanta vino para casarse; según otros, desterrada.

—Desterrada, ¿por qué? —le preguntaba el ama con el Cierzo ceñido a sus riñones.

—¿Quién lo sabe? El caso es que aquí la mandaron para alejarla de la Corte. Aquí tenía la suya, además de su torre y su casa, y aquí quedó viva primero y después muerta.

—¡Qué tristeza! —murmuró la dueña—, vivir así tan lejos, sin hablar con nadie, ni con Dios siquiera. —Y, lanzando una mirada a la aceña vecina, pregunta—: ¿No sería protestante?

—No los había entonces —responde sonriente el médico—; o, por lo menos, no se llamaban así.

Los sueños del alma se apagaban entonces para volverse a encender rumbo a otros derroteros, camino de la ermita donde el santero yacía rodeado de pies, brazos y manos de cera.

—Ése también debe tener su historia.

—Como todos, supongo. Cada vida tiene su misterio.

El ama suspira sin querer.

—¡Sabe usted tantas cosas!

—No muchas. Las que enseñan los libros. Tenga en cuenta que yo no iba para médico.

—¿Y para qué iba usted?

—Para cura; ya ve. Menos mal que me di cuenta a

tiempo de que no servía. Tan sólo me quedó la afición a leer, y hasta ésa se acaba perdiendo.

El ama le envuelve en un gesto de reproche maternal.

—Tampoco tiene tanta edad. Los hombres, como el vino, cuanto más maduros, mejores.

—No lo crea —se empeñaba el doctor, lanzando en torno una mirada melancólica—. Hacerse viejo es aprender a renunciar.

—Es que a mí me parece que lo que necesita es lo que todo buen cristiano: una casa y una familia; algo más que esas dichosas partidas y esos libros.

—Son un remedio como tantos otros.

Sin embargo, a pesar de sus palabras, de sus sonrisas que a ratos parecía negarse a ver el lado más amable de las cosas, incluso las criadas imaginaban al doctor, si no casado, a la sombra de alguna vieja amiga capaz de mirar por él.

Muchas veces lo oyó comentar Martín, incluso en la cocina.

—¿Tú cargabas con él?

—No está tan mal, mujer. Peores los he visto.

—Cuanto más viejos, más trabajo te dan.

—Depende del trabajo. Una cosa es la casa y otra la cama.

—A mí la cama me importa poco; lo que yo quiero es que me dejen en paz.

—Con poco te conformas.

—Es que a mí no me gustan caprichosos. —Las voces rompían a reír en la cocina, para luego añadir—: Ésos son los que después, cuando se mueren, te dejan a pedir.

—Mujer; no será tanto. Algo te dejan siempre.

El ama, en cambio, no prefería hombres gastados por el tiempo, sino carne joven que la hiciera vibrar como la infanta bajo la luna a medianoche.

—No sé qué va a ser de ella el día que le falten.

—Algo se buscará.

Sobre el jardín, la bruma caía lentamente como un manto de leche y miel que todo lo encendía para después borrarlo quedamente.

VII

Tal como afirma la madre de Marian, el mal de Martín no cede fácilmente; se diría que su perfil se vuelve cada día más magro y afilado, en tanto un dedo helado se le hunde en la espalda cada vez que intenta mantenerse en pie.

—Son cosas de la humedad —intenta explicar—. Con calor se me quitan.

—Mañana mismo escribes a tu hermana —insiste la madre—; si no puedes tenerte en pie, lo mejor es que vengan a buscarte. Seguramente te echarán en falta.

Martín no cree que el hermano ni la hermana le echen de menos, pero al fin consiente en enviarles una breve nota cuya respuesta sabe que en vano esperará.

—No pienses más en eso —le decía Marian—; donde comen dos, comen tres. El caso es que te pongas bueno. Te vienes a vivir a casa y en paz.

—¿Quién lo dice?

—¿Quién va a ser? La señora. Se lo recomendó mucho a mi madre. Las dos se entienden bien. Además, con San Miguel encima, es tonto ir y volver como quien dice al día siguiente.

Hablaba como si de pronto la montaña se hubiera transformado y crecido en un paso difícil de escalar; sin embargo, con fuerzas era capaz de cruzarla en una sola jornada.

Ahora llamaban a la puerta; sería una de las dos, quizá Marian dispuesta a quedar en la penumbra aconsejando nuevos remedios que habrían de ponerle en pie antes del tiempo previsto. Cuando llegaba sola, pronto se deslizaba bajo el suave cobijo de las sábanas. La huella estremecida de su piel y su pelo hacía crecer su amor por los secretos caminos de la carne. No hubo un solo sendero sin recorrer, rincón donde anidar, llagas recién nacidas a la luz que no cerraran sus manos suaves florecidas capaces de aguantar sus continuos asaltos.

En el dolor aceptado por Marian, Martín olvidaba su propio dolor, su pasión asumida como una venganza aplazada, crecida en una espera inquieta y densa capaz de prolongar al infinito el monótono paso de las horas.

Ahora de nuevo llegaba pasillo adelante. La delataba el crujir de la escalera, sus pasos cada vez más próximos, incluso sus eternas dudas ante otras puertas parecidas, como temiendo encontrar en las alcobas enfermos rezagados todavía preparando la maleta.

Por fin la de la alcoba de Martín cedió y éste descubrió en el umbral no a Marian, sino al dueño del molino, que le envolvía en un vago saludo.

—¿Puedo pasar?

—Usted verá si puede —le respondió Martín, del mejor humor que pudo.

—Me dijeron que andabas algo mal, pero creímos que era poca cosa. Luego hemos visto humo y le dije a mi mujer: «Se ve que no se ha ido». Lo que no imaginábamos es que estuvieras aquí solo.

Hablaba con el aire tranquilo y cortés de siempre que tanto le distinguía de los del Arrabal, en nombre de toda la familia, que incluía a la mujer y la hija Raquel, como si se tratara de una república diminuta.

—Si necesitas algo, no tienes más que mandarnos recado por Marian. Me han dicho que ella y su madre se encargan de cuidarte.

—En lo que pueden, sí. Lástima que ninguna de las dos sea médico.

El de la aceña sonrió levemente.

—Ninguno lo somos. Nos arreglamos solos con unos cuantos remedios caseros y el Señor, que pone también algo de su parte.

—Y, si no, está el santero.

El de la aceña torció el gesto.

—Lo que el Señor nos manda, mal lo arreglan los santos o los hombres. Sobre todo cuando son como ese que tú dices.

Y, sin embargo, Martín recordaba, aún dolorido

bajo su vieja manta, las virtudes de aquel hombre que el de la aceña desdeñaba ahora. Sus hierbas y remedios, su frugal alimento, las continuas visitas de los del Arrabal, sus curaciones tantas veces comentadas en el bar.

—¿No oyó hablar de ellas?

—Verás... —respondió el de la aceña—. Yo, el bar, lo piso poco.

—Ya lo sé.

Martín de pronto recordó la vida del otro, siempre en casa, en su prado con la familia en torno, tan lejos de la capilla como los demás, pero, tal como aseguraban, pendiente de su Dios en todo. Venían a su memoria la mujer, tan parecida a él, y Raquel, apenas entrevista, distinta por completo de Marian con su vestido flojo, abotonado sobre el cuello, ajena a las miradas de los otros como si el mundo se acabara en las tapias de su pequeño huerto.

—De todos modos —de nuevo llegaba la voz del dueño del molino—, tampoco hay que despreciar lo que por experiencia saben los demás. Ese santero que dices a lo mejor resulta un buen curandero como tantos. Puede que entienda de nervios y huesos rotos. Para arreglarlos no hace falta amenazar con tanto purgatorio ni pedir limosna; sólo saber la razón de las cosas y ponerlas remedio dentro de nuestras fuerzas. —Calló un instante y luego preguntó—: ¿Tú tienes fe en él?

Martín dudó a su vez antes de responder:

—Yo sólo digo lo que oigo: que sanó a unos cuantos.

—Entonces, sube a verle; a lo mejor sacas provecho al viaje. Piensa que vas al médico; le pagas lo que pida y en paz.

—Es que él no quiere nada por curar.

—Esa historia me la conozco de memoria —sonrió por primera vez—. No pide nada para sí; sólo para las ánimas benditas. Contra algo parecido se alzó hace siglos nuestro padre Lutero.

Y, viendo que Martín se revolvía inquieto todavía, añadió antes de marcharse:

—Tú no te muevas, que si mañana sale el sol, yo mismo te vendré a buscar. Te ayudaré a subir y veremos si es tan bueno como dicen.

4

—¿No será mucha molestia? —preguntó Martín.

El de la aceña volvió a sonreír.

—¿Molestia? Hoy por ti, mañana por mí. Además, tengo yo ganas de conocer la ermita esa. Tantos años aquí, pegado al río, y nunca tuve ocasión de verla.

El día siguiente amaneció como el de la aceña quería y Martín le vio llegar con un varal que, a modo de cayado, le ofreció en tanto se vestía.

—¿Almorzaste?

—Acabo de levantarme.

—No importa —le mostró un zurrón con provisiones.

—¿No echaremos todo el día en subir y bajar?

—Eso, de ti depende, amigo. Nunca se sabe lo que el Señor dispone. Si el santero no está, habrá que esperarle.

Monte arriba, parecían dos singulares peregrinos entre los apretados bosques de abedules. El temporal había teñido del color del tabaco las retamas que se doblaban de mal grado a su paso. A veces era preciso hacer un alto a fin de que Martín concediera una pausa a su espinazo. El de la aceña procuraba entonces animarle, alejar de su mente turbios temores, sobre todo desde que supo que los dos eran paisanos.

—Tiene gracia —decía—; el Señor conoce bien el camino de las cosas. Si no es por tu enfermedad, no hubiéramos llegado a conocernos.

Martín, herido en su espinazo, se decía que aquel Señor de quien tanto hablaba el nuevo amigo debía tener a su disposición otros remedios menos dolorosos. Cada vez que maldecía a media voz, el de la aceña no parecía oírle, luego tendía el brazo y, con la ayuda del cayado, la ascensión proseguía en tanto el cielo se mantenía despejado.

—Ya ves; por un dolor también estamos yo y mi familia aquí.

—Yo creía que para trabajar.

—Era mi padre quien andaba en lo del ferrocarril.

Las obras las dirigía un ingeniero venido de Inglaterra. Entre él y su mujer montaron la primera capilla protestante del valle, que pronto provocó en torno no sólo bendiciones, sino amenazas de los representantes de la Iglesia.

—Pero les daba igual. Había entonces libertad de cultos y ellos siguieron sembrando su cosecha, esperando verla madurar.

—¿Y maduró, o se la segaron antes de tiempo?

—De todo hubo en la viña del Señor.

—Ya me extrañaba tanta facilidad.

—Facilidad, ninguna. Primero tuvieron las reuniones en su piso pero, según crecía el número de los que asistían, fue preciso alquilar una sala de baile.

—Buen sitio —rió Martín, aguantando los dolores.

—Lo malo no fue el sitio, sino el día en que lo inauguraron.

—¿Era martes y trece?

—Peor aún. Los católicos dieron en decir que los que allí acudieran serían excomulgados.

—Y entonces no fue nadie.

—Al contrario. Aunque sólo fuera por curiosidad, el caso es que el local se llenó. Entonces los curas, viendo que perdían la partida, buscaron gente para tirar piedras contra la fachada. Menos mal que los de dentro consiguieron dejar libre un paso; si no, allí quedan todos. Hasta llegaron a rociar gatos vivos con petróleo, prenderlos y buscar modo de lanzarlos dentro.

—¡Vaya cisco!

—Ninguno, porque los pobres animales se volvieron contra sus verdugos. A buen seguro que el Señor lo hizo.

A pesar del cielo despejado, el camino parecía prolongarse. Fue preciso hacer de nuevo un alto y en tanto descansaba, Martín se preguntaba cómo viviendo en la misma villa nunca supo de las aventuras que ahora contaba el amigo protestante.

—Entonces debías ser muy chico.

Él, en cambio, debía haberse abierto pronto a la vida tras la huella de su mujer y compañera. Incluso en la misma villa debía haber más de los que los hermanos querían reconocer.

—Claro que los hay. En toda la provincia. Muchos hicieron profesión de fe viendo a aquel hombre y a su mujer perdonar en el juicio a sus agresores, después de haber sufrido sus piedras y sus palos y hasta tronchos de coles.

Siguieron caminando hasta alcanzar un recodo donde el Cierzo soplaba ante un montón de ruinas verdinegras. Bajo el arco de entrada campeaba roído por el viento el escudo del antiguo reino rematado por una tiara monumental.

—Me parece que ya estamos —murmuró el de la aceña en tanto un corro de gallinas se deshacía ante los recién llegados—. Esperemos que no ande lejos.

—Andará buscando hierbas.

Ladró un perro a lo lejos y luego vino un silencio largo y pesado. De nuevo volvían los dolores. Martín ya se desesperaba cuando, como acudiendo a su llamada, el santero en persona apareció con un cubo en la diestra y en la otra mano el azadón. Su maciza silueta dejó atrás la cortina de bruma y, tras lanzarles una mirada atenta, les señaló la puerta.

—Ave María, ¿qué se ofrece?

Y, como los dos callaban, viendo a Martín encogido, le preguntó:

—¿Estás enfermo, hijo?

—Muy sano no estoy.

—¿Te caíste, mancaste, o es que cogiste frío?

—Algo de todo, creo yo. La cosa es que no puedo dar un paso sin que lo sienta en todo el espinazo.

—Vamos a ver. Quítate la camisa.

Había lanzado una mirada atenta al cuerpo desnudo de Martín y con sus dedos sabios iba tentándolo como buscando la raíz de su mal.

—¿Te duele aquí?

—No.

—¿Y aquí?

—Tampoco.

—¿Y ahora?

Martín, por toda respuesta, dejó escapar una maldición que hizo al santero fruncir los labios.

—Lo que tú tienes no es otra cosa que «dedo de Dios».

—Y eso, ¿qué es?

—Lumbago.

Ahora, quien sonreía era el dueño de la aceña.

54

—¿Puede vestirse ya? —preguntó.

—Cuanto antes mejor. Éste es mal que se coge durmiendo a ras de tierra, cuando se pasa del frío al calor.

—¿Y no vendrá de algún esfuerzo que hizo?

—También podría ser. Entra en los huesos una lombriz que causa estos dolores.

—¿Una lombriz? —preguntó el del molino, divertido.

—Un dragoncillo que ataca mientras vive. Para acabar con él, lo mejor son cataplasmas de alcanfor y hacerle que se mueva poco. Y, si el mal no remite, sólo queda bañarle en sangre de cordero.

Martín se había vuelto a poner la camisa y ya el santero, tendiendo la mano, murmuraba:

—Hasta la vista, hermanos; una limosna para el santo.

El de la aceña depositó unos cuantos centavos y los dos emprendieron el camino de vuelta. Aún alcanzaron a escuchar el caer de las monedas en el cepillo de hojalata que el santero parecía ofrecer a los vientos en el atrio desierto.

—Buen provecho le hagan, si con ellos te sana.

—¿Usted cree que servirá de algo esta caminata?

—En lo del dragoncillo ese que dice —respondió el de la aceña, burlón—, más parece invento suyo que cosa seria. En lo del alcanfor, ni creo ni dejo de creer. Si curó a tantos como dices, ¿por qué a ti no? El tiempo lo dirá.

—Usted no ha visto esa ermita por dentro; está repleta hasta el techo de brazos y pies de cera, recuerdos de enfermos que aquí vinieron en busca de remedio.

—He visto cosas parecidas. Supersticiones hay por todas partes, pero sólo uno cura sin pedir nada a cambio.

—¿Quién?

—Nuestro Señor. En sus manos estamos desde el día en que nacemos hasta la hora de la muerte. Él, sí puede decirse que es nuestro salvador.

VIII

Así empezaron las curas en casa del dueño de la aceña, pues tenía unas manos a la vez duras y hábiles que parecían adivinar en la espalda de Martín por dónde iba el dolor.

—¿Quién da mejor las friegas? —preguntaba Marian con intención—, ¿la hija o la madre?

—Ninguna de las dos. El padre.

—¿Por eso vas a su casa?

—No voy a hacerle venir aquí; además, me regala el alcanfor.

Ya fuera a causa de la ciencia del santero o simplemente de su juventud, el caso fue que, día a día, Martín se sintió mejorar. Pronto pudo pasear al borde del estanque de la infanta, cruzar ante el portal cerrado de las Caldas y acercarse al bar.

—Esa chica de la aceña tiene buenas manos —reía el dueño, seguramente pensando lo mismo que Marian.

Martín no respondía; bebía su vaso y tomaba el camino de casa, donde la madre esperaba con la eterna pregunta a flor de labios:

—¿Cómo van esos dolores?

—Ya casi no los siento. ¿Vino carta?

—No. Se ve que tu familia no tiene prisa.

—Ya se lo dije yo.

—Tampoco es cosa de dos días —mediaba Marian—. ¿No viene por San Miguel el hermano del ama? Pues él decidirá qué hacemos. Hasta entonces podemos esperar.

La madre asentía a medias.

—Está bien, pero algo tiene que hacer. No va a pasarse el día con los brazos cruzados. Con San Miguel y la feria encima, mejor que suba al monte a ver cómo andan los caballos.

Así volvió Martín en busca de las macizas sombras por vaguadas y trochas brotadas de helechos, cruzando ciénagas inmóviles, nidos vacíos, huellas de cascos, rastros de animales. Todo el monte: piornos y retamas, respiraba humedad convertida en jirones de bruma en torno a la manada cárdena y oscura, como un montón de rocas caídas de la luna, como la voz de Marian llamándole desde la espesura. Era un rumor parecido a aquel otro que, murmurando su nombre después, a la mañana, nunca sabía si llegó a escuchar en realidad. Casi siempre empezaba con un leve rechinar de pestillos y unos pasos quizás de Marian, pero que a poco se perdían en tanto subían desde el piso bajo vagos retazos de palabras que nunca conseguía entender. Quizás se tratara de la madre o de algún nocturno visitante, mas los murmullos solían prolongarse hasta que el alba borraba tales sobresaltos con su pálida luz.

Cada vez que perseguía a los caballos, no podía por menos de recordar el guante negro del hermano mayor, allá en el matadero, y la hermana que pronto se casaría, o el padre con un pie ya en el cementerio.

¿Qué vida iba a ser la suya desde entonces? ¿Le tendría en cuenta la señora, si es que junto a ella estaba la postrera noche? Seguramente no. Seguramente se iría al otro mundo tras dejarle las Caldas a la Iglesia, a alguna institución piadosa que en el día del Juicio justificara sus debilidades de aquí abajo, en la tierra. De seguir en las Caldas, podía continuar con los caballos si el hermano del ama lo aceptaba. Su mundo, entonces, no cambiaría gran cosa; seguiría yendo y viniendo a uno y otro lado del monte según las estaciones, velando enfermos o cuidando la manada.

Ahora podía verla; apenas un puñado furtivo entre otras de dueños diferentes, cada vez más reducida por culpa de la sequía prolongada. Alguien hizo correr la voz que nuevos padres traerían carne más abundante, y la mayoría dudaba si probar a sabiendas del riesgo que corrían.

—Hay que tener en cuenta —afirmaban en el bar— que a la larga acabarán debilitándose, no aguantarán la vida del monte ni la falta de pasto, ni el frío, ni la sequía. Además, ¿por qué abrirse de piernas a todo lo que viene de fuera?

Así alguna manada se iba salvando año tras año, cría a cría, para acabar a manos de carniceros y tratantes. Ahora se la veía en torno de su rey, un bayo cabezón, macizo y de sólidos cascos con una gran estrella blanca en mitad de la frente. Martín, cargado con un par de ramales, estaba a punto de echarle el lazo cuando una voz le llamó desde lo alto. Alzó el rostro y vio acercarse al santero con su cepillo de limosnas y un par de alforjas sobre el hombro. A cielo abierto, abriéndose paso en el mar de monte bajo, parecía más ágil y joven que encerrado al pie de las nubes entre brazos de cera. Debía de volver de algún perdido caserío o de los pueblos, de pedir caridades, bajando sin errar un solo paso. Cuando estuvo más cerca, envolvió a Martín en una mirada satisfecha.

—Según veo, acerté con la receta. ¿Ya te vales del todo?

—Del todo, ya lo ve.

—Lo veo y me alegro. Ya pasaré a cobrarte —dio un golpe con el puño en su cepillo de latón.

—¿No cobró ya? —preguntó Martín recordando la limosna del dueño de la aceña.

—Eso es sólo por conocer el mal. Luego viene pagar la receta. ¿No sabes que no hay santo que no tenga octava? Lo que me dio tu amigo es sólo parte —rió entre dientes—; falta la otra. —Lanzó a Martín una mirada postrera y concluyó alejándose—: Me alegro de encontrarte bien, aunque, a decir verdad, un poco magro. Pásate un día a verme y encontraremos algo para remediarlo.

Había desaparecido haciendo retumbar su caja de latón, donde un montón de monedas repicaba. A buen seguro la caridad del día se había mostrado generosa con él, porque volvía a su ermita con las mejillas rojas, dejando tras de sí un olor acre a vino que hablaba no de virtudes celestiales, sino de otros placeres más a ras de tierra.

Con la voz del santero, la manada se había alejado. Fue preciso seguir tras su huella hasta alcanzarla. Vistos de cerca, también los caballos acusaban el duro

estiaje en los huesos a punto de romper la piel donde
en otros otoños abundaba la carne. Martín se dijo que,
en la feria, los bolsillos del ama saldrían malparados;
sin embargo, decidió acercarse al rey, que, pareciendo
adivinar sus intenciones, apretó el paso para al fin detenerse relinchando, mostrando al aire sus dientes amarillos. Martín le dejó confiarse para acercarse poco a
poco. Luego, tras la traición de una caricia y unas palabras suaves, súbitamente le agarró de las crines dejándose arrastrar a través de las hurces. Y, cuando el
animal supo que su rival era terco como él, no fue
difícil echarle al cuello el ramal, con el que su libertad
terminaba para siempre.

—Tranquilo... —murmuró Martín en tanto el animal
se resistía con la soga en torno a la cabeza.

Intentaba retroceder, huir, alertar a la manada con
relinchos breves, lanzando coces al aire. Mas la manada
no le abandonaba; cuando el rey se hartó de cocear, de
espantar libélulas en sus nidos de fango, hizo alto
resoplando, dispuesto a aceptar un destino al que le
condenaba el lazo. Martín, después, se acercó a los
otros animales buscando en sus ancas el hierro del
ama. La manada, huérfana ahora, apenas se movía, indiferente ante su suerte, y no le fue difícil encontrar
un segundo animal repuesto ya de los ayunos estivales.

Esta vez con el rey a sus espaldas, la maniobra resultó más fácil. Así con ambos, Martín emprendió el
viaje de vuelta cruzando ya al caer la tarde ante la
puerta del molino. El dueño debía andar a vueltas con
sus sacos y tolvas, y sólo la hija Raquel recogía la ropa
tendida sobre el prado que rodeaba la aceña, cercado
de turbios remolinos.

—¿Qué tal va eso? ¿Se secó?

—De momento, sí. Veremos mañana qué tal amanece.

Martín se la quedó mirando. Su modo de hablar
tranquilo y confiado le llamaba siempre la atención
tanto como su timidez, que, según la iba conociendo
más, parecía aumentar apenas despegaba los labios. La
conoció cuando las friegas de alcanfor, cierto día que
entró sin previo aviso con el frasco y se encontró con
un Martín desnudo de cintura para arriba que la hizo

retroceder hasta la puerta tratando de disimular una huida franca y descubierta.

Ahora, en cambio, miraba con atención los caballos en tanto, con el rumor del río, llegaba el de la madre trajinando en la casa.

—¿De quién son? ¿De tu ama? —había preguntado la muchacha.

—Y tuyos.

—Yo no tengo caballos.

—Pero tienes molino; no te quejes.

—¿Quién se queja? La riqueza no es cosa nuestra, sino del Señor. De sus manos depende.

Martín se dijo que el padre y la hija parecían cortados por la misma medida. Los dos hablaban de la misma manera: tranquilos, sosegados, mentando siempre a su Señor, que debía presidir el mundo en torno de la aceña.

—Tú no te fíes mucho —comentaba molesta Marian—. No vayan a echarte el lazo. Mucho «Señor, cuento contigo; contigo me acuesto y contigo me levanto», y un día el que amaneces en la cama eres tú. De sobra me conozco yo a esos pájaros.

Sin embargo, aquellos breves encuentros a solas poco tenían que ver con lo que Marian temía o imaginaba. Sus sueños, en cambio, sí; en sueños veía a la infanta naciendo entre los sauces de su estanque, descalza y transparente, transformada en Raquel. Su sonrisa velada parecía sembrar paz a su paso. Luego, de pronto, indiferente y decidida, se quitaba el vestido y el mundo se borraba en torno. Su rostro ya no era el de siempre, ni su pelo brillante caía sobre su espalda hasta la cintura en tanto probaba el agua con el liviano pie. Poco a poco se hundía y reposaba en ella como tratando de curar alguna enfermedad del alma. La luna se ocultaba en sus campos de nubes y, mientras las libélulas seguían con sus vuelos sonámbulos su imagen desaparecía.

Y era bien cierto que muchas noches aquella imagen le hacía odiar al ama, siempre al acecho por los caminos de la carne en busca de un furor convertido en caricias solemnes, teñidas de amor maternal.

Con Marian, en cambio, se convertía en rival más

entera y engañosa. Tan pronto huía como cambiaba de semblante; a ratos le acosaba y a ratos se le mostraba tan esquiva como el limo del río deslizándose entre los dedos, resbalando en el momento preciso, cuando la amanecida. ¿Dónde iría a secarse después de su baño? Puede que entre los sauces, sobre la hierba blanda de la orilla, por los remansos sembrados de juncos donde el agua caminaba en silencio. Allí debía volver su túnica a cubrirla y a ceñir su cintura el macizo bordón, camino de un palacio que quizás sólo fue, como todo, invención de una noche, de un otoño cargado de silencio y humo ahora que allá en el monte se cortaba madera para hacer carbón.

Aun en sus últimos días en las Caldas, el recuerdo de aquel palacio fantasmal también colmaba los sueños y la tertulia del doctor.

—Aquí tuvo que estar —comentaba a menudo lanzando una mirada en torno dispuesto a hacerlo surgir aunque sólo fuera en su propia fantasía—. No sería muy grande ni lujoso, pero debió existir. No conozco una sola leyenda que no responda a alguna realidad, de lejos o de cerca.

—Aquí llaman palacio a cualquier casa de piedra con tal que no se venga abajo —respondía el capellán con sorna.

—Pero tendría iglesia al menos.

—Eso a la vista está —respondía el otro mostrando la capilla—. Es todo lo que queda. A la infanta igual la trajeron de algún claustro. Total, ¿qué importa? Hoy nadie mira ya por estas cosas. Todo lo que no sea comprar, vender o ganar es tiempo perdido. Eso era antes; ahora ya estamos en el siglo veinte y esas cosas no cuentan. Veremos qué nos trae este año treinta y cuatro que se nos viene encima como quien no quiere la cosa.

—A lo mejor, nuevas desgracias —se burlaba el doctor ahora—. Por ejemplo: una revolución.

—Por Dios, no gaste bromas de mal gusto.

—¿Quién dice que son bromas?

—Bromas o veras —concluía preocupado el capellán—, lo único que nos queda es rezar y callar.

IX

En un principio parecía que el médico iba a salirse con la suya, pero al fin se serenó el otoño al pie de las coronas de los álamos, que parecieron alejar de sí cualquier amenaza de revolución. La misma prensa aseguraba que la villa y la capital permanecían tranquilas. El monte en torno a ellas se volvió oscuro de robles, azul de lirios, encendido de espinos, y un día la urraca blanca y negra llamó al cristal de la ventana de Martín con golpes monótonos y airados. Venía a decir que ya San Miguel y su ferial se hallaban encima con su mercado de ganado. Era preciso alzarse y esperar a que el hermano del ama llegara.

Los del bar, viendo acercarse el coche, nunca dejaban de salir a echar un vistazo.

—Debe comer sólo sardinas —murmuraban—; por eso anda tan flaco el pobre.

—Así dicen que engordan los cerdos en la villa. Luego el jamón tiene sabor a arenque.

—Peor que su vino. Pero él se cuida y no lo toma. Tiene otro algo mejor para quitarle el frío al espinazo.

—Será el de consagrar porque, cuando se pone, bien le da a la botella.

Más tarde, camino del ferial, se olvidaban del vino y los caballos como tantos otros ganaderos o mineros retirados que, entre vaso y vaso, hablaban de un nuevo gobierno, de pistoleros y duras represalias, de sindicatos libertarios, de lanzar al país a una revolución que cambiara la norma de las cosas. Fue por entonces, en aquellas cantinas rodeadas de ganado, donde Martín oyó por vez primera aquella palabra que no llegó a entender como la mayoría de las otras, pero cuyo significado no se atrevió a preguntar hasta que, tiempo más tarde, una mano se posó sobre su hombro murmurando:

—El día que lleguemos a mandar, vivirás como un cura. Habrá pan y tierra para todos.

Volvió el rostro y al punto reconoció a quien tan buena nueva predicaba: era uno de los cazadores que tiempo atrás encontró con Marian en el monte.

A poco se acercaba el otro con un vaso en la mano y exclamaba viendo a Martín:

—¡Cristo! Tú, como Dios, estás en todas partes. ¿Aún sigues en las Caldas?

—Cerraron hasta la primavera.

—Pues, cerradas y todo —murmuró el mayor de los dos—, a lo mejor un día pasamos a hacerte una visita. —Luego desvió la mirada hacia su compañero y preguntó—: ¿Qué te parece, Quincelibras?

—Me parece bien; tú mandas.

Más tarde los dos se enzarzaron en una discusión en torno a una de aquellas famosas revoluciones, fracasada cuatro años atrás en un lugar cuyo nombre a Martín recordaba a los caballos, ya que no en balde se llamaba Jaca, de dictaduras y monarquías destronadas. Tales palabras hacían hervir ahora su cabeza, cuando, una vez los caballos vendidos, era preciso emprender el camino de vuelta, entre amos preocupados de los alrededores, amigos del café o del Círculo de Labradores.

—Malos tiempos se nos vienen encima —solían lamentarse.

—Malos y duros —asentían los tratantes— por culpa de esos anarquistas. Dicen que andan tramando unirse y tomar la capital.

—¿Y cómo van a conseguir tal disparate sin armas?

—A golpe de dinamita. Además de que alguna tendrán.

—Eso será si el gobierno lo consiente.

—El gobierno ni se entera.

Un mundo diferente se abría de improviso ante Martín según volvía a la noche con la cabeza llena de insólitas palabras y rencores que no sabía contra quién iban, pero que le sonaban a Quincelibras y su compañero, a sus idas y venidas a través del monte.

Cuando, a la hora de la cena, la madre de Marian le preguntaba qué tal había ido la venta, tan sólo sabía responder:

—Bien. —Para añadir tras una pausa—: La semana que viene voy a acercarme a casa.

Vio un alivio en sus ojos, mas no en los de Marian, que sin decir palabra, como de costumbre, se fue para volver a poco y unirse a él en el sonoro silencio de la alcoba, en un continuo batallar hasta rozar las luces de la aurora.

—¿Y si tu madre asoma ahora?

—Mi madre no vendrá.

—¿Por qué? ¿Cómo lo sabes?

—Lo sé de sobra. A estas horas piensa en otras cosas.

—No te fíes.

—No viene; estate tranquilo.

Luego Marian volvía a su mutismo de siempre, que hacía a Martín preguntarse cuál sería su secreto común, capaz de hacerlas de tal modo solidarias. A veces parecían una sola, el mismo rostro y hasta el mismo cuerpo, tal como sucedía con Raquel; puede que incluso, en la alcoba, las dos se confundieran entornando a la vez los ojos cenicientos sobre el revuelto mar de la almohada. Debajo de su pecho, sin embargo, sólo Marian velaba, sólo sus manos y sus pies tejían coronas de lamentos en tanto su recién nacido bosque poco a poco se abría, murmurando:

—¿A quién prefieres?, ¿a mí o a esa Raquel?

El Cierzo se alzaba en la montaña, el río hacía un alto entre los sauces y hasta la urraca negra y blanca dejaba de llamar a los cristales. Luego, muy poco a poco, el valle se iba volviendo blanco en la penumbra sobre los dos cuerpos dormidos en tanto la madre bullía en la cocina. Llegaba con el viento el lamentar de la abubilla, la voz quebrada de los grajos, el silbido tenaz de algún halcón solitario roto tan sólo por un solemne repicar en el portal.

—¿No hay nadie en casa? —preguntaba una voz en tanto los golpes arreciaban.

—Baja y mira quién es —murmuró Marian—. Hoy mi madre está sorda.

Martín se vistió como pudo y salvó los escalones alcanzando la puerta.

—No abras —llegó la voz de la madre desde la cocina.

Se volvió sorprendido y respondió:

—Van a seguir llamando.

—Ya se cansarán. Déjalo.

Había encendido un carburo cuya luz multiplicaba su negra sombra sobre el muro.

—Con esa luz sabrán que hay gente —y, como dando razón a sus palabras, la puerta pareció venirse abajo.

—¡Abre, paisana! —volvió la voz de fuera—. Sólo queremos las llaves de esas malditas Caldas.

Martín la reconoció. Se acercó al cuarterón y, mirando por el ojo de la cerradura, reconoció al punto a Ventura junto a Quincelibras echando un vistazo. Por fin abrió y los dos quedaron sorprendidos.

—¿Qué haces tú aquí a estas horas? —preguntó Ventura.

—¿No te dije que está en todas partes?

Ventura, por unos instantes, guardó silencio tratando de echar un vistazo al interior de la casa. Luego insistió:

—¿Qué? ¿Pasamos, o no? Nos basta con echar una ojeada.

En el portal aparecía la madre de Marian.

—Las Caldas están cerradas.

—¿Nos dejarás mirar, paisana? —preguntó Quincelibras empujando la hoja del postigo—. Que están cerradas, lo sabemos; sólo queremos ver si dentro guardan armas.

—¿Armas aquí? —preguntó la mujer, extrañada—. ¿Y para qué, si puede saberse?

—Eso mejor se lo preguntas a los del comité.

—¿Al comité? ¿Qué comité?

—De requisa —repuso Ventura en tanto Quincelibras paseaba la vista por los rincones del corral.

Subió al piso alto y sus pasos fueron marcando el camino de su inútil búsqueda en arcones y armarios hasta volver de nuevo a la escalera. Ya a punto de salir, en un postrer vistazo descubrió la entrada del establo.

—¿Dónde da esa puerta?

—A la bodega.

—Tendrás algo de vino... —preguntó Quincelibras.

—Ni una botella.

—Vamos a ver si es verdad o no.

Y, ante los ojos atentos de Martín, Quincelibras intentó apartar a la madre de Marian en tanto Ventura le justificaba:

—Mujer, no hemos venido a robar nada. Si nos llevamos algo, se te abonará.

Mas ni la madre ni la misma Marian, recién llegada, todavía con el sueño en los ojos, querían ceder, cortando el paso a Quincelibras.

—Pero ¿a qué vienen tantas precauciones?

—He dicho que ahí no se pasa. Nada más.

—¿Por qué?

—Porque lo digo yo y en paz.

Pero ya Quincelibras se había zafado de las manos que intentaban detenerle y desaparecía en el interior de la bodega. De pronto aquel murmullo que Martín conocía pareció despertar en el fondo de la negra boca sorprendiéndole, haciendo a Marian estremecerse junto a la madre. Ahora lo reconocía: era el rumor de tantas noches, sólo que a pleno día, a pocos pasos del portal donde se hallaban; y Martín se decía que ahora no soñaba, lo oía claramente ante el gesto curioso de Ventura, que observaba con atención a las mujeres.

Al fin, incapaz de aguantar las protestas de las dos, tomó en sus manos el carburo de Martín y alumbró el interior de la bodega:

—¿Qué pasa ahí dentro, compañero?

Vino un largo silencio seguido de un rumor violento y un furioso retumbar de tablas preludio del perfil de Quincelibras naciendo de la penumbra de la puerta. Su mirada fue a caer sobre la madre de Marian.

—¿Cuánto lleva esa chica ahí encerrada?

La madre no respondió. Parecía no haber oído la pregunta, hasta que contestó de pronto:

—Está mala. ¿No lo has visto?

—Y el médico, ¿la vio?

La madre asintió.

—Hace años la llevamos a la capital. Dijeron que tiene mala cura.

—¿Pero qué tiene? —cortó impaciente Ventura.

Quincelibras se hizo a un lado.

—Si quieres verlo tú mismo, pasa.

Ventura entró seguido de Martín. A la luz del carburo que éste mantenía en alto, siguieron el rastro de aquella voz cascada ahora, como de pájaro escondido que hubiera aprendido unas cuantas palabras.

Al fondo, una tosca jaula improvisada con hierros y tablones servía de prisión a una pequeña sombra que les miraba fascinada. Parecía a la vez niña y mujer moviéndose mal entre sus barrotes, según la luz del carburo caía sobre sus brazos cortos y mezquinos, resbalando hasta los pliegues de la falda rota.

—¿Será posible? —murmuró Ventura iluminándola; luego se volvió hacia Martín—. ¿Y tú vives aquí?

—¿Yo qué sabía?

—Tienes buen sueño, y además andas mal de la vista, porque en mi vida vi cosa parecida.

Martín no supo qué responder. Tan sólo recordaba los rumores de la noche.

—De veras, compañero —insistía el otro—, no sé si te pasas de listo o te haces el tonto, pero de todos modos para estas cosas están los manicomios.

Cuando volvieron al portal, Martín no pudo pensar sino en Marian, en sus silencios cada vez que preguntaba sobre aquellas voces que creía oír en sueños pero que ahora sabía dónde nacían, dónde iban a morir tras romper las tinieblas de la noche. Seguramente aquellos ojos furtivos, aquellas uñas rotas no estaban ahí en la penumbra por maldad, sino por vergüenza ante la gente del Arrabal. Más allá de sus propias razones, había en aquella rara reliquia de mujer algo que entristecía y asustaba, en cuyo fondo aparecía la imagen de la madre de Marian. Ahora, de pronto, volvían a su memoria rumores que escuchó alguna vez a las criadas de las Caldas y que él, como siempre, tomó por historias nacidas a la sombra de envidias y rencores.

Esta vez, de nuevo al sol que calentaba tibiamente, sus ojos no buscaron los de Marian. De todos modos, la muchacha ya se iba, dejando a solas a su madre y Ventura junto a Quincelibras.

—De cualquier forma, sane o no, debería dar parte.

—¿Y qué gano con eso? ¿Que acaben encerrándola?

—¡Más encerrada que está ahí!

—Aquí, al menos, está en su casa.

—En su jaula, querrá decir. —Vio Ventura a la madre tornarse cada vez más sombría y concluyó—: En fin, usted sabrá qué hace. Nosotros nos vamos. Otro día pasamos por las Caldas.

Ya enfilaban la tapia del corral cuando la voz de Martín los detuvo a los dos.

· —¿Qué pasa ahora? —preguntó Quincelibras.

—Que me voy con vosotros. Llevo el mismo camino.

Ventura y Quincelibras se miraron; luego aquél respondió:

—Por nosotros no hay inconveniente, pero apura. Antes de mediodía no nos vendría mal estar al otro lado.

—Un momento —medió la madre de Marian—. Voy a ponerle un poco de comer.

—Y de beber, si tiene —replicó Quincelibras—. No hay remedio mejor para pasar el monte y la cecina.

A poco llegaba el almuerzo envuelto junto a la muda en un pañuelo de colores. Los tres se perdieron rumbo a los avellanos dejando atrás el adiós postrero de Marian otra vez en el quicio de la puerta.

X

Años antes, en pleno mes de enero, con la nieve azotando
los álamos, supo Raquel que Marian iba a tener una
hermanastra.

—¿De quién será? —preguntó recordando al padre
huido tiempo atrás.

—Eso no es cosa nuestra —repuso el suyo—; cada
cual en su casa sabe lo que se hace. Tiempo vendrá en
que como todos tendrá que rendir cuentas.

Según los días corrían no era difícil comprobar que
eran fundadas las sospechas de los del Arrabal, cada
vez que se encontraban con ella buscando leña, espa-
lando o esperando los escasos arrieros que, con su
mercancía a cuestas, se arriesgaban a subir hasta allí.
Trabajar desde la madrugada hasta la hora de volver
a la cama debía ser un calvario que, a pesar de la
ayuda de Marian, cada día su rostro delataba.

—Podíamos echarla una mano —proponía Raquel—.
Al menos, amasarla el pan.

—Para eso está su hija —respondía la madre—. ¿O
es que no tiene manos?

—Dicen que no la ayuda demasiado.

—¡Se inventan cada cosa! Más te valía no escu-
charlas. Seguro que ésa salió del bar.

Pero Raquel no se rendía fácilmente. Un día envolvió una hogaza con algo de matanza y fue a llamar a la
puerta de Marian.

—Pasaba por aquí y se me ocurrió traeros esto.

Le ofreció la carga de su delantal.

Marian se había quedado mirando su silueta distinta, su piel transparente, su vestido abotonado sin un
solo resquicio, como cerrado celosamente a las miradas indiscretas de los hombres.

—Ya tenemos —había respondido—; de todos modos, gracias.

—No hay de qué darlas. A fin de cuentas, todos somos hermanos. Dile a tu madre que, si algo necesita, no deje de llamarnos.

Se había alejado cruzando el rincón de los sauces y Marian se preguntó si, tal como el capellán aseguraba, aquella familia encerrada en su aceña era su enemiga dispuesta a recurrir a cualquier medio con tal de propagar su fe.

Por otra parte, tal fe no llenaba sus noches ahora, sino el conocer quién sería el padre de la hermana que anunciaba su llegada. Quizás algún enfermo de las Caldas, de los que pedían el desayuno en la cama. Ellos sabían qué criada exigir, una de las que antes de retirarse preguntaban:

—¿No quiere nada más?

En su manera de decirlo, en su mirada alerta y maliciosa, se adivinaba otro servicio no incluido en las recetas cuyo leve anticipo venía a ser no retirarse cuando la mano del cliente buscaba refugio bajo el tibio cobijo de las sábanas.

—Ahora no —respondían lanzando una mirada atenta a la puerta—; esta noche no corra el pestillo. En cuanto acabe de recoger, me subo.

Y al final de la temporada, cuando el cliente se iba, solía preguntar a aquella que le había servido:

—¿Tienes algún capricho? ¿Qué prefieres? —y la mayoría solía desear casi siempre una buena propina que el ama consideraba parte del sueldo y por lo tanto digno de tener en cuenta a la hora de irse a contratar.

Sin embargo, la madre no era de ésas, se decía Marian. Al menos, eso pensó siempre desde que tuvo noticias de aquellos furtivos amores, bien pagados a veces y a veces rechazados. Para mayor seguridad y a la vez atraída por un mundo que apenas conocía, solía quedarse hasta bien entrada la noche espiando desde la ventana las luces de las alcobas de las Caldas. Todavía con el padre en casa, solían llegar del cuarto vecino rumores de constantes disputas, hasta que cierto día desapareció. Marian ocupó en la cama su lugar y durante largo tiempo tuvo que aguantar la vana espe-

ranza a la que la madre no parecía dispuesta a renunciar.

Algunas noches se despertaba de improviso.

—Marian —llamaba.

Marian no respondía esperando que el sueño la
venciera, mas su silencio servía de poco.

—¿Has oído? Llamaron a la puerta.

—Es el viento.

—¿Por qué no vas a ver?

Hasta que un día se cansó de bajar las escaleras
a tientas y la madre se tuvo que contentar con asomarse al ventanillo desde el que se dominaba la terraza
del bar y el jardín de la infanta.

—Madre, por los santos del cielo, cierre de una vez
y métase en la cama. Se va a quedar helada. No llama
nadie. Debe de ser la urraca picando en la ventana.

La madre volvía tiritando, apagaba la luz y se escondía entre las sábanas, atenta sin embargo a cualquier murmullo que llegara de fuera. Mas, poco a poco,
aquellas vigilias se hicieron cada vez más breves. Una
mañana amaneció dormida y Marian, sorprendida, tuvo
que despertarla temiendo alguna enfermedad.

—¿Sabe qué hora es?

—Me quedé dormida.

—Ni siquiera oyó tocar en la capilla. Ya pasan de
las diez. Si no es por mí, empalma el día con la noche.

Y, cuando ya la vida parecía volver a su cauce, vino
aquella hermanastra a revolucionar el mundo en torno
de las mesas del bar.

—Yo creo que el padre no es de aquí.

—¿De dónde, entonces?

—Con tanto tráfico en verano, vete a saber; de cualquier tratante o del que sube la sal.

—O de cualquier cliente de las Caldas. Con tanto
pasear y tanta calma, sólo hacen falta tiempo y ganas,
y de eso tienen de sobra.

Así una noche llegó la hermana, entre agua tibia y
manos amigas, a la luz de un carburo que iluminó su
primer llanto, su cuerpo sucio de placenta y sangre,
los postreros suspiros de la madre. Hasta Raquel echó
una mano a las del Arrabal, más hábiles por la edad
y la costumbre. Luego, al cabo del tiempo, día a día,

siguió desde la ventana del molino los pasos de aquella niña que Marian no solía llevar consigo.

—Medra poco —comentaba con su padre, siempre pendiente de las tolvas.

—¿Cómo va a crecer, si no se mueve en todo el día? ¿Dónde anda Marian?

—Estará en casa, haciendo la comida.

—Esa chica no tiene quien mire por ella —sentenciaba el padre—; con la madre en las Caldas y la hermana en el monte, mal porvenir la espera.

Al dueño de la aceña no le faltaba razón. Era inútil intentar hacer hablar a la muchacha, ni siquiera balbucir una respuesta. Se quedaba todo lo más mirando con ojos sosegados o iracundos a su interlocutor tratando de adivinar una respuesta que sus labios callados escondían. Según crecía, su semblante parecía alejarse de sí mismo, borrarse en la penumbra de sus ojos desconfiados y brillantes, en su voz que a veces recordaba el agrio lamentar de las cornejas al llegar el estío. Había que guiar su cuchara del plato a la boca, vestirla, desnudarla o estar atenta para sacarla al corral cuando las manos avisaban posándose en la entrepierna. Por fin Marian, harta de lavar sábanas manchadas a la noche, propuso a la madre ingresarla en una casa de salud.

—¿No mantiene una la señora?

—Pagan entre unas cuantas a las monjas.

—Pues, si se les da dinero, le harán ese favor. Que les pida una plaza. Verá como no se la niegan.

Y allá fue Marian con la hermanastra rumbo a la capital con su maleta de cartón recuerdo de sus años escolares, con los zapatos heredados de la madre, quien entonces, aún con el padre en casa, no tuvo inconveniente en pedirle al ama aquel favor que tanto la humillaba.

Allá en la misma capital, entre paredes parecidas, también Marian había vivido su vida de alumna gratuita entre el helado cuarto de labor y la capilla. Era preciso alzarse apenas apuntaba la mañana, rezar, dormir sobre los bancos rotos y volver a la oración junto a las compañeras, venidas casi todas de lugares perdidos de la sierra. Lo que más le asustaba, sin embargo, no eran sus tretas, ni el ceño de la profesora cada vez que un tintero rodaba por el suelo, sino el gran Cristo que a la noche parecía dispuesto a abrazarlas en la penumbra fría de la alcoba.

Cuando se hacía el silencio en la doble hilera de camas, aquella falsa carne parecía viva, taladrada por los clavos enormes, con su lanzada en el costado y en lo alto su corona de espinas. Por ello apresuraba el paso cada vez que se cruzaba con su sombra camino del coro de las «niñas pobres», tal como las llamaban para distinguirlas de las que cada semana recibían la visita de sus padres y hermanos. En cambio, las demás, las gratuitas, debían contentarse con charlas de doctrina o coser y bordar, siempre embutidas en sus negros mandilones, escuchando los juegos y las conversaciones de las otras, su despedida al anochecer en las últimas horas de la tarde.

—Y tú, ¿hasta cuándo vas a estar? —solían preguntar las gratuitas a las recién llegadas.

—No sé —contestaba Marian—. Hasta que vengan a buscarme.

—Si se empeñan en hacer de ti una señorita, igual te pudres aquí. A mí me han prometido sacarme en cuanto haga la primera comunión.

—¿Y por qué?

—Porque en mi pueblo hay una señora que te dota sólo hasta que recibes a Jesús.

—¿Y después?

—Luego, cuando te casas, te regala el traje. En el fondo, todo depende del informe del párroco. Él hace y deshace todo; la señora, con pagar, tiene bastante.

Así, día tras día, aprendiendo en la cocina, bostezando sobre sobados bastidores, aquel año primero transcurrió hasta mayo, cuando tenían lugar las primeras comuniones. Allí estaban cuatro de las gratuitas, vestidas con los trajes de las ricas que miraban la escena desde el coro. De haber nacido sin fortuna ni dote, estarían también al otro lado de la balaustrada con aquellos trajes un poco ajados ya, y sus padres serían aquel puñado de humildes aldeanos que seguían con un mirar sonámbulo las idas y venidas del capellán y el monaguillo. Era la única ocasión en que ricas y pobres se veían. Toda amistad, cualquier otra relación, les estaba prohibida y tanto unas como otras acababan imaginándose no de distintos pueblos, sino de razas diferentes.

Aquella comunión enseñó más a Marian que tantos meses de costura y pizarra. Además, no le gustaba zurcir ni bordar, ni aquel mandil que uniformaba a todas en una negra cárcel donde jamás pisaba la priora. Las de pago, al menos, recibían visitas, se les oía conversar y reír, mantener charlas que concluían con prolongadas despedidas.

—Que comas bien.

—Sí, mamá.

—A ver cómo te portas.

—Me portaré bien, descuida.

—Y obedece a la hermana.

—Sí, mamá; puedes estar tranquila.

Y la cancela se cerraba hasta el domingo siguiente.

Tal era el mundo en que vivió, algo mejor que el que esperaba a la hermanastra. Sintiéndola a su lado Marian se preguntaba cómo sería el suyo, cuánto tardarían en rechazarla, pues aquélla no era casa de salud y ni siquiera servía para ayudar en la cocina, barrer, fregar o planchar como tantas.

Ya nada más llegar, la hermana portera la había lanzado una mirada hostil que confirmó la superiora.

—Esta niña no está como decían en la carta. ¿La ha visto el médico?

Marian asintió pensando en el informe del ama.

—Tú eres su hermana, ¿no?

De nuevo murmuró un «sí» entre medroso y asustado.

—Viniendo recomendada de quien viene, la admitiremos por un par de meses, pero que quede claro que sólo a prueba, ¿entiendes? Díselo así a tu madre.

La prueba no resultó, tal como Marian y la madre temían. Lo dijo una carta que llegó cierto día avisando que la enviaban a una auténtica casa de salud donde recibiría tratamiento adecuado. Los gastos correrían a cargo de la familia. La madre había quedado pensativa tras leer la carta; luego, al día siguiente, se oyeron tras la casa los golpes de un hacha. Incluso llegaron hasta Raquel, quien, asomándose a la ventana, vio al santero cargado de tablones. Alguien le había preguntado:

—¿Dónde vas a estas horas?

—Ando de obras —respondió siguiendo su camino, y Raquel se preguntó qué clase de obras serían las suyas para hacerle buscar madera tan lejos de su ermita, que contaba a dos pasos con un tupido bosque de castaños.

A Marian, en cambio, aquel camino le recordaba siempre al padre y sus primeras disputas, cuando trataba de poner fin con un día de caza a una noche de reproches y rencores.

Nunca lo conoció muy unido a la madre pero, por si era poco, se acostumbró a beber, llegándola a pegar en ocasiones ante los ojos asustados de Marian que alguna vez la dieron por muerta. Su llanto la salvó, mas desde entonces tuvo miedo a cualquier hora, sobre todo en los días de fiesta.

—Pero ¿qué le pasa? —preguntaba a la madre, recordando tiempos tranquilos anteriores.

La madre respondía con un gesto preludio de sus lágrimas. Ya sólo trataba de llevarle la corriente parando también lo menos posible en casa. A la hora de la cena, sobre todo, procuraba tener a Marian siempre presente, pues sólo ella parecía calmar la ira del padre o al menos hacer algo más leves aquellas duras rachas.

—Que me maten si no consigo hacer de ti una señora —solía murmurar—; te casarás y saldremos de pobres.

—¿Y si me meto monja? —preguntaba a su vez Marian, divertida y maliciosa.

—¿Monja tú? Antes te mato. Las monjas son para los curas que no saben apreciar lo que tienen en casa.

Así el humor del padre parecía mejorar, en tanto la madre iba y venía de la mesa a la cocina como una sombra furtiva y sonámbula. Sin embargo —pensaba la muchacha—, aún conservaba un cuerpo firme y joven a pesar de su edad, de su continuo ·trajinar, de aquel pelo que comenzaba a pasarle la cuenta de los años y de su ropa tan ajada como sus manos de luchar con el agua.

Todavía en los días de fiesta mayor, o si debía acompañar a la señora a la ciudad, era capaz de sacar del arcón de la alcoba un lucido mantón o los últimos recuerdos de su boda y parecía rejuvenecer subiendo al coche como dispuesta a conquitar el mundo, olvidando pasados sinsabores. Marian no llegaba a entender cómo, teniéndola tan cerca cada día en casa, corría el padre cada noche tras de las camareras de las Caldas. No era como las demás, siempre pendientes de los clientes y sus proposiciones.

—Cuidado con ése, que ya sabes cómo se las gasta —solían avisarse unas a otras.

—¿Y quién no le conoce? Ya anduvo tras de mí. Se empeñó en que fuera a la capital con él. Ya ves qué cosas se le ocurren.

—Y tú, ¿qué le dijiste?

—¿Qué iba a decir, mujer? Que los casados sólo quieren entretenerse, que se buscara otra dispuesta a dejarse alzar el delantal. Los solteros a veces te cogen cariño, pero ése es capaz de dejarte plantada y con el crío dentro. Luego, a llorar y trabajar más, si me apuras.

—O buscarte un amigo.

—O echarte, como dicen, a la vida.

—¡Menuda salida!

—Al río me tiraba yo antes que entrar en una de esas casas de pupilas.

Sin embargo, a pesar de tales prevenciones, de tanto escrúpulo mentido, no eran raras las ausencias repentinas entre la servidumbre de las Caldas, algunas sin retorno, otras con la muchacha flaca y temerosa, perdida su anterior arrogancia.

—Ésa ya fue a ver al santero —murmuraban las otras—; seguro que le recetó las hierbas esas.

—Hierbas o no, el caso es no cargar con lo peor.

—Vete a saber. Los críos, quieras o no, son tuyos. El padre, si vas a mirar, importa poco.

—Desde luego, para ellos es matar el gusto, mientras para nosotras, en cambio, es diferente. Nunca sabemos la vida que nos toca. Nadie está a salvo en tanto el cura no echa la bendición.

—Pues aquí hubo uno que daba ciento y raya a los paisanos. Eso sí, una vez en el mundo bautizaba a los críos para quedar en paz con Dios; pero siempre tuvo la casa llena de sobrinas, y eso que ya iba para viejo. Hasta que un día el señor obispo lo mandó llamar, le cantó las cuarenta y le envió a otra parroquia para hacerle entrar en razón.

—Buen regalo les hizo.

—Tan sólo regular, porque a poco murió. Ahora es el ama quien disfruta las rentas.

Marian a ratos escuchaba a las criadas y nunca sabía si mentían o decían la verdad, incluso cuando aludían veladamente a su padre atribuyéndole aventuras.

Nada de lo que oía era nuevo para ella, ni la ceguera de la madre, a la que el marido sólo pedía de comer, ni sus trabajos eventuales apretando tornillos o encalando paredes, incluso aquel ir y venir tras las criadas en la noche que tanto molestaba al capellán. Hasta llegó a dedicar al asunto el sermón de la misa mayor.

«Hermanos y hermanas en Cristo, hijos míos de estas antiguas Caldas donde tantas generaciones hallaron salud y reposo en un mundo cada vez peor. Hoy estamos aquí para celebrar la fiesta de una virgen sin nombre muerta en olor de santidad por defender una de las mayores virtudes entre las muchas que concede el cielo. Me refiero a la castidad. La mártir cuyo paso por el mundo celebramos prefirió el hacha del verdugo a perder su tesoro más preciado, con un valor impropio de su edad.»

En un rincón del coro, las criadas seguían sin mucho entusiasmo aquel sermón que algunas conocían de memoria; los celadores torcían la cabeza como mirando el cielo más allá de los angostos ventanales; sólo el ama, apartada en su reclinatorio, parecía interesarse dejando escapar algún suspiro que otro.

«Así, como esta mártir —clamaba el capellán—, debéis mirar esa virtud hermosa, regocijo del alma, jardín florido, aunque os sea preciso dar la vida por ella. Tenéis que defenderos sobre todo —alzaba aún más la voz— de ese extravío de los sentidos que algunos llaman amor. El amor no puede nunca ser un capricho, sino una necesidad, un medio de traer hijos al mundo. Sólo eso santifica el deseo impetuoso, tanto como el sacramento, la unión eterna de un santo matrimonio.»

El capellán hizo una pausa, paseando la mirada sobre su grey modesta, para continuar casi colérico.

«Debería llegarse a establecer que, todo aquel que sedujo a una mujer a fin de procurarse el placer de deshonrarla, quedase más deshonrado que ella; mas, en esta sociedad salvaje que nos ha visto nacer y a buen seguro nos verá morir, se defiende al verdugo en vez de tender la mano a su víctima inocente.»

De nuevo su voz se volvió más amable dirigiéndose a las criadas, olvidándose de los celadores.

«Aquellas de vosotras que, sucumbiendo a la tentación, deis un mal paso por el sendero equivocado, no os dejéis abatir por la vergüenza y aún menos penséis en ahogar antes de nacer el fruto inocente de un momento de debilidad. Tened presente que tal falta se olvida con el ejemplo de una madre afectuosa; alimentad a vuestro hijo, educadle con esmero, amadle como un pobre ser que el Señor os envía para probar en él vuestro amor más sincero.»

Otra pausa y volvía el gesto altivo.

«Tan sólo una venganza os permito, muchachas, y es que, cuando vuestro seductor —su dedo acusador apuntaba al clan de hombres en pie que escuchaba como un reto sus palabras— se case con otra buscando bienes que vosotras no tuvisteis y sus hijos nazcan menos hermosos que los vuestros, ya que los hijos de tales matrimonios suelen salir raquíticos, paséis a menudo por delante de él con vuestra criatura para que compare lo que abandonó con lo que ha conseguido. Y al niño enseñadle que no está deshonrado por no tener apellido, pues el mejor es el que nos une a todos en el glorioso nombre de servidores de Cristo.»

XI

Oyendo al capellán, Marian se decía que, en su caso, estaba pagando culpas ajenas de un hombre cuyo nombre la madre se obstinaba en callar. ¿Qué culpa tenía si el Señor se cebaba en ella, en su paso vacilante, en su mirada huida, en su ciego ademán? Si había querido castigar al padre o a la madre con aquella hermanastra, solamente lo había conseguido a medias, porque el padre no llegó a conocerla y la madre desde su vuelta casi la olvidó. Ella misma no se atrevía a sacarla a la luz ni aun en los meses en que las Caldas se cerraban y era preciso alzar una red complicada de mentiras cada vez que se encontraba con Raquel. Al principio, cuando le preguntó por ella, inventó que se hallaba en una casa de salud. La historia debió correr, pues nadie más se interesó por su suerte, salvo para saber si realmente volvería alguna vez.

—No, no creo que venga —respondía la madre.

—Se ve que la tira la capital. Son cosas de la edad. Con el tiempo ya echará esto de menos.

—No lo creo. ¿Por qué? —replicaba Marian vagamente.

Lo peor eran siempre las visitas no esperadas, aquellas que, sin avisar, aparecían en el umbral rumbo a la cocina. Cierto día el arriero de la sal cruzó el portal y, viéndolo desierto, estuvo a punto de tropezar con ella. Menos mal que la hermanastra huyó como solía yendo a encerrarse a solas en el piso alto. Sin embargo, a partir de entonces Marian y su madre comprendieron que cualquier día alguien acabaría descubriendo su secreto. Las dos se imaginaban los gestos, los comentarios en las Caldas, la sorna de los celadores, las risas o el furor de las criadas. ¿Quién sabe? Puede que incluso la señora montara en cólera a su vez y hasta despidiera a la madre o al médico, los denunciara allá en la capital, en donde a buen seguro el capellán era capaz de excomulgarlas. Todos a una caerían sobre ellas con su piedad, su miedo y su vergüenza, dispuestos a hacer méritos ante el Señor a su costa.

Así, sin rendir cuentas a nadie, hija y madre decidieron poner coto a su constante incertidumbre. Cierta noche buscaron la jaula que preparó el santero en un rincón del establo y cubrieron su suelo con mantas, amueblando la prisión improvisada con una mesa vieja, una silla, una cama y una lata de arenques convertida en rústica taza de retrete. Luego subieron en busca de su muda inquilina, que apenas se resistió camino de su nueva morada. Durante una semana las dos apenas cruzaron palabra; luego, poco a poco, ellas también acabaron olvidando, salvo a las horas de cenar o comer o corriendo el cerrojo que cerraba aquella alcoba repentina. A veces en la noche se alzaba al otro lado de las tablas un murmullo parecido a un llanto, rematado con un grito y confusas palabras. Marian solía despertarse y, sentada en la cama, esperaba hasta que el sueño las rendía, a una en la bodega, a otra en la alcoba con el rostro escondido entre las mantas.

Fue por entonces cuando conoció a Martín en una de aquellas madrugadas siempre subiendo y bajando los caballos. Había algo en sus relinchos sordos, en su breve trote, que sin saber por qué la atraía, la llamaba. Quizás la sensación de libertad que consigo arrastraban, su poder, su insospechada fortaleza, o tal vez el mismo Martín cerrando el paso a los que intentaban desmandarse. En cuanto Marian adivinaba su presencia, quedaba pendiente de ella hasta que desaparecía; luego, durante el desayuno, tras de servir el suyo a la hermana en su nido de tablas, preguntaba a la madre, que siempre respondía con desgana. Así vino a saber su nombre antes de hablar con él.

—¿Cómo dice usted que se llama?

—Martín —la madre hacía una pausa tratando de adivinar sus pensamientos—. ¿Por qué lo preguntas? En otoño se marcha.

—Por nada; por saberlo.

—Estuvo malo de no sé qué, hace poco, y alguno le

recomendó estas aguas. En cuanto mude el pelo volverá con su hermana. El padre está ya para pocos trotes.

—¿Y la madre?

—Madre no tiene. Sólo otro hermano que trabaja en la villa, según dicen en el matadero.

Ahí acababa todo cuanto la madre sabía o quería contar. Seguramente tampoco había más, pero Marian hubiera deseado una historia patética, tal vez pasión y lágrimas, que le hiciera olvidar aquella otra escondida en un rincón de la bodega de la casa. Le hubiera gustado también sentirse libre como aquel jinete ensimismado, hundirse en el monte y ver salir el sol tendida sobre un blando lecho de verdes jaramagos.

En cambio, quedaba sola, ordenando el corral, celando el huerto, amasando el pan, siempre pendiente de aquella voz que a veces gritaba su nombre:

—¡Marian! ¡Marian!

Algunos días parecía mejorar, entender; otros, en cambio, los pasaba sentada sin musitar palabra, mirando fijamente la cruz del ventanillo al que apenas llegaba. Marian hubiera dado media vida por saber qué pasaba dentro de su cabeza. Quizás imágenes del padre que no conoció, tal vez el rostro de su actual carcelera. A ratos la quería, sentía compasión por ella, otros la odiaba como una carga injusta que el destino hubiera echado sobre sus espaldas. En el fondo envidiaba a la madre, libre a su modo todo el día, en su mundo de celadores y criadas sirviendo a los enfermos, obedeciendo al ama. Ella, en cambio, tenía una única señora, terca o sumisa, a un tiempo víctima y tirana. Sus horas transcurrían pendientes de su humor cambiante, de darle de comer y de beber, vaciar su orinal y arreglarle la cama. Las que, como Raquel, se acercaban al otro lado del portal debían de ser suavemente rechazadas lejos de aquella voz que en la bodega parodiaba tiempos aún por llegar iniciados con las primeras matanzas. Su libertad no volvía con la madre, cansada de bregar, sin ganas de aliviar su soledad con historias de enfermos más amables; solamente se sentía lejos de casa y hermanastra oyendo el pesado trote del rebaño de Martín por los senderos escondidos del monte. Así aprendió a pensar en él, a celar su recuerdo secreto cuando la madre preguntaba:

—¿En qué piensas? ¿Vino alguien?

—Estuvo aquí Raquel con la harina del mes.

—¿Se la pagaste?

—No sé con qué. También vino el paisano de la carne. El sábado que viene mata.

—¿No hubo ninguna carta?

—No. El correo no apareció.

A pesar del tiempo transcurrido desde que el padre huyó, se notaba que no perdía la esperanza. Quizás su ausencia llenaba sus horas mucho más que el mundo de las Caldas.

—Para mí, la vida se acabó —acostumbraba a lamentarse—. Sólo soy un estorbo.

Mas, estorbo o no, la verdad era que vivía pendiente de las pocas noticias que hasta allí llegaban, unas veces en el coche correo y otras de viva voz, en boca de viajeros y tratantes. La mayoría hablaban de sucesos al otro lado de la sierra, de amenazas de huelgas, de comités y represalias, incluso de traer moros a combatir contra aquellos que tomaran las armas.

Oyendo describirlos, Marian se preguntaba si serían parecidos a aquellos que el padre pintaba encerrados en sus palacios de oro debajo de la tierra.

—El día que encuentre uno, salimos de pobres.

—Tú siempre a vueltas con lo mismo —replicaba la madre—. Más te valía sentar la cabeza y buscarte un trabajo seguro.

—¿En dónde?, ¿en la capital?

—Donde mejor te cuadre. Por lo menos, dormiríamos tranquilas.

—Bien tranquilos dormimos —reía el padre, malicioso—; en eso no te quejarás.

La madre callaba, ofendida sobre todo por la presencia de Marian, y el marido seguía recorriendo el monte en busca de caza y tesoros, aprovechando sus ratos libres en las Caldas, que iban creciendo cada día un poco.

Según él, aquella montaña a espaldas de la casa, roída en sus laderas por el río, manchada por el óxido, escondía en sus entrañas un castillo encantado que en tiempos de sequía podía verse en el fondo del baño de la infanta.

La madre, en su rincón, movía con incrédulo desdén la cabeza haciendo caso omiso de tales historias, que, en su opinión, acabarían sorbiendo el seso a su marido; pero éste, ajeno a ella, proseguía:

—En el palacio aquel vivían un moro rey y una cristiana que se fue al otro mundo al nacer su primer hijo. Entonces mandó buscar una nodriza y escogió a una mujer que pasaba las noches dándole el pecho al crío. Todo en aquel palacio era de oro: sillas, mesas, vajillas; hasta un juego de bolsos con los que el moro mataba el ocio cuando a casa volvía. El crío salió adelante y, en llegando la hora de pagar, el rey le llenó a la mujer el delantal de todo el oro que quiso. Tan sólo le puso una condición.

—¿Qué condición?

—No enseñárselo a nadie mientras fuera de día.

—¿Por qué?

—Porque el oro del moro es oro nada más de noche. De día sólo es carbón.

—¿Y la mujer le obedeció?

—¡Qué va! Hizo como todas —rió entre dientes apurando su cigarro—: a mediodía abrió su delantal y se encontró con un puñado de carbón. Creyó que el moro se había burlado de ella y lo tiró todo al río.

El padre hizo una pausa para dar otra chupada a la brasa en su boca; luego, olvidando los comentarios de la madre, preguntaba a Marian:

—¿Y sabes qué pasó al final?

—Que se quedó tan pobre como estaba.

—Tan pobre no, pero sí fastidiada, porque en casa, cuando volvió a ponerse aquel mandil, notó que había quedado escondida una medalla en la jareta de uno de los bolsillos. La sacó y, como aún no le había dado la luz del sol, era toda de oro.

—¡Qué rabia le daría!

—¡Como que dejó todo y salió en busca de lo que había tirado al río!

—¿Y lo encontró?

—¡Qué había de encontrar! Ése fue su castigo por no obedecer lo que el moro le dijo. De modo que ya sabes: tú obedéceme a mí si quieres medrar en la vida un poco.

Marian quedaba en silencio. Aquella mujer protagonista de la historia le recordaba a su madre. Tal vez en su falta de fe en el padre, que no debía ser tan malo ni tan vago como aseguraba; al menos, a ella no se lo parecía a pesar de las continuas alusiones a un jornal esperado que nunca conseguía.

—¿Vas a ir mañana por las Caldas? La señora me ha dicho que la caldera anda falta de presión.

—Lo que tiene que hacer es cambiarla toda.

—Tú siempre arreglándolo a lo grande.

—A lo seguro, querrás decir. Tiene más años que la dueña. Con una nueva se iban a ahorrar muchos viajes y piezas, pero cada uno en casa sabe lo que se hace.

La mujer le miraba sus pies descalzos asomando bajo el par de ruinosos pantalones.

—¿No pensarás presentarte así?

—Tú verás. No tengo otro traje.

—Ponte al menos zapatos.

—Descuida, me buscaré los de la boda.

Todo esto era cuando aún dormía en casa la mayoría de las noches; luego, día tras día, fue cambiando, desapareciendo a lo largo de semanas enteras para volver bebido, oliendo a orujo y ponche. Se acabó su buen humor y las historias que tanto gustaban a Marian sobre moros y estanques guarnecidos de sauces y coronas. Oyendo a Martín después, las suyas parecían la misma. Como él, también creía ver la sombra de aquel moro rey en su palacio de oro, o al crío sin madre bebiendo de otras ubres un manantial de vida que le hacía crecer como el sol en verano, más cálido y fuerte según lo imaginaba el padre, antes de que escapara definitivamente con una criada de las Caldas.

XII

A MARIAN no le faltaba razón cuando pensaba que el padre huido no llegaría muy lejos de la capital. Tras fracasar en ella, siguió adelante hasta alcanzar un páramo de tierra roja solamente poblado de viñas. En realidad, lo conocía de otras veces, tórrido en verano, blanco de escarcha hasta la primavera; siempre se preguntaba cómo, tan seco y ralo, sería capaz de alumbrar tan ricos caldos para el vaso que era preciso poner a buen recaudo, bajo tierra, hasta finales de enero, en hileras de cántaros sellados. Allí, por fin, consiguió contratarse para cavar bodegas; era un trabajo ruin, sobre todo cuando se tropezaba con una vena de agua capaz de convertirlo en fango todo, pero trabajo al fin, y allí los dos quedaron, comiendo mal, bebiendo algo mejor y durmiendo en pajares vacíos, hasta llegar a reunir para una cama medianamente limpia.

Mas a poco, la nueva mujer se lamentaba como todas, harta de lavar ropa en el río.

—En las Caldas no bajaba tan frío.

—Calla, mujer. ¿Qué sabes? —Trataba de mantener su autoridad—. Allí era agua de nieve, de modo que calcula cómo bajaría. Además, antes que acabe el año nos largamos.

—¿A dónde?

—Ya lo sabrás a su tiempo. ¿A qué viene hacerte mala sangre?

—Tú dijiste que a la capital.

—Allí sobran hombres ahora.

La mujer guardaba silencio, pensativa, para añadir sordamente después:

—Si tantos sobran, alguno habrá para mí.

—Por lo que a mí me toca, desde mañana mismo puedes ir buscando.

La verdad era que poco allí la retenía. Al menos él, en los ratos escasos que permitía su trabajo, podía distinguir a lo lejos aquella cadena de montañas frontera del Arrabal y de las Caldas. Mirando el quebrado horizonte, solía preguntarse bajo cuál de aquellos picos acerados se escondería el oro de la historia que contaba a Marian, al que no estaba dispuesto a renunciar.

En cambio, para la mujer, la capital suponía otra cosa.

—Poner algún negocio; vivir menos esclava, sin tanto madrugar. Tener al menos un vestido nuevo, algún día de fiesta.

—Esa idea no se te va de la cabeza.

—¿Y en qué voy a pensar? Lo que tenemos no da para más, y por si fuera poco, ahora me vienes con historias de tesoros.

El padre callaba. Pensaba que aquella mujer en nada se parecía a Marian. Se diría cortada por el mismo patrón que las otras, poco dispuestas a sacrificarse aun teniendo ante sí el remedio para abandonar un mundo que temían. Mientras tanto, allá en el horizonte se mantenía invicta todavía su dorada montaña, con aquel palacio que ninguno llegó a encontrar y que por ello quizás constantemente volvía a su memoria.

—¿Y por qué vas a tener más suerte tú?

—Porque no es cuestión de suerte, sino cosa de fe, como asegura el capellán. Si es capaz de mover montañas, ¿por qué no va a abrirme la mía?

—Mucha te va a hacer falta —murmuraba la mujer acechando las nubes.

—O poca; vete a saber.

Así, golpe a golpe, abriéndose paso en aquella tierra roja como la sangre de las viñas, el padre de Marian consiguió finalmente reunir un puñado de monedas que le mostró a la mujer mientras comían.

—Eso y nada es lo mismo —comentó desconfiada—. Mientras sigamos aquí nunca saldremos adelante.

—¿Y dónde quieres ir?

La mujer debía recordar el cuarto miserable arriba, el suelo maltrecho de roídos tablones, incluso aquel pedazo de espejo roto sobre la escuálida silla.

—¿Y qué vamos a hacer aquí, si puede saberse?

—Voy a quedarme con el bar.

—¿Con qué bar? —le preguntó asustada—. ¿Con éste?

—La mitad solamente. La otra noche hice un trato con la dueña.

No fue difícil convencerla. A su edad, era aún más duro madrugar. En cambio, para el padre suponía dejar a un lado pico y pala para siempre entre aquellos muros vecinos al viejo camino real.

—Ella pone la casa y yo se la trabajo. Luego, si las cosas marchan, se la paga y en paz. A esperar que nos pongan la nueva carretera.

—Conmigo no cuentes. Ya puedes ir buscando una que quiera aguantar detrás del mostrador.

—¿Y qué tiene de malo servir de vez en cuando un vaso?

—Tiene que ya aguanté bastante allá en las Caldas para empezar aquí otra vez.

—Es que ahora el ama lo serías tú.

—Que no, te digo. Conmigo esto no va. O las Caldas o la capital, cualquiera de las dos me vale, pero no este desierto más vacío que el hambre.

El padre de Marian prefería callar. De poco iba a servirle tratar de explicar que tampoco a él le gustaba aquella tierra roja poblada de cuevas que no encerraban ningún tesoro, sino un vino dulzón y transparente; pero llegó a un acuerdo con la dueña que, a causa de la edad, parecía dispuesta a quitarse de encima el bar aun a costa de plazos generosos.

—Yo me conformo con la mitad de lo que saques. ¿Te parece bien?

—¿Y si no saco nada? —se burlaba el padre de Marian—. ¿Quién corre con los gastos, abuela?

—¿No has de sacar, en este sitio? Ni el obispo en persona pasa sin hacer alto aquí.

Y era cierto, porque se detenían rabadanes dormidos del color de la tierra, empujando ante sí sus rebaños, con sus mulos solemnes y sus mastines de ojos abiertos soñando con los prados altos, algún minero de rostro aburrido, tratantes con recuas, camino del mercado. La mayoría caminaba rumbo a la capital y sus alrededores, en donde no pudo o no quiso quedarse el padre de Marian. Tal vez también a ellos aquella sierra azul de las Caldas les llamara más que los álamos del río alzados sobre adobes y arcilla.

Quien más, quien menos, todos se detenían en el bar, pedían su tinto o blanco y, según el cansancio, aliviaban la alforja o seguían caminando tras dejar su moneda sobre el mostrador. Pocos pedían cena, salvo en el caso de alguna festividad.

—Cenar pueden un par de huevos fritos; de dormir no tenemos.

—¿Tenéis pajar, al menos?

—Sin hierba, pero hay.

El rabadán hacía buscar al ayudante un par de mantas y, una vez cenados, dormían en el suelo como recién nacidos de la tierra.

Todo salía adelante a orillas del camino real, el vino que era preciso reponer cada semana, el pan que la mujer amasaba de mala gana cada día y hasta la dura cama que buscó la pareja cansada de dormir en el pajar.

A la noche, cuando el sobado cajón del mostrador enseñaba su balance rebosante, se diría que aquella sierra azul, antes siempre presente, se alejaba un poco más como la misma capital. Incluso la mujer guardaba un silencio distante, animado tan sólo por la voz de algún cliente rezagado.

—Pon dos vinos aquí.

—Que sean dobles. Ahórrate el viaje.

El negocio seguía como la dueña había asegurado, hasta que cierto día, ya vencida la tarde, apareció un viajero que, por las trazas, no parecía ni pastor ni tratante. Había pedido de cenar y cama donde pasar la noche. Le habían atendido y, a pesar de lo avanzado de la hora, se empeñó en pagar.

—Mejor mañana —había respondido la mujer—. Esta casa madruga.

—Pero yo más —murmuró el forastero echándola un vistazo al pasar.

—Tú ponle de cenar —mediaba el padre de Marian—. Cada cosa a su tiempo.

Pero con el viajero la charla no tenía fin. A la hora

del postre, había echado mano al pantalón derramando sobre la mesa una cascada de monedas, en la que fue apartando pieza a pieza el total de la cuenta que se le presentó.

—Con esto quedamos en paz.

Mas el padre de Marian no se fijaba en el oscuro mar de centavos oxidados, sino en un resplandor apagado en torno del cual parecía gravitar como si se tratara de un pequeño sol. De tal modo llamó su atención, que por fin se decidió a preguntar:

—Y eso, ¿qué es?

—Esto, amigo, es oro o algo que se le parece.

Aquel sol diminuto, aun apagado y todo, aumentaba su luz cada vez que la mano se movía.

—¿Es de por aquí cerca?

—De un poco más abajo.

—Déjame ver.

En la diestra del padre de Marian parecía relucir más aún, en tanto la mujer preguntaba a su espalda:

—¿Vale mucho?

—No sé. Me lo vendió un tratante que maldito lo que entendía de estas cosas.

—¿Cuánto?

—Bastante. Como una noche con una buena hembra.

La mujer le había mirado por un instante; luego volvió los ojos hacia el padre de Marian, todavía pendiente de su sol brillante.

—¿Qué? ¿Tenemos cama o no?

—Puede quedarse. Pondremos un colchón por ahí.

El padre, antes de salir, se había demorado oyéndole contar cómo un polvo dorado había aparecido cierta vez mezclado con la arena de un río cuyo nombre el viajero no sabía. En ocasiones era preciso esperar años enteros hasta verlo brillar de nuevo entre el fango y los urces como un relámpago del cielo.

—No tiene pérdida. Nace de un monte todo lleno de túneles y cuevas.

—Será cosa de moros —respondía la mujer.

—Allí sólo hablan de romanos —respondía el otro simulando sujetar sobre su cuello su tesoro—. Ahora en la capital lo compran para hacer dijes y relicarios. ¿No queda mal, verdad?

Y la mujer lo dejaba colocar sobre su carne, no como adorno, sino como testimonio de una vaga esperanza.

Rompiendo el alba, un rosario de voces sacó del sueño al padre de Marian.

—¿No hay nadie aquí? Baja, paisano, y abre.

—Ya voy. Un poco de paciencia.

No le extrañó hallarse a solas en la alcoba de improviso. Tal como suponía, la mujer ni siquiera había dormido bajo aquel mismo techo. Era casi un alivio.

—¿Qué fue? ¿Se pegaron las sábanas? —insistió la voz de fuera.

—Aquí sólo madrugan las gallinas.

No estaba en el corral, ni tampoco en la casa. Era inútil buscarla, como no fuera cerca de aquel oro que el viajero había mostrado la noche anterior. Tan sólo dejó tras de sí un par de medias zurcidas y un montón de cartas.

Debieron de partir temprano con su sol diminuto y el otro sol naciendo sobre los castaños. Ojalá no volvieran por allí; ni la socia, a la noche, le compadeciera creyéndole solo, ahora precisamente que renacía su esperanza.

Aquel día y la semana siguiente se le fueron en dudas sobre dónde y cómo hallaría el río del que el viajero hablaba y que ahora volvía en su sueño turbio, como tiempo atrás el palacio del moro que tantas veces describió a Marian. Una noche hizo saber a la dueña que marchaba.

—¿Y dónde piensas ir?

—Todavía no me decidí.

—O sea que te cansaste de esta vida.

Pero bien se notaba que sus tiros apuntaban a otra parte y por si no era suficiente, había añadido aún:

—Si es por no dormir solo, haces mal; lo que sobran en este mundo son mujeres. De todos modos allá tú, que, en lo que a mí me toca, no ha de faltarme socio nuevo antes de una semana.

—No se trata de perras, abuela.

—Entonces. ¿de qué?

Fue entonces cuando le contó que aquel pequeño sol hallado a pocas leguas de la casa le llamaba por encima de todas las cosas desde su río sin nombre, como años antes la montaña desde sus cuevas abiertas a las Caldas.

—¿Un río, dices? —había respondido tratando de hacer memoria—. Sí, por aquí estuvieron cavando, buscando donde dices, pero encontraron lo de siempre; barro y cascajo.

Así, a la noche hicieron partes en las que la beneficiaria salió ganando con el pretexto de los días que habría de cerrar.

—No se queje usted tanto.

—¿No he de quejarme? —respondió acompañándole hasta el portal—. A mis años no voy a estar contenta. Adiós y buena suerte. Ya sabes: tira derecho hasta el pueblo siguiente. Allí hay un vía crucis. Te paras y preguntas, a ver qué te dicen.

El rumbo que le señaló resultó seguro como el mismo sol que a su paso alzaba vuelos de palomas entre el mar ocre de bodegas. Iban quedando a un lado los álamos solemnes frente a pelados horizontes, hasta que al fin se halló frente a un montón de casas que hincaban sus cimientos a la sombra de unas cruces de piedra.

—Ese lugar que dices —habían respondido a sus preguntas—, lo tienes delante. Da la vuelta a la iglesia y al momento lo encuentras.

Allí estaba su montaña roja y amarilla rematada por un puñado de picos afilados, tal como la describió la vieja socia, a su manera:

—Cavaron hasta que se cansaron —contó mientras hacía las cuentas sobre el papel con renglones de niño—, pero no moros ni cristianos, como dices, sino dos compañías que vinieron de fuera. Alguna vez encontraron unos granos, pero nada que valiera la pena. Eso decía un tío mío que estuvo un año trabajando en ellas.

Y sin embargo, allí se alzaban más viejas que el mismo pueblo, con sus historias de romanos que hubieran hecho las delicias del médico de las Caldas, como el nombre de las dos compañías.

—Una era de aquí, tenía no sé cuántos nombres. De las inglesas todavía queda algún papel. Espera, voy a ver.

Y al rato volvía con un contrato enrevesado redactado con letra impecable.

—Mira, aquí está.

El membrete que lo coronaba decía: «River Sil and Leon Mining Company», y en tanto trataba de adivinar lo que significaba, otro nuevo venía a caer sobre la mesa. A nombre de un tal «Dame Mining Corporation», parecía un recibo caducado.

—¿Tú entiendes algo de esto, hijo?

—Sí; que el negocio fracasó.

—¿No lo decía yo? Buscar allí es trabajar en balde.

Pero allí seguían arañando las nubes, gigantes centinelas con pies de centeno abiertos, cuando no rotos, en cuevas y ventanas roídas por el viento que soplaba desde invisibles corredores.

Todo lo fue conociendo: angostas galerías sin concluir aún, remotos lagos interiores trazados para detener el agua de escondidos canales, para hacerla más mansa, menos brava, cerros que fueron campamentos en los que el viento parecía alzar aún rumores de martillos y cinceles.

El padre de Marian llegó a ser compañero habitual de aquella nueva montaña cada vez más complicada según la recorría. A veces, antes de que la bruma huyera en la mañana, se preguntaba cuántos le habrían precedido allí, con el pico o el cedazo a mano, cuántos habrían quedado para siempre entre el fango y el polvo dorado que a ratos la brisa alzaba suavemente. Según su fe y sus fuerzas se iban agotando, conocía mejor aquel laberinto subterráneo que todo lo encerraba: columnas, salas, trono; sólo faltaba el oro, del que no halló siquiera una pepita como la que el viajero le mostró. Su silueta llegó a ser tan habitual en aquel mar de arcilla como el viento o la lluvia que lavaba su arena. Sólo cuando las nubes se cerraban del todo, buscaba en los pozos abiertos la razón de su vida, un destello, tan sólo una arenilla que justificara su presencia allí. Tal vez por ello nadie le echó de menos en el pueblo vecino cuando una noche no volvió. Los más pensaron que había abandonado su trabajo.

—Siempre es lo mismo —comentaron—; primero mucha prisa; luego se marchan, hartos.

Ni siquiera cuando su pala y la batea que pidió prestada aparecieron abandonadas a la entrada de una de las cuevas volvió la esperanza de verle tornar. El viento y la nieve cayeron una vez más sobre los pasadizos y canales, arrastrando cantos, lavando pizarras, alborotando como siempre la red tupida de castaños, borrando su nombre, si alguno lo supo, su rastro y su perfil, como el de tantos otros que en busca de aquel oro pasaron por allí, desde siglos atrás.

XIII

EL SANTERO se levantó aquel día de octubre como de costumbre, con el paladar áspero y un dolor en los huesos que poco a poco fue calmando el calor de la lumbre. Dio un par de tientos a la bota y, espantando a una nutrida tropa de grajos, lanzó una mirada sobre el río. Por vez primera en muchos años quedó sorprendido. Una columna de humo negro y denso nacía de las ventanas de la capilla cubriéndola toda, desde la cruz a la espadaña.

La madre de Marian iba y venía ante el rescoldo de las vigas y las imágenes sacadas a la luz del día por unos cuantos hombres que no llegó a conocer, vestidos con el inconfundible uniforme de la mina. El santero no supo qué hacer. Él también, en sus constantes viajes al otro lado de la sierra, había oído hablar de una revolución pendiente que iba a igualar los ricos con los pobres, pero nunca creyó que llegara tan pronto prendiendo fuegos, reventando puertas y ensañándose con santos. Viendo las tallas de la capilla de bruces en el suelo, con la nariz y las manos partidas, convertidas en cadáveres vestidos de gala, decidió esperar a ver cómo pintaba la mañana.

Si subían por él, sabría poner monte por medio; si no, a la noche bajaría con algún pretexto para conocer de cerca a aquellos forasteros. El viento traía ahora el eco de sus voces, de órdenes que eran gritos sobre un rumor constante de cristales rotos. Debían buscar algo que no acababan de encontrar, porque al parecer, cansados de romper y quemar, decidieron hacer un alto en su trabajo. Alguien trajo del bar unas cuantas botellas y, tendidos entre los sauces de la infanta, comenzaron a dar cuenta de ellas bajo el tibio sol.

El santero pensó que aquélla era la ocasión esperada y, tomando un cantero de pan, se alejó monte arriba buscando un escondite donde dejar pasar el tiempo hasta la noche. «Si suben y no encuentran nada, se marcharán —se dijo para sí—, y, si no suben, es que nada tienen contra mí.»

Así, como solía en verano, siguiendo los senderos más altos alcanzó la cueva donde hacía penitencia en tiempos el santo patrón del valle cada vez que el cuerpo le exigía un mayor sacrificio. «Si esta cueva sirvió para salvarle, también ha de salvarme a mí.»

Y, a poco, en un rincón se quedaba dormido. Cuando al fin despertó, nada se oía en torno salvo el eterno susurrar del río. De nuevo sintió frío en los huesos y decidió bajar en busca de la manta que en invierno le servía de cobijo. Como el hurón olfateando el viento antes de dar un paso, pronto estuvo en su ermita callada, dorada como siempre, envuelta en ráfagas de bruma. Nadie había tocado nada allí, todo se hallaba como lo dejó; le dieron ganas de quedarse pero, desconfiando siempre, tomó su manta y un raigón de cecina para acallar los gritos de su vientre, saliendo luego al atrio, donde ya amanecía.

Apenas había dado unos pasos cuando una voz le detuvo:

—Ya sabíamos que andabas por aquí. Tarde o temprano volverías.

Una menuda silueta saltó de la espesura apuntándole con una vieja escopeta; luego, tras ella, otras dos se acercaban amenazándole también.

—Ya que el cura no está, nos servirá el santero —dijo el primero a los demás.

—¿Para qué? —se atrevió a preguntar la víctima.

—Ya lo sabrás. Pero primero dinos dónde está el cepillo.

—Es poca cosa, nada, apenas hay limosnas.

Un violento empujón le hizo caer de rodillas.

—¿Acabamos con él, Quincelibras? —se volvió hacia el jefe el que le había derribado.

—No, compañero; primero ha de decirnos dónde están sus ahorros.

Y con un culatazo en los riñones lo puso en pie indicándole el camino del atrio. Fue intento vano tratar de resistirse. Cada vez que se detenía, un aluvión de golpes le obligaba a seguir el camino iniciado.

—Sigue, castrón; vamos a ver qué tienes escondido en casa.

—Por mi vida que nada.

—Tu vida vale poco; lo que tardemos en bajar al río.

El santero rompió a temblar, su rostro se tornó amarillo y, arrojándose a los pies de Quincelibras, clamaba entre sollozos:

—¡Piedad, piedad! Os juro que sólo tengo lo que hay en el cepillo.

Una vez rota la alcancía, Quincelibras contó sus monedas. Todas cabían en un solo puño. El santero pensó que allí sus apuros concluían, pero de nuevo Quincelibras hablaba a los demás:

—Atención, compañeros. Como esto es poco y no da para más, le pondremos precio.

—¿A quién?

—A éste —señaló al santero—. Si los de aquí quieren santero, que cada cual pague su parte como en la capital.

—Entonces, ¿vamos a hacer con él una subasta?

—Acertaste. Así nadie dirá que hicimos el viaje en balde.

—Sólo hace falta que quieran pujar.

—Eso ya se verá. Por lo pronto, lo bajamos.

Y, empujando ante sí al reo, pronto alcanzaron las primeras casas del Arrabal, donde un coro de mujeres se animaba clamando.

—A callar —ordenó Quincelibras—. Hacerse a un lado todas, que vais a ver la pasión de Cristo.

—¡Por Dios santo, no lo matéis! —imploró una del grupo.

—¿Por qué? ¿Te hizo algún hijo? —preguntó.

—Es un santo varón —gritó otra.

—De hijos de muchos de estos santos están llenos los hospicios.

Y la verdad era que, en aquel coro improvisado, pocos hombres se veían, y aun ésos preferían callar como si alguna duda secreta les sellara la boca.

—Bueno, empecemos de una vez —volvió a la carga

otro de la partida; y Quincelibras alzó la voz en tono de sermón:

—Jesús atado a la columna —anunció.

Mientras esto decía, el santero quedaba sujeto al tronco de un álamo del río con un grueso cordel, alzándole después camisa y hábitos hasta dejarle desnudo de cintura para arriba.

—Muy gordo estás, compañero —sentenció Quincelibras—, para una vida de tanto sacrificio.

Y, arrancando una vara del mismo tronco al que se hallaba atado, descargó sobre su espalda y hombros tal cantidad de azotes, que lo dejó postrado.

—¡Piedad, piedad de mí! ¡En mi vida os hice ningún mal!

—Tened compasión. Dejadle, desgraciados —repetía a su vez el coro.

Pero sus peticiones, intentando salvar al santero de aquel alud de golpes, parecían encender más la ira de la partida, que pronto convirtió sus carnes en un erial de rojos desconchones.

Cuando la furia terminó, un silencio de suspiros y lágrimas flotó entre las mujeres y aquel cuerpo inmóvil.

—Está muerto; acabaron con él.

—El Señor no lo quiera —murmuró Raquel, que asistía a la escena con el padre.

—No está muerto. Sólo ha perdido sangre.

Las mujeres rodeaban a la víctima, cuyos labios dejaban escapar sonoros estertores. Raquel, adelantándose a las otras, fue a mojar en el río su pañuelo y comenzó a limpiar la sangre, en tanto las del grupo se afanaban también palpando las heridas, comprobando las grietas de su piel.

Tanto cuidado debió enojar a la partida, pues uno de los que más se habían ensañado antes increpó a Quincelibras:

—¡Eh, tú! ¿Hasta cuándo esperamos? Lo tiramos al río y en paz.

Oyéndolo, arreció el temporal de llantos. Las unas de rodillas, las otras en pie, de nuevo todo fue pedir y suplicar.

—Por Dios, al río no.

—No lo matéis. ¿Qué daño os hizo?

—Bastante castigo lleva ya.

Quincelibras detuvo con un ademán a los otros, que arrastraban el cuerpo rumbo al agua, y con gesto fingido pareció meditar.

—¿Queréis santero? —preguntó al coro.

Un suspiro de alivio puso silencio en la boca de todas.

—Si lo dejan libre —respondió Raquel—, el Señor se lo pagará.

—¿El Señor? —rió uno de la partida—. Sois vosotras las que vais a pagar.

Al pronto ninguna de ellas comprendió; luego, poco a poco, se fue haciendo la luz más allá de sus ojos, entendiendo que el castigo consistía en una simple subasta donde pujar para salvar la vida de su amigo.

—¿Por qué vamos a pagar nosotras?

—La ermita, ¿no pertenece a la parroquia? Pues, si queréis santero libre, os va a costar unos cuantos duros.

—¿Libre de qué?

—Espera y lo verás.

De nuevo se apagaron los murmullos. Incluso los llantos dieron paso a un silencio de estupor, hasta que, poco a poco, fueron surgiendo las primeras protestas.

—¡Cielo santo! ¿De dónde vamos a sacar ese dinero?

—Trayendo para acá lo que tenéis ahorrado. Lo necesita el comité del ejército popular.

Las protestas subían de tono ante aquella petición insólita. Unos y otros discutían entre sí, convencidos o reacios a empeñar en ella sus ahorros. Los hombres eran los que más se resistían.

—¿Qué me va a mí en este negocio? Si se metió a santero es cosa suya.

—¿Y si acaban con él?

—No llegará la sangre al río. Además, para estos casos está la autoridad.

—¡Valiente autoridad! Cuando llegue ya estaremos rezándole responsos. Lo que hace falta es decidirse.

Viendo cómo la discusión se prolongaba, Quincelibras perdió la paciencia y, en el mismo tono que antes, avisó en alta voz:

—Jesús es coronado de espinas.

Uno de la partida se acercó a los rosales del vecino jardín y, arrancado un puñado de tallos cubiertos de espinas, lo colocó sobre la frente y sienes de la víctima. Del coro se alzaron nuevos gritos, pero esta vez no hubo tregua. Entre los cuatro levantaron el cuerpo malherido y, unas veces a rastras y otras dando traspiés, se encaminaron rumbo al río.

—¿Dónde va más profundo? —preguntó Quincelibras.

—Parece que aquí —respondió, comprobando el fondo, uno de los que arrastraban al santero.

—Pues al agua con él. Si está muerto de veras, a lo mejor con el frío resucita.

Ya levantaban al cuerpo en volandas cuando una voz tras ellos les detuvo:

—Dejadle en paz. Ese dinero lo pago yo, y, si no tenéis bastante, echadme a mí en su lugar; no me importa.

Los cuatro se volvieron descubriendo a la madre de Marian, que a duras penas escondía sus lágrimas.

—¿Dónde está ese dinero?

—En casa.

—¿No lo decía yo? —murmuró Quincelibras, satisfecho—. Ya puedes ir por él. Te esperamos.

Marian se había unido al grupo. Cuado, tras mucho revolver, apareció en el arcón una fardela de monedas, la madre la oyó murmurar:

—Bien escondido lo tenía. Si se descuida, la entierran con él.

—Es una caridad —replicó la madre tratando de justificarse.

—Eso salta a la vista —la envolvió en una mirada de reproche—; y mientras tanto las demás sin zapatos y con las medias rotas.

Quincelibras hizo rápido las cuentas.

—Está bien. Esto sobra —declaró apartando unas monedas.

La madre suspiró viendo guardar al otro su tesoro y apenas tuvo fuerzas para contar lo que la devolvían.

—Puedes estar tranquila, compañera —explicó Quincelibras—; un trato es un trato, y los que acuerda nuestro comité se cumplen aunque te cueste la cabeza.

En tanto los de la partida se iban camino de las Caldas, el grupo de mujeres se deshacía y Marian, viendo a su madre como ausente, murmuró acusando:

—Bien segura estaba yo de que guardaba algo.

—Por si algún día lo necesitábamos.

Ese día, al parecer, había llegado al tiempo que la certeza de quién era el padre de aquella sombra que debía velar día tras día. Incluso las demás mujeres se debieron preguntar qué había tras aquel súbito interés por salvar al santero, por curar su espalda rota, de dónde había salido aquel modesto capital con el que rescatarlo de aquellas manos pecadoras.

Cuando, con gran esfuerzo, restañadas las heridas, mal que bien, consiguieron hacerle caminar, aquel coro de voces se transformó poco a poco en cerco de miradas que fue preciso desafiar hasta el portal de la casa.

—Ayúdame a subirlo a la cama.

—¿Por qué no se mete usted también con él? A lo mejor sanaba antes.

La madre no pronunció un solo reproche. Se limitó a murmurar:

—Tú cállate y ayuda. Por hoy ya tuvimos suficiente.

—¿Por qué he de callar? Bastante tengo con la hija para cuidar también del padre ahora.

—No sabes lo que dices.

—Usted sí que no sabe lo que hace.

En tanto le acostaban subía de la bodega el lamento de siempre, aquella voz cascada que parecía abrirse paso, escaleras arriba, camino de la espalda ensangrentada.

Durante algunos días, Quincelibras quedó con los suyos en las Caldas. Incluso se habló de alzar parapetos y de fortificaciones hasta que un nuevo grupo llegó del otro lado de la sierra. Éstos traían gesto adusto y un cansancio que saltaba a la vista en cuanto se tocaba el tema de la guerra.

—¿Qué tal marchan las cosas por allá? —preguntó Quincelibras.

—No podemos quejarnos.

Marian le preguntó si conocía a Martín, pero el otro negó con la cabeza:

—Hay mucha gente alzada. No los conozco a todos.

Allí acababa su interés por el asunto, ocupado en dictar órdenes en torno.

—Mañana, en cuanto que amanezca, todo el mundo con la mochila a cuestas.

—¿Nos vamos? —preguntó Quincelibras.

—Los del frente sur necesitan relevo. El gobierno trajo tropas de refresco.

—Los nuestros, ¿cómo se portan?

El otro procuró alegrar el semblante antes de contestar:

—No lo hacen mal, pero nos faltan armas. Menos mal que nos sobra dinamita. —Lanzó una ojeada sobre el resto de la partida, concluyendo con voz queda—: De esto, ni una palabra a los demás.

—Ni palabra, descuida.

Al día siguiente los del Arrabal se reunieron ante las Caldas para verles marchar. Entre ellos se hallaba Marian, que, cuando ya se perdían entre los abedules, aún tuvo tiempo de gritar a Quincelibras:

—¡Dale un abrazo a Martín de mi parte!

Le vio volverse en un amago de sonrisa y oyó su respuesta en el aire:

—Se lo daré, descuida; y tú dale otro al feto de la mía.

La palabra corrió a lo largo de la noche sembrándola de preguntas solamente respondidas a medias.

—Debe de ser un niño.

—Un niño muerto que no nació todavía.

—Eso lo saben nada más los médicos.

Incluso la misma Raquel quiso saber qué era aquello que Marian debía abrazar. La madre no quiso responder; sólo el padre, a la postre, explicó:

—Es un niño en el vientre de la madre.

—¿Y cómo va a abrazarle, entonces?

—No lo sé —respondió volviéndose a las tolvas—; ésas son cosas de mujeres.

—¿De cuál de las dos será?

—A nosotros —cortó la madre—, maldito lo que nos importa.

Pero ya la palabra corría de casa en casa y de boca en boca. Se hacían apuestas sobre el día en que el niño nacería y quién sería su padre, aunque la mayoría sospechara como siempre del santero. Sin conocer del todo la verdad, una sola palabra había alzado como protagonista principal a aquel nuevo Moisés salvado de las aguas. Tanto y tan hondo se porfió en el Arrabal, que la noticia llegó hasta el capellán cuando subió a su misa del domingo siguiente.

—¿Qué tonterías son ésas? —preguntó airado—. Al que se le ocurrió no marcha bien de la cabeza.

—Lo dijo ése que llaman Quincelibras por lo poco que pesa.

—Ya me parecía a mí que una cosa como ésa sólo a un loco se le ocurre. —Y añadió en tono de burla—: Lo tendrán en alcohol, a ver si con el tiempo medra.

Mas, a pesar de no tomarlo en serio, la palabra crecía como nube de otoño sobre la casa de Marian, hasta que cierta noche un grupo de muchachos saltó los muros del corral yendo al vecino establo. Todo lo registraron: arados ya sin uso, viejas guadañas, montones de sacos, hasta dar a la postre con la entrada de la bodega, con su puerta entreabierta, como si desde mucho tiempo atrás alguien les esperara al otro lado.

—¿Qué hacemos? ¿Seguimos buscando?

—A eso venimos, ¿no? —respondió el mayor de los tres.

—Arriba sólo hay mujeres y ésas, por mucho que oigan, seguro que no bajan. La casa es nuestra.

Cruzaron el umbral, iluminado sólo por el resplandor del alba. De pronto llegó el rumor de la hermanastra alzándose en su rincón, que aún les hizo dudar entre un temor curioso y el miedo de quedar como cobardes.

—Mira, ¿no es una jaula?

Ninguno contestó. Sus ojos se abrían paso en la oscuridad más allá de las tablas, hacia la sombra inmóvil.

—¿Cuántos años tendrá? —preguntó al fin el mayor acercándose a ella.

—Vete a saber; pregúntaselo al que la bautizó.

—¿Y de quién será? ¿De Marian?

—De la madre, dicen en casa; pero yo no sabía que fuera así.

Y, en tanto discutían los demás, el mayor se quedó mirando a la hermanastra.

—Parece un palo —comentó—; no tiene tetas.

—¿Cómo no va a tener? Lo mismo que todas. ¿No irás a echarte atrás ahora?

—Voy a ver.

Primero fue como una ceremonia, luego todos se abalanzaron abriendo de par en par la puerta de la jaula, persiguiendo la sombra que en vano intentaba escapar. Al fin dieron con ella en el suelo sujetándola por los brazos, abriendo sus frágiles piernas como una cruz de san Andrés en su lecho de paja.

—Verás cómo te gusta, boba —murmuró el mayor al oído de la sombra iracunda.

—Menuda peste —murmuró otra voz—. Huele como un hurón. ¿Cuántos años hará que no se lava?

Luego vino un silencio oscuro en el que los tres fueron pasando uno tras otro sobre el cuerpo desnudo. Una vez el rito concluido, el mayor ordenó a la hermanastra:

—¡Hale!, ya puedes vestirte.

Y, viendo que, en el suelo todavía, no cogía sus ropas, entre los tres la obligaron a alzarse, algo menos tranquilos ahora.

—¿No nos oiría nadie?

—No se oye ni un suspiro arriba.

—Pues vámonos; no les dé por levantarse ahora.

Ya los tres se alejaban cuando uno se volvió hacia la sombra.

—De esto, ni una palabra —murmuró.

—Aunque lo cuente —replicó el mayor—, ¿quién se lo va a creer? ¿No ves que es tonta?

Mas lo que la muchacha no contó se supo pronto. Los amigos se enteraron los primeros entre vaso y vaso, luego los hombres y a la postre las mujeres. Todos supieron al fin qué quería decir la palabra y acordaron pasar aviso a las autoridades.

Mientras tanto el santero se reponía poco a poco. Ya su espalda no era simple barbecho arado de rojo, sino erial de morados costurones, donde la piel volvía a tomar forma. Justamente porque mejoraba, su presencia en la casa molestaba a Marian.

—¿Hasta cuándo piensa tenerlo aquí? —preguntaba a la madre.

—Hasta que esté sano del todo.

—Entonces, nos cayó el cielo encima. Malditas las ganas que se le ven de trabajar.

—Pues, ahí donde le tienes, recorrió medio mundo. Hasta estuvo en América.

—Allí debía volver antes de que le pongan otra vez la mano encima. Eso saldríamos ganando, sobre todo usted.

—Por mí, que digan lo que quieran. El que ríe al final, ríe mejor.

Las discusiones subían de tono hasta que las cortaba de raíz el grito del establo o el paso quedo del santero vagando por los rincones de los cuartos. Ver de cerca la muerte, sufrir aquellos latigazos a orillas del río, le habían cambiado, tornado diferente. Su modo de hablar alegre y reposado desapareció sustituido por un «sí» o un «no», por vagas respuestas cada vez que Marian le preguntaba si pensaba seguir siendo santero o buscarse un empleo mejor pagado y menos ruin. Un día desapareció para volver a su nido de ermitaño, a su huerto pequeño y al lamentar vecino de los grajos. Apenas se le volvió a ver cruzar por los senderos de la sierra, visitar caseríos, hacer sonar su cepillo de latón prometiendo gloria y ventura a los paisanos.

—De la última debió salir escarmentado —murmuraban a su paso—. Tanto pedir para salvar a los otros y por poco está muerto y enterrado.

—Vamos, como para creer en sus milagros.

—¿Qué milagro mejor que vivir como un rey sin trabajar?

Aún no había rendido cuentas el mes cuando al atardecer llamaron a la casa de Marian. Amparada por un par de guardias, una sombra de voz firme y solemne preguntaba si allí vivía la madre y dueña de la casa.

—Venimos a buscarla —la silueta, con un ademán,

invitó a la pareja que la acompañaba a entrar en el portal, siguiendo tras ella.

—¿Viven solas? —se volvió a preguntar a la madre.

—Hace tiempo que mi marido se marchó.

—¿Sabe dónde anda ahora?

—Por ahí, con alguna, como siempre.

—Esa otra puerta, ¿dónde da?

—Es la cuadra.

—¿Tiene ganado? ¿De qué vive?

—Trabajo en las Caldas. Toda la temporada.

La silueta todavía dudaba en tanto la pareja, apartando a Marian, entraba en la bodega.

—¿Sabe que tienen puesta una denuncia?

—¿Contra mí?

—Contra usted.

—¿Y por qué? Si puede saberse.

El guardia, con gesto aburrido, buscó en los bolsillos de su gastado uniforme hasta hallar un papel arrugado que tendió con un ademán de mando a la mujer.

—¿Sabe leer?

La madre de Marian asintió vagamente, en tanto pasaba inútilmente la mirada sobre el impreso.

—Aquí dicen —aclaró el guardia— que nos acompañe.

Y en tanto la mujer se sorprendía aún más, el otro guardia aparecía trayendo del brazo a la hermanastra, que en vano intentaba volver a su madriguera.

—¿Es hija suya, no? —preguntó el cabo, mostrándola aquel montón de sucios despojos que luchaba por huir de la luz.

—Sí que lo es —admitió por fin la madre.

—Entonces, tiene que bajar a declarar. —El cabo había recuperado su papel que ahora doblaba con parsimonia.

—¿Qué tengo que declarar?

—¡Usted sabrá! Si es hija suya, dónde se encuentra el padre, si lo tiene, nombre, edad, apellidos, si está bautizada o no. Habrá que comprobarlo todo. Luego, ya se verá qué hacemos con ella.

—¿Me la devolverán?

—Eso depende de lo que el juez disponga.

—¿Del juez? —La madre de Marian parecía a punto de llorar.

—De lo que digan los testigos.

Mas los testigos nada decían. Entre la compasión y la curiosidad, miraban aquella forma recién aparecida, quizás adivinada mucho antes en secretas, vagas murmuraciones difíciles de comprobar. Ahora, en cambio, aquel ruin remolino de pies desnudos, de cuerpo vestido apenas y pelo alborotado sobre la cabeza demasiado grande, les daba la razón de sus sospechas por encima de lo que hubieran podido imaginar.

Los hombres, sobre todo, ni siquiera despegaron los labios. Las mujeres parecían empeñadas en esconder su piedad mientras uno de los guardias, señalando a Marian, preguntaba:

—¿Esta otra viene también con nosotros?

—Ésa no va incluida en la denuncia.

Fue preciso requisar una cabalgadura y aparejarla para el viaje, en tanto sobre las dos mujeres las miradas iban y venían como nube de oscuros moscardones. Cuando partieron, tampoco nadie alzó la voz; no hubo ni un gesto de clemencia ante aquellos ojos ahora medrosos entre el temor sombrío y el dolor.

XIV

CUANDO Martín decidió marchar monte a través, creyó alcanzar la villa al día siguiente como tantas veces, mas no le resultó posible. El camino se hallaba cortado por la revolución de octubre.

Ya apenas iniciada la subida se habían cruzado con numerosas partidas, cada una armada de modo diferente.

—¿Qué tal por allá arriba? —preguntaba siempre Quincelibras.

—No es arriba, sino pasado el puerto —solían responderle—, donde se bate el cobre. Olvidaros de la carretera.

Bien olvidada la tenían aun en tiempos de paz. Mejor aquel atajo de pastores entre castaños solemnes y alegres avellanos. La carretera general era otra cosa. Subía poco a poco paralela al río, salvándole en macizos puentes que recordaban maestros de obras romanos. Siguiéndola, el camino se abría hacia la villa o rumbo a la capital por rampas buenas para coches, malas para los pies, que acababan rompiendo los zapatos.

Por fin, tras mucho caminar, llegaron ante el corral de un caserío mayor que los otros.

—¿Quién va? —gritó un centinela ante la puerta.

—Gente de paz —gritó Ventura, antes de recordar la contraseña. Y, en tanto seguían adelante, de nuevo la eterna pregunta a flor de labios—: ¿Cómo marchan las cosas?

—Ahora estamos tranquilos. La otra noche hubo unos cuantos tiros. Nada del otro mundo. Cuatro pardillos que quisieron fugarse y se pasaron de listos.

El que hablaba vestía, igual que Ventura y Quincelibras, la ropa de la mina. Llevaba en la mano una vieja escopeta y como cinturón unos cuantos cartuchos de dinamita.

—¿Trajisteis munición?

—Diez cajas de postas —repuso de mal grado Ventura— y un voluntario.

El otro apenas echó un vistazo a Martín y murmuró:

—Son armas lo que faltan; gente viene de sobra.

Ya cerca de la cumbre se alzaba un puesto de mando improvisado en donde preguntaron a Martín quién le avalaba. Ventura salió fiador y, en tanto sobre una mesa mal trabada rellenaban su pase, otro de los presentes le decía:

—Si eres de aquí, te sabrás estos caminos de memoria.

—No soy de aquí, pero me los conozco.

—Pues tu primer trabajo va a ser mañana bajar a los puestos y enterarte bien de lo que los compañeros necesitan. Ahora vete a dormir —le señaló un montón de cobertores—. En el pajar hay hierba todavía. Y, si alguien te pregunta, enseña este papel.

Con el pase dispuesto, empujó el primer postigo que encontró abierto, yendo a caer sobre un montón de cuerpos dormidos a medias.

—¡Mira dónde pones los pies, tú! —se quejó una voz en las tinieblas, mas a poco un respirar profundo unía su clamor a los ecos que llegaban de fuera, invadiendo esquinazos y rincones.

A medianoche se despertó. Del oeste, allí donde cruzaba el puerto la cinta oscura de la carretera, llegaban ráfagas de disparos que, tras breves pausas, volvían con ardor renovado. En el cielo, donde ya huían las estrellas, estalló una bengala iluminando el valle, colmándolo de un resplandor rosado que hizo surgir por un instante la mancha oscura de una fábrica. Sus chimeneas en pedazos aún parecían amenazar al cielo; de sus ventanas, el viento de la guerra había barrido maderas y cristales, pero no los destellos de sus defensores, que hacían fuego cada vez que el viento fingía enemigos en los corrales poblados de muros macilentos. Martín, recordando su misión allí, se arrastró monte abajo hacia los defensores, que ahora intentaban resistir a una nueva oleada de sombras que en un instante cruzó la carretera.

A poco, ninguno resistía. Fueron cayendo atrapados en sus nidos, cercados por un anillo de estampidos que al fin enmudeció.

Incluso pudo ver un oficial con el arma en la mano, caído de bruces, igual que fulminado por el rayo, esperando a su vez refuerzos que nunca habrían de llegar.

Cuando en el puesto de mando conocieron la noticia de sus labios, todos pensaron —Martín el primero— que estaba ganada la revolución. Incluso cuando Ventura propuso enviar un retén para cerrar el paso por la carretera a nuevas tropas de refresco, Quincelibras se opuso:

—¿Para qué dividir a la gente? No vendrán más refuerzos.

—¿Cómo lo sabes tú?

—A estas horas todo el país se levantó. Cada cual tendrá problemas en su casa. Antes de una semana la guerra se acabó.

Y, arrastrando consigo el parecer de los demás, todos quedaron donde estaban. Ya el sol asomaba sobre la cordillera cuando un nuevo rumor, esta vez de motores, se alzó lento y pesado cruzando el puerto por la carretera. Parecía arrastrarse, esconderse, iluminarse según la luz revelaba un convoy de oscuros camiones.

—A ver —gritó Ventura—; los que tengan un arma que vengan conmigo. Tú, Martín, vete pasando aviso a los caseríos que encuentres. Diles lo mismo: que aquel que tenga una escopeta venga para acá.

Fue una dura jornada intentar convencer, animar, hacerse obedecer por hombres que en un principio dejaban de mala gana su trabajo. Viéndoles al fin dispuestos a hacer frente al convoy, Martín se preguntaba qué tenía en común el destino de unos y otros. Nunca creyó que aquel valle pequeño, con su frente modesto, fuera capaz de unir a tantos hombres como ahora le seguían a pesar de su edad.

Bajaban de las cumbres como lobo al acecho, de loma en loma, de vaguada en vaguada, esperando un lugar apropiado para el golpe final. Por fin su hora

llegó: en la margen de enfrente, otras partidas esperaban; todas unidas, detuvieron al primer camión obli-
gando a echar pie a tierra a la tropa, que moría sin
llegar a alcanzar la cuneta. Del interior de las cabinas
se alzaban voces de mando incapaces de poner orden
frente a un enemigo que luchaba a su aire lanzando
dinamita hasta donde llegaba el brazo. Nadie escuchaba, ninguno obedecía; tan sólo un vago sentimiento
de solidaridad los unía dispuestos a mezclar la sangre
con la vida, aun a costa de agotar las municiones.

—Y ahora, ¿qué hacemos, compañero? —preguntó
a la noche Quincelibras.

—Esperar a que amanezca —respondió Ventura.

La vanguardia de los recién llegados se había acercado tanto al enemigo, que parecía a punto de fundirse
con él, de estrecharle la mano. Luego, cuando por fin
amaneció, iluminando lomas y barrancos, el perfil de
una aldea se fue recortando en tanto Ventura apuntaba:

—Allí deben tener el estado mayor.

Se les veía alzando parapetos, taponando ventanas,
intentando hacer frente al enemigo aprovechando la
escasa luz en la que sólo relucía el brillo pavonado de
las armas. Cuando el sol alumbró de nuevo el frente,
tres cañones brillaban bajando la cuesta, tratando de
abrir paso a los cercados, pero ninguno llegó a disparar: los tres huyeron por el camino que los trajo con
gran estrépito de armones y caballos. En cambio, aquellos que mantenían el cerco sí consiguieron apuntar
sobre el pueblo una negra y basculante boca que comenzó a sembrar miedo y metralla al compás de sus
granadas rompedoras. A cada explosión, Quincelibras
y los suyos lanzaban al aire sus cartucheras abrazán-
dose sin temor a las balas perdidas o al esfuerzo postrero de un ejército ciego y vencido después de tanto
esfuerzo inútil.

—La guerra es nuestra, compañeros. ¡Viva el comité! —gritaba—. Nos sobran mítines y votos. Un hombre y un fusil valen más que una huelga. Adelante,
compañeros, adelante.

Ventura, en cambio, parecía preocupado. Cuando
Martín le preguntó, respondió solamente:

—Son muy jóvenes todos.

—¿Y qué? —comentó alegre Quincelibras—. El puesto de los viejos está detrás, en casa.

Ventura echaba en falta disciplina. Había valor de sobra, pero ninguno obedecía órdenes.

—Eso se aprende con el tiempo. Además, ¿para qué la quieren? Los de enfrente la tienen, y mira cómo les va. A los nuestros les basta con saber disparar.

El día siguiente le dio la razón. Un nuevo envite los llevó en torno a nuevas tropas que intentaban romper el cerco en vano. Incluso una sección de artilleros del gobierno tuvo que retirarse cargada de heridos rumbo a algún vecino hospital.

Nuevas bengalas iluminaron las siguientes noches. A la luz que esparcían, rojas sombras surgían de la tierra. Fusiles, rostros crispados, cuerpos sin forma se escondían quedando agazapados hasta que el resplandor en lo alto se extinguía. Luego, otra vez los disparos se cruzaban seguidos de violentas y aisladas explosiones que derribaban muros o reventaban sacos en algún escondido parapeto. Eran combates cuerpo a cuerpo peores que los que alumbraba el día, seguidos de rachas de calma en las que cada bando hacía cuentas de sus bajas. Así el cansancio mutuo, la certeza de que era inútil intentar retroceder o progresar, abrió paso a una vaga esperanza de conseguir negociando aquello que negaban las batallas.

—Nada de negociar —clamaba Quincelibras—. Con todos los que somos, acabamos con ellos en un decir amén.

Pero también al otro lado llegaban refuerzos cada noche y aquella paz se convirtió en nuevos cadáveres, en un ir y venir constante de emisarios con bandera blanca que a la postre volvían con las manos vacías y un gesto de cansancio tras cruzar casi a tientas la tierra de nadie.

De tal modo andaban las cosas cuando Ventura llamó a Martín.

—Tú tienes buena letra, ¿no? —Y, viéndolo perplejo, añadió—: Busca pluma y papel. Vas a escribir al general.

—¿Yo? —Martín le miró asustado—. ¿Al general de enfrente?

—A ese mismo; el que manda las tropas del gobierno. Sólo tienes que poner lo que te digan. La carta la va a firmar uno de sus tenientes, que es buen amigo suyo. Anoche cayó herido y no ve otro camino de salir de aquí.

XV

EL GENERAL tiene ante sí, sobre su mesa de tablones, una hoja escrita y firmada que acaban de pasarle. Bajo la luz difusa del carburo va intentando descifrar las líneas trazadas por una mano firme de las que en cierto modo depende su destino.

«9 de octubre de 1934. Mi querido comandante: Nadie me obliga a escribir esta carta. Sólo el deseo de evitar sangre de los que fueron mis superiores y soldados. Me encuentro en condición de preso y hasta la fecha no puedo tener la más mínima queja de los revolucionarios.

»Ayer me dijeron que parlamentase con ustedes y estoy agotando todos los medios para evitar derramamientos de sangre en aras de un espíritu militar de sobra conocido por usted y por mi general.

»Las condiciones en que se encuentran ustedes son gravísimas. Están sitiados y no van a enviarles refuerzos, pues lo mismo está ocurriendo en otras partes. Es un movimiento general. La capital ha sido tomada y los militares que se resistieron fueron pasados por las armas. A mi entender, están ustedes engañados. No puede venir nadie en su socorro y hoy, de no aceptar, van a morir todos dentro de unos minutos o unas horas.

»Mi comandante, piénselo usted bien. Déjense de ideas políticas y piensen que éstos son españoles como ustedes. No son criminales, sino humanos, y por eso me ruegan que haga lo posible por convencerles.»

El general hace un alto en su lectura y piensa un instante antes de colocar a un lado el papel.

—Mi general —pregunta el comandante, silencioso hasta entonces—, ¿no lo termina?

El general examina lo que no leyó, quizás pensando que allí se juega su carrera.

117

«Las condiciones para rendirse son: que se entregue el batallón y dejen las armas en las mantas y colchones; será respetada la vida de los soldados y los que sea posible irán a sus casas si quieren.

»Caso de no tener confianza, dígamelo para ir con ellos si por fin deciden entregarse, para evitar que algún exaltado les moleste lo más mínimo.

»Le abraza uno que no quisiera verles muertos por nada del mundo.»

Tras de la firma, una posdata añade: «Aquí esperan la respuesta antes de quince minutos».

El general no responde; de nuevo parece escuchar el silencio que viene de fuera, donde no suena ni un solo estampido.

—Mi general, ¿qué hacemos? —pregunta cada vez más nervioso el comandante—. El plazo está a punto de acabarse.

El jefe lanza una rápida ojeada a su reloj y de un solo golpe rasga la carta convirtiéndola en un mar de esquelas blancas. A poco, de fuera llega el rumor de una explosión que hace temblar el viejo suelo de tablas. Al punto, como cada noche, le contesta un tronar que parece dar fin al mundo para a la postre acabar en disparos solitarios. Después, a lo largo del día, nuevos camiones luchan por bajar al valle evitando los fuegos cruzados de las lomas, bajo el rugido intermitente de los primeros aviones.

Nuevos refuerzos apenas cambian la suerte del frente, mas no es difícil adivinar que el asalto final se va preparando cuando llega a saberse que el general y parte de su gente han logrado escapar dejando el mando en otras manos.

—Esto me huele a desbandada —murmura Quincelibras.

Ventura le mira como de costumbre, sin responder. No sabe que otra vez escasean las municiones.

—¿Qué hacen los del Comité Central? ¿Qué vamos a tirar? ¿Perdigones?

—El comité no existe —responde Ventura—. Ha sido disuelto.

Un vago desánimo se abate sobre Quincelibras, una mezcla de rabia y de fatiga que va ganando incluso a los que sirven las ametralladoras a la espera de poder disparar en cuanto lleguen municiones.

En cambio, recibe el enemigo un camión cargado de tropas de refresco, seguido de ambulancias con equipo médico. De nada sirve la sorpresa de un tren blindado que intenta dividirlas vomitando fuego. Sus seis vagones repletos de mineros quedan detenidos. Cargas encarnizadas se suceden bajo el halo de la luna de octubre, a ambos lados del río, con Ventura y los suyos ya en franco retroceso. La mañana alumbra cimas pobladas de cadáveres, dinamita sin estallar y calveros desiertos. Hasta Martín se pregunta cuánto resistirán cuando ataquen las tropas del gobierno.

—Esta guerra, para nosotros, se acabó —confiesa Quincelibras—. Tú coge un arma y haz lo que puedas por ahí. Antes de una semana se decide si los del otro lado pasan o no pasan. Dicen que vienen moros. Vamos a ver si son tan fieros como algunos los pintan.

Mas no hay ocasión. Las propias líneas se deshacen en continuas partidas que, lejos de la carretera, intentan ganar a toda costa las colinas vecinas.

—Tú vente con nosotros —ordena Ventura.

—¿Yo? ¿Por qué? —pregunta Martín.

—Porque conoces estos montes.

—¿Dónde vamos?

—Tenemos que buscar un refugio mejor. Ahora dicen que viene la Legión.

Desde lo alto, según van salvando repechos y quebradas, Martín puede ver a sus pies la carretera repleta de tropa que muy lentamente va siguiendo la vía del tren, dejando atrás el hospital. Más al norte, donde un grupo resiste todavía, suenan los últimos disparos, el batir impaciente de un cañón que calla al fin tras el vuelo rasante de dos aviones. Sólo a medio camino echa de menos Martín a Quincelibras.

—Yo creí que subía delante —responde Ventura—. Si viene detrás, ya nos alcanzará.

Pero no aparece; quizás lo han hecho prisionero y se halla en uno de tantos conventos convertidos en cárceles de donde sólo se sale muerto.

Día tras día van llegando al refugio vecino de las nubes noticias de represalias y torturas, de cadáveres sin reconocer, sordas palizas y reos colgados para después ser enterrados en fosas comunes; todo ello por simples sospechas y denuncias, sin pruebas, ni testigos, ni juicio.

«No es raro —piensa Martín— que familias enteras tomen como ellos el camino del monte.» Mas, a medida que las cuestas se hacen cada vez más duras, se van poblando de restos de tales hogares trashumantes, abandonados entre lágrimas en el fondo de algún escondido peñascal.

—Si no son para mí, no serán para nadie —claman las mujeres, haciendo añicos sus cacharros.

Los hombres, arma al hombro, se tientan una y otra vez las vacías cartucheras y también estallan en un común rosario de sordas maldiciones. Después siguen entre la espesura mirando en torno, recelando siempre, buscando un lugar seguro donde pasar la noche.

No se había cumplido una semana y nuevos grupos llegaban al segundo refugio. Algunos hacían un alto para cambiar noticias con Ventura y su gente, otros los evitaban tal vez temiendo posibles delatores.

—Hay que buscar otro sitio más seguro —confió un día Ventura a Martín.

—¿Por qué? ¿No es bueno éste?

—Los últimos me han dicho que el gobierno está organizando batidas. Cualquier día aparecen por aquí.

Además, ya el invierno asomaba afilando sus dientes en la red de regueros inmóviles y las manchas de nieve que iban volviendo blancas las montañas. Aquel año adelantó su paso uniéndose al desánimo y el hambre que echaron por tierra la sombra de pasadas ilusiones. Negras hileras, oscuras caravanas poblaron de nuevo los caminos, esta vez rumbo a la villa, dispuestas a suplicar un poco de misericordia. Como siempre, las más enteras eran las mujeres. No lloraban ni pedían clemencia, caminaban en tanto conservaban sus fuerzas con un gesto hostil y desdeñoso que a Martín recordaba a Marian. Sólo cuando agotadas se rendían, quedaban atrás acurrucadas, sucias de barro, blancas de nieve como esperando un dulce despertar.

XVI

El invierno minó los cauces del otoño con las primeras nieves. La roja avutarda, los grises tordos emigraron a los llanos menos fríos del páramo. El cielo fue apagándose hasta quedar de plomo, arrastrando copos blancos como un manto menudo que cubrió en un día la silueta desnuda de los álamos.

Marian veía transformarse en cristal la humedad de los prados, en dura escarcha los senderos de zarzas y avellanos. Todo lo conocía ya de inviernos anteriores: el río inmóvil, los hayedos sombríos, hasta el estanque de la infanta convertido en resplandor de mármol.

Ninguna novedad llegaba de la villa, sólo lo que el correo contaba: que la esperada revolución se había hundido arrastrando consigo a todos los que en su día apostaron por ella. Los que no andaban por el monte huidos, debían afrontar su mala suerte de tener un pariente en el bando enemigo.

Se preguntaba dónde andaría Martín. Quizás con ellos todavía, muerto tras breve juicio o, como el santero, a la espera de alguna novedad que viniera a sacarle definitivamente de la cárcel de piedra de su nido. Encerrado en él, sin alejarse apenas de su huerto, parecía un cazador furtivo acechando, cuando no rezando a los pies de su viejo crucifijo. Se acabaron sus continuos viajes a través del monte, rumbo a remotos caseríos, sustituidos por letanías devotas y escondidos cilicios. En tanto gamos y corzos huían de los ataques de los lobos, él quedaba plantado como el urogallo, sin ver ni oír, soportando el invierno desterrado sobre los escalones de su atrio. Marian podía adivinar tras él el monte entero, las reses perdidas huyendo de los asaltos enconados del Cierzo, buscando

121

madrigueras en donde soportar el letargo invernal. Quizás Martín y Ventura encontraran la suya en alguna de aquellas cuevas rastreadas y después olvidadas, cuando cesó la fiebre de buscar tesoros; puede que los dos estuvieran allí cerca en las alturas sobre el Arrabal esperando una ocasión propicia para volver al bar y seguir los envites de la brisca.

La verdad era que todos esperaban: el santero, un cielo a su medida; Ventura, seguramente un desquite lo más pronto posible; la madre, un veredicto allá en la capital, de donde no pensaba regresar ahora que la señora le proponía servir en su casa. «Así estaré mejor, más cerca de ella», había escrito en su carta, y Marian no entendía junto a quién quería hallarse, si cerca de la hija que en realidad rechazaba, o al lado del ama que al parecer no pensaba volver a su antiguo dominio de las Caldas.

Encerrada, rodeada de nieve, Marian pensaba que para ella la vida comenzaba en el estanque de la infanta, en su césped convertido en hielo, en sus sauces ahora rosarios de agudas lágrimas. Quizás ella en su tiempo conociera la pasión de la ausencia, sus eternas dudas, su afán de nada desear, de abandonarse más allá de todo pensamiento. Tal vez fuera preciso combatirlo todo con la oración, como Raquel y su familia a la caída de la tarde, esa hora mala para el corazón, y esperar la llegada de otro año que volviera cada cosa a su lugar, los caballos al monte, el correo a las Caldas y las riñas constantes en el bar tras la brisca de la tarde.

A ratos imaginaba al santero y a la madre en prisión y no sentía compasión por ellos; todo lo más, curiosidad, preguntándose qué secreta razón les separaba ahora, lejos del monte y del recuerdo del marido. Mucho debía darle la señora y mejor, desde luego, que aquella hermanastra, fruto raquítico y tardío, algo vago y sutil, capaz de arrastrarla consigo.

Tanto daba, un año concluía llevando consigo verdades y mentiras que el tiempo a la postre borraría como las nieves en los cerros donde los manantiales no tardarían en brotar.

El cielo se iba despejando, quedando a la noche

terso, raso como a punto de rasgarse y volcar sobre el valle su última carga de lluvia y tormentas. Cuando en su fondo Marian veía temblar las estrellas, creía hallar en ellas un fulgor quedo, una medida voz que la llamaba por su nombre como antaño desde la bodega, que la robaba el sueño hasta que el alba venía a rescatarla poniendo un poco de orden en su agitado corazón.

XVII

LA PRIMAVERA se abrió paso una mañana menos nevada que las otras con un pálido sol incapaz de barrer
del valle la mancha gris de las brumas postreras. Atrás
quedaba la hermanastra entre rejas y monjas en tanto
los caballos alzaban otra vez el trueno sordo de sus
cascos. Ya en los chopos apuntaban nuevos tallos y
hojas más verdes en los hayedos y avellanos. El río
se deshacía en gravas y cascajo, se estiraba y crecía
haciéndose cada vez más rápido. El correo volvía a
traer noticias desde la capital que hablaban como
siempre de pobres que seguían siendo pobres, de ricos
cada vez más ricos, de canónigos pendientes de reparar
las ruinas de su dorada catedral.

Una cuadrilla de albañiles y pintores más numerosa
que otros años revocó a su vez la fachada de las
Caldas, borrando desconchones, bolsas de cal, oscuros
goterones. Se reforzó la antigua galería donde tomaban
los enfermos el sol y vinieron nuevos muebles. Incluso
se cambió la vieja red de cañería instalándose caldera
nueva tal como el padre de Marian recomendó. Se
alzaron mamparas por consejo del médico para hacer
menos duro el paso del calor al frío a los enfermos.
Llegó la nueva servidumbre, un cocinero más experto;
el capellán volvió a sus partidas con el médico.

El mundo parecía detenerse al otro lado del río,
más allá del baño de la infanta. Guerras y muertes,
hambres, huelgas, temidas represalias, se borraban cerrando el paso hacia aquel tranquilo paraíso en torno
de las nuevas Caldas. Eran otro país regido por el
hermano del ama en el que labrarse un porvenir tal
como la madre aconsejaba.

«Debes obedecerle en todo —escribía a Marian en
una de sus cartas, aludiendo al nuevo amo—; la señora

le habló de ti y a poco que te portes bien, seguro que te nombran gobernanta.»

En cierto modo, no le faltaba razón; ahora se contrataba gente joven, bañeros y camareras siempre pendientes del reloj que medía para cada paciente los grados recetados por el médico. El único libre a cualquier hora era el hermano del ama, quien mandaba a Marian recado tras recado, a través de la gobernanta.

—Marian, dice el señor que quiere hablar contigo.

—¿Conmigo? ¿A santo de qué?

—Pregúntaselo a él.

—Podías saberlo. Por algo llevas tanto tiempo en la casa.

—Tú sube y ya te enterarás.

Así un día subió adivinando qué se esperaba de ella, camino del despacho en el que el amo la recibió, rodeado de diplomas y litografías, sin levantar siquiera la cabeza.

—¿Da su permiso?

—Entra.

Al cabo de un rato apartó los ojos del periódico fijándolos en ella, no en sus pechos, como suponía, sino en sus ojos y sobre todo en sus manos cortadas por el agua. Acabó de repasar las cuentas preparadas por su administrador y alzó definitivamente la cabeza.

—¿Cuánto hace que trabajas aquí?

—Desde la primavera.

—Pues yo te he visto por aquí desde pequeña.

—Vendría a traer algún recado a mi madre.

—Sí —asintió examinándola con mayor atención—. Algo así debió ser. Ahora que te quedaste sola en casa, ¿qué vas a hacer cuando se acabe aquí la temporada?

—No lo sé. Hasta setiembre no termina. Para entonces ya habré pensado algo. A lo mejor me marcho.

—¿Adónde? ¿A la capital?

—A servir; no lo sé; puede que a despachar. Allí hay mucho comercio ahora; trabajan hasta las mujeres.

El amo la miró por encima del rimero de papeles.

—Y tu madre, ¿qué dice? ¿No quiere que vayas a vivir con ella?

—Lo que mi madre quiere es que me case.

—¿Tienes novio?

—No.

—Si prefieres quedarte —se había puesto en pie soltando de improviso el cordón de su bata—, aquí siempre habrá un sitio para ti.

Marian había desviado la mirada de aquel cuerpo desnudo ya cubierto de canas en los muslos y vientre, de aquel tono burlón que parecía perseguirla cuando ganó la puerta de espaldas hasta dar más tarde contra la gobernanta.

—¿Qué tal te fue? —le preguntó notándola tan agitada.

—Ni bien ni mal.

—Él tiene sus caprichos, como todos, pero le duran poco; antes de una semana se le pasan.

Quizás tuviera razón. De todas formas, a la sombra de las Caldas remozadas habían surgido nuevas casas de huéspedes y alguna tienda que otra. Incluso modestos veladores competían con los del jardín y sus sillones de lona confortables, formando un rincón de vida donde no habría de faltar trabajo incluso más cerca de casa.

Sin embargo, no le fue preciso acudir allí. Tras el primer encuentro, el amo pareció olvidarla, en tanto la gobernanta siguió tratándola como de costumbre. Marian continuó barriendo, lavando, sirviendo como si aquella tarde en el despacho del amo nunca hubiera existido, cruzándose con él sin apenas dirigirse la palabra. A veces recordaba la carta de la madre, la sombra hostil de la hermanastra, y se acababa preguntando qué sería mejor: permanecer allí o, en la ciudad, tener que soportarla. En ocasiones, sobre todo a la noche, decidía marchar en busca de Martín. Tal vez alguno supiera de él al otro lado de la sierra. Mas, cuando el sol se alzaba iluminando su ventana, tales sueños huían barridos por la voz de alguna compañera que a duras penas conseguía despertarla.

—¡Jesús, mujer, deben ser ya cerca de las ocho! Hace un rato que tocó la campana. Buena nos espera.

—¿Estará ya de pie la gobernanta?

—Según la noche que el amo la diera —respondía maliciosa la otra entretanto se vestía.

127

—No será tanto.

—Ni tanto ni tan poco. Ése es como la hermana: no piensa en otra cosa. A ver, todo el día cruzado de brazos, ¿cómo va a matar el rato? Si no tiene ninguna a mano, se las trae de la capital.

En eso llevaba razón. A veces el coche del correo descargaba ante el portal mujeres de rostros maquillados y mejillas lustrosas, algunas con lunares pintados que, vistas de lejos, no parecían tan viejas. Luego, una vez quitado el velo, la red de arrugas de la piel revelaba su verdadera edad. Llegaban casi siempre pasada la hora de cenar, con los enfermos ya en la cama. Su buen humor, su confianza iban surgiendo a los postres para romper en risas sofocadas al llegar el café y la consabida copa con el brindis solemne camino de la alcoba.

Al día siguiente ordenaba el hermano al administrador:

—A esa señora no le pase la cuenta. Pon a mi nombre los gastos.

Y el administrador dejaba volar su fantasía hasta la próxima visita. Cuando ésta llegaba, era preciso ayudarla como a todas a cambiarse de ropa para bajar al comedor, donde los ojos de los escasos clientes rezagados volvían a desnudarla adelantándose a las manos presurosas del amo. De su pequeño maletín de viaje surgían cintas, peines, lazos, escotados camisones de raso, ligas, medias sin estrenar aún, que a voces pedían carnes más duras y más jóvenes.

Marian, viendo después de cerca tanta arruga, tal carne aprisionada dentro del corsé, se imaginaba a la visita de turno en brazos del amo. Debían surgir en las tinieblas del cuarto blandos senderos cubiertos, como los del jardín, de baba de gusanos apenas escondida por la sombra de espesos jaramagos. Era duro pensar en ello y aún más cambiar las sábanas después, húmedas todavía de sudor, de olores a perfumes baratos. Quizás fuera una secreta venganza del amo o de la gobernanta, siempre en su busca por más que tratara de evitarla.

—Marian, sube al cuarto del amo y cambia la ropa de la cama. Luego la mandas a lavar.

—¿Y por qué tengo que ser siempre yo?

—Tú calla y obedece.

Obedecía haciendo de tripas corazón, evitando encontrarse con el nuevo amor de cada noche, a la que el amo despedía besando en la mejilla antes de que tomara altiva el coche.

Otras, en cambio, incluso sabían mostrarse amables con ella.

—Con esa cara y esa planta —le decían—, no se está en estos baños, sino en la capital, viviendo a lo grande. No pensarás pasarte toda la vida de fregona.

Marian, en un principio, no respondía.

—Si no espabilas a tiempo, mal te veo, muchacha. A los hombres les va la carne tierna, o sea que más a tu favor. Aquí sólo hay abuelos, aunque, si vas a ver, son los mejores a la postre.

—¿Por qué?

—Por lo que dejan, aunque los hay que duran más que el Padre Eterno. Además, siempre está al quite la familia. Así es la vida, hija —concluía, indicando con un gesto el despacho del amo—; mucho ahorrar para nada, aunque éste, al menos, se priva de poco. Al paso que lleva, acabará comiéndose lo suyo y hasta lo de la hermana, como no vuelva pronto.

—No se mueve de la capital.

—Y tú, ¿cómo lo sabes?

—Porque mi madre está con ella, trabajando en su casa.

La señora se la quedó mirando; luego preguntó:

—¿Viven juntas las dos?

—¡Qué remedio!

—Dormirán, por lo menos, separadas.

—¿Cómo voy a saberlo?

La otra hizo un silencio antes de contestar, igual que si temiera ofender a Marian.

—Entonces, a lo mejor es verdad lo que dicen: que lo mismo le da a pluma que a pelo. Puede que sea mentira, como tantas cosas, pero de todos modos siempre conviene estar prevenidas tratándose de quien se trata.

De pronto mudó su semblante volviéndose jovial y protectora.

—Si un día te animas, puedes venir conmigo. Allí sí estás segura. Todo el mundo me conoce; no sólo tu amo, sino hasta el mismo capellán. Como comprenderás, no va a pasarse toda la vida dándose golpes de pecho; sólo una vez se vive, y, si te descuidas, te vas al otro mundo sin sacarle provecho. —Para terminar, le había dado una tarjeta con sus señas y nombre—. Si por fin te decides, ahí tienes mi dirección.

A la noche sus palabras, aquel semblante alegre a pesar de la edad, surgieron muchas veces haciéndole olvidar el cansancio del día.

A veces se veía allá en la capital ante un escaparate repleto de guantes y puntillas o al amparo de algunas de aquellas sombrillas con que solían defenderse del sol las elegantes. Después, imaginando a la madre a orillas del ama , envueltas en su mar de carnes blandas, el sueño huía dejando tras de sí un rastro amargo que todo lo borraba. Encendía la luz y, como en el colegio, viendo pasar en torno tantas horas vacías, escuchaba las risas de las otras criadas que, más allá de su fatiga, intentaban llenar la noche cada cual a su modo procurando no despertar a los mayores.

XVIII

UN NUEVO OTOÑO, estallando imprevisto y amarillo, tiñó los sauces y los álamos, vaciando al tiempo alcobas y baños. Según los huéspedes partían, el río se poblaba de líquenes y fango. Volvió por unos días la calma al valle; vinieron las primeras nubes y el sol amaneció apagado.

Hasta el molino junto al río pedía menos cuidados, y el Cierzo, en las alturas, sorprendía a Raquel buscando por el monte arándanos. Cuando en aquellos paseos solitarios se encontraba a Marian, nunca dejaba de preguntar por la hermanastra.

—¿Qué tal? ¿Sigue en la capital?

Y Marian respondía, como de costumbre:

—Algo mejor.

—¿Cuándo vuelve?

—No sé; a lo mejor, para Navidad; puede que al año que viene.

En realidad, a Marian le molestaba tal curiosidad por alguien que ella luchaba por apartar de su memoria; incluso llegaba a desviar su camino para no verse obligada a inventar falsas visitas a médicos, cartas que nunca recibió, deseos y proyectos que se alzaban acusándola a medida que avanzaba la noche. Además, no comprendía aquel ciego interés por la hermanastra, a la que Raquel sólo debió ver una vez, cuando los guardias la sacaron a la luz para llevársela.

Era como una mala conciencia que la aguardara agazapada a la puerta del molino, espiando sus idas y venidas de su casa a las Caldas. Quizás nada tuviera contra ella, pero tanta pregunta sólo conseguía alejarla aún más de la hermana olvidada.

Antes de los primeros fríos había llegado un día al molino un matrimonio amigo que el padre se apresuró a abrazar apenas bajaron del coche. Marian los conocía de otras veces. Su modo de vestir, de hablar, decían a las claras que pertenecían a la misma Iglesia que los dueños de la aceña. Debían vivir en la capital. Pasaban la tarde juntos, tomaban café en el prado, a las orillas del río, y, ya entrada la noche, el mismo correo que los trajo los devolvía a la ciudad prometiendo siempre volver el próximo domingo.

—Siempre decís lo mismo —se lamentaba la madre de Raquel—. Luego no aparecéis.

—Mujer —respondía la otra—, no es por falta de ganas, es que los tiempos no están para fiestas. Aquí estáis en paz hasta ahora, con el Señor en casa, como aquel que dice; en cambio, en la capital no hay día sin alarma. Las semanas pasan en perpetua zozobra.

—No será tanto —sonreía el padre de Raquel—, además de que esas cosas no nos tocan. Con tal de mantenerse lejos de ellas, es bastante. Para eso están el gobierno y la tropa.

—Tan seguros estamos —confirmaba la madre—, que pensamos mandar a Raquel para que estudie allí.

Los ojos de los dos se fijaban en ella por primera vez.

—¿Y qué piensa estudiar?

—Enfermera. Es lo que más le gusta.

—No está mal —respondía la mujer—, pero ¿por qué no en Madrid? Hay un congreso el mes que viene y yo pienso asistir. Podría conseguirse una beca. Total, por intentarlo no perdemos nada.

Raquel no parecía confiar demasiado en su suerte, en tanto, sin saber por qué, volvía como siempre a su memoria la hermana de Marian y su jaula de tablas que los guardias quemaron delante de la casa.

A Marian, en cambio, la soledad de la hermanastra le recordaba la suya ahora y las palabras del santero cada vez que cruzaba ante su ventana:

—Hija, el mundo está hecho para vivir sin compañía. A solas venimos y a solas nos vamos. Todo lo que un cristiano necesita es no convertirse en esclavo de la carne. Yo mismo lo era, pero ahora, con la ayuda del Santo, no sólo soy feliz, sino que estoy dispuesto a ofrecer al Señor hasta la última gota de mi sangre.

¿Qué vas a encontrar en la ciudad? Tentaciones y escándalo. Hazme caso y olvida ese viaje.

Las manos le temblaban, sus ojos se elevaban a las nubes, y Marian llegó a la conclusión de que el castigo de Quincelibras y los suyos le había robado la razón, si es que la tuvo alguna vez. Su nuevo afán de penitencia le llevó a no probar más el vino y a dar de lado el pan, alimentándose sólo de hortalizas que en ocasiones cosechaba antes de madurar. Matando el hambre así, bebiendo sólo el agua de algún vecino manantial, hablando al sol, amigo de las nubes, tanto creció su fama, que sus pecados fueron olvidados incluso por los del bar. Sus culpas, antes fuente de enconadas disputas, ahora se desviaban hasta tocar la sombra de la madre de Marian.

—La hija lleva el mismo camino, pero pica más alto. Cualquier día la vemos de señora en las Caldas. Todo es cuestión de darle gusto al dueño ahora que no está la hermana.

—Y, aunque estuviera, ¿qué más da? Uno por otro, en asuntos de cama, ninguno de los dos se salva.

—El santero, al menos, pagó con la paliza que le dieron; la madre, en cambio, con soltar su dinero ya cumplió.

Así, con el santero convertido en santo y sin noticias de Martín, el tiempo fue pasando para Marian, a quien el cierre de las Caldas apremiaba más que los encuentros con Raquel a solas o con la gente del bar y sus miradas desdeñosas.

Un día decidió escribir a la madre. Tomó pluma y tintero y, arrimada a la lumbre, fue desgranando un rosario de lamentos sobre el papel. Allí hablaba de la nieve, del río helado, de la comida mala y escasa y sobre todo de su soledad, que a punto estaba de acabar con ella. No quería terminar como el santero en compañía de los gamos, cocinando cardos, hablando a los pájaros; no quería ser más, sino lo mismo que las otras: sin padre pero con madre junto a la que vivir aunque sólo fuera para charlar o discutir, o simplemente seguir el curso de las horas.

La señora no tenía que preocuparse por ella; apenas iba a notar su presencia en la casa salvo en lo que su buen juicio decidiera, si es que pensaba pagarle algo. En sus manos estaba; y, si no andaba sobrada de dinero, una cama limpia le era suficiente de momento.

La respuesta tardó largo tiempo en llegar, como si la madre o, mejor, la señora vacilaran, pero por fin estaba allí, bien poco amable, destilando un «no» repleto de justificaciones. Una sola criada era suficiente. La casa del ama no daba para más. Puede que con el tiempo las cosas cambiasen.

Le fue preciso leer muchas veces aquel breve mensaje hasta convencerse de que la rechazaban. Lo guardó en la mesilla de noche y al día siguiente bien temprano volvió a escribir, en esta ocasión a la amiga del amo, aquella que tiempo atrás se ofreciera a ayudarla dándole su tarjeta.

Su oferta vino casi a vuelta de correo. No prometía demasiado, pero podía trabajar a prueba. No le vendría mal tomarle el aire al nuevo oficio.

Camino de la capital con su maleta de cartón, la misma que llevó al colegio, veía pasar al otro lado del cristal del coche los álamos desnudos como una catedral que cerrara sus arcos en lo alto. De pronto desaparecían igual que viejos amigos a los que era mejor olvidar si quería buscar una vida diferente lejos de aquellas Caldas en las que cada vez más sola se sentía. Según los montes iban quedando ocultos por la bruma, Marian iba notando cómo su infancia se borraba, tantos días perdidos en torno de la hermanastra. La madre, en cambio, a buen seguro saldría con bien del juicio a poco que la señora se moviera, una vez en la capital, cada vez más segura y cada día más discreta.

—¿Y ahora te vas tú también? —había preguntado a Marian el chófer.

—Sólo por unos días. A ver qué tal me pinta.

—Seguro que te pinta bien —le había lanzado una mirada que envolvía su cuerpo—. ¿Y tu hermana? ¿Cómo la tratan las monjas? —insistía el chófer—. Me han dicho que mejora.

—Te lo diré cuando vuelva. Tengo que verla uno de estos días.

La madre, en sus cartas, no hablaba demasiado de ella. Cuatro líneas escasas a modo de posdata, siempre al final, siempre las mismas: «Tu hermana va mejor», «Tu hermana tiene buena cara». De haber sumado todos aquellos renglones, la enferma ya estaría sana, lejos de su prisión.

Por entonces sus guardianas habían intentado enseñarla a coser y bordar, a zurcir por lo menos la ropa de las otras, pero tales empeños resultaron inútiles ante su terca actitud, que apenas se animaba con la visita del médico.

—Vamos a ver cómo va nuestra amiga —exclamaba antes de echarle el vistazo de rigor—. No está mal. Hasta ha engordado un poco.

—No será lo que come —comentaba la monja.

—¿No va bien de apetito?

—Regular. Moverse no quiere, ni siquiera a rastras. No consigo que baje a la capilla. No es como las demás. Las otras se dejan gobernar mejor. Ésta, en cambio, siempre está a la contra.

El doctor movía taciturno la cabeza y, como para comprobar la verdad de las palabras de la monja, ordenaba a la enferma, ajena a los dos, sentada junto a la ventana:

—Vamos, levántate.

Mas sólo la mirada respondía con un terco y medroso desafío.

—¿No le decía? —murmuraba la hermana—. Es un caso perdido.

—Desde luego, fácil no es. Habría que obligarla. Así no adelantamos nada.

—Vamos, dame esa mano —tendía la suya a la enferma el médico.

Y como se resistía fue preciso tomársela a viva fuerza para hacerle caminar con él.

—Tú y yo vamos a dar un paseo.

Era cosa digna de ver —comentaba después la monja—, aquel hombre llevando de la mano a la muchacha que a ratos sonreía como animada por más tranquilos sueños. Bajo el dosel de parras los dos navegaban cosechando miradas en torno, tratando de mantener tranquilo el paso a pesar de los constantes tropezones.

—Vamos, no te canses tan pronto. Un poco más

135

—ordenaba el médico cada vez que ella pretendía detener la marcha—. Verás cómo te vuelven las ganas de comer.

Y una vez más la hermanastra obedecía dejándose llevar hasta dar una vuelta completa al patio.

—¿Ve cómo insistiendo siempre conseguimos algo? —preguntaba el doctor a la encargada—. Dos o tres vueltas debería de dar al día. Poco a poco se irá acostumbrando a hacerlo sola.

—¿Y qué cree? ¿Que no probamos ya? Pero es inútil. Créame, siempre vuelve a lo mismo en cuanto se la deja de la mano. ¡Como no haga un milagro nuestro Señor!

—Lo hará, lo hará —se despedía el médico—, pero de todos modos hay que poner de nuestra parte lo que podamos, aunque sea poco.

XIX

La capital no había sufrido como la villa los embates
de aquella revolución frustrada que se llevó a Martín
lejos del Arrabal. Allí ni siquiera se llegó a iniciar; se
hallaba tal como la conoció de niña cuando las monjas
la sacaban de paseo. El río corría como siempre
manso, poco profundo, entre cortinas de álamos que
parecían encerrarle en un verde canal camino del lejano horizonte. Los mismos tejados manchados de musgo
y humedad formaban corro en torno de la catedral,
unida al palacio episcopal por un puente de piedra
como el que salvaba el río. Torres, cúpulas, patios
aparecían como dormidos bajo el sol. Incluso se podía
distinguir el convento transformado. en aulas, cedido
por un alma piadosa en el último instante de su vida.
Más allá de las murallas, convertidas en prisión ahora,
podía adivinarse el campo y la azul cadena de montañas que daba paso al mar a través de la recién cons-
truida carretera. El centro de la ciudad, según se acercaba Navidad, bullía como en sus días mejores. Al menos, tal le parecía a Marian. Un aluvión de tiendas se
abría en el paseo nuevo. Multitud de escaparates ofre-
cían vestidos y zapatos junto a sombreros y corsés que
recordaban a las mujeres de las Caldas. La diferencia
estaba en que todo allí se mostraba nuevo, lucido,
recién salido del taller o de la fábrica, no viejo ni sobado, deformado, cansado de tanto ceñir carne blanda,
vientres y pechos lacios. La gente joven paseaba dejando tras de sí furtivas miradas consumidas en suspiros
hondos. A veces algún afortunado era admitido como
acompañante, sobre todo si resultaba conocido por alguna de las orgullosas muchachas. Entonces todo cambiaba; le permitían caminar a su lado, ufano, servicial,

quizás bastante más de lo que merecían sus favorecedoras.

Mas no todo era cortejar, ir de paseo o mirar escaparates; otros menos ociosos se afanaban tras hileras de nuevos mostradores. Todo allí se vendía; escopetas, relojes; se cambiaba dinero por dinero, tierras por tierras; se compraban fincas o carbón de piedra con el que alimentar recién instaladas calefacciones. Marian, en tanto el coche se abría paso en la calzada, se preguntaba cuántos de aquellos que tomaban café tras los cristales o se inclinaban sobre los pupitres de oscuras oficinas habrían curado alguna vez sus achaques en las Caldas. Siempre resultaron baratas incluso como simple lugar de reposo.

De pronto la voz del chófer borró en un instante el espectáculo.

—Aquí se acaba el viaje. ¿Tienes dónde dormir? Yo conozco una pensión de confianza.

—Gracias, ya tengo.

—¿De veras? Te advierto que se come bien, y de limpia no te digo nada.

Cuando ya los demás viajeros daban señales de empezar a impacientarse, Marian echó pie a tierra con su maleta a mano. Antes de que el coche arrancara, aún tuvo tiempo de preguntar hacia dónde caía la calle cuyo nombre figuraba en la tarjeta.

—Sigue el paseo —dijo el chófer— y cruza dos o tres calles. Allí es mejor que preguntes. Está como quien dice a un paso.

Y se hundió en la cabina acelerando, dejando tras de sí un rastro turbio de humo que abrió en dos el desfile de tranquilos peatones.

Tras la bulla de aquel paseo nuevo, la calle que indicaba la tarjeta le pareció desierta y apagada. Después de aquellos comercios elegantes, se encontraba entre dos hileras de oscuros miradores que apenas acariciaba el sol. De todos modos, se dijo, tampoco era mejor el Arrabal, sobre todo nevado y vacío, pesando todo el día sobre el corazón. Se arregló el pelo un poco, se ciñó el vestido y, tras limpiar un poco los zapatos herencia de la madre, hizo sonar el llamador. Al pronto nadie respondió. Sólo al cabo de un rato, tras de mucho insistir, cedió la puerta dando paso, ante su sorpresa, a una antigua compañera de las Caldas.

—¡De modo que eres tú! Tonta de mí. Debí de imaginármelo. Tanto hablar de que iba a venir otra a dormir conmigo y yo sin caer en la cuenta de por quién lo decía doña Elvira. Además —añadió pensativa—, si bien se mira, tarde o temprano aquí acabamos muchas. Vamos a hacer tu cama y seguimos hablando o, si prefieres esperar aquí, coge una silla. No vas a estar de pie. A veces doña Elvira tarda.

Así supo Marian el nombre de su nueva señora, en tanto su amiga se perdía escaleras arriba agitando en el aire un paño de franela que muchas veces debió dar lustre y decoro al brillante pasamanos.

Desde abajo se la oía cantar, arrastrar sillas, muebles, vajillas invisibles que animaban con sus ecos el tiempo de Marian, que parecía haberse detenido. Sentada allí con la maleta cerca de sus rodillas, se sentía ajena a todo aquello, a los quinqués que ya no alumbraban a nadie, a aquellos nacarados abanicos encerrados en su vitrina de cristal, a los raídos cortinones. Tal vez la dueña había conocido años mejores o la muchacha que arriba cantaba no estaba para tales trotes, pero la casa rezumaba abandono desde el suelo a los muebles, incluyendo aquel viejo uniforme de la amiga, que haciendo un alto preguntaba desde el piso de arriba:

—¿Estás ahí todavía? Ya te dije que a veces se retrasa. —Volvió de pronto desde el piso alto—. Ea, ya me cansé —se justificó, sentándose a su lado—, ya está bien por hoy. La que quiera criadas, que dé ejemplo en casa. —Luego se echó a reír ante el silencio de Marian—. No tengas miedo, yo no voy con cuentos. Si te fías de mí, echarás buen pelo.

—Eso espero.

La otra rió de nuevo en tanto giraba el picaporte del portal.

—Ahí está; menos mal que hoy viene pronto. Hay días que no vuelve hasta la noche.

Doña Elvira llegaba fatigada, con los zapatos manchados de barro, fláccido el sombrero, cegada por la luz de fuera, que al pronto le impedía reconocer a Marian, ahora en pie tras su maleta. De no haber sido por la otra, ni siquiera la hubiera descubierto según cruzaba rumbo a la escalera.

—Señora, ya vino.

—¿Quién ha venido?

—¿Quién ha de ser? La que usted dijo.

Se detuvo lanzando una ojeada a Marian.

—¡Ah!, de modo que por fin te decidiste.

—Sí, señora.

—Ahora estoy muy cansada. Mañana hablaremos. Tú —se dirigió a la otra— hazle un hueco en tu cuarto.

Como siempre, se la notaba acostumbrada a mandar, a escuchar poco a los demás; y, en tanto se perdía escaleras arriba, la amiga murmuraba al oído de Marian:

—Se ve que hoy las cosas no le fueron bien. Ojalá no le dure la racha.

—De todos modos, se la nota rara.

—Será cuestión de cuartos. A veces es demasiado confiada —comentó la amiga camino de la alcoba—. Cuando se pone así, lo mejor es dejarla a su aire; en seguida se le pasa. En cambio, si se le hace caso, tenemos morros para rato.

Un día supo que antes de quedar fija en la casa era preciso devolver el dinero del viaje. Doña Elvira no era tan generosa como parecía.

—De todos modos, otras habrá donde servir —murmuraba Marian.

La compañera la miró un instante antes de contestar:

—No tantas, si saben que pasaste por ésta.

Estuvo a punto de preguntar por qué, pero un vago temor se lo impidió, como cuando en las Caldas oía hablar a sus espaldas de la madre. Siempre el ama salía a relucir en alusiones que sólo llegó a entender tiempo después, en palabras sin sentido que siempre achacó a mero afán de inventar misteriosas historias.

La amiga, en cambio, no hablaba mal de doña Elvira. Como dispuesta a sucederla, cargaba sobre sus espaldas el trabajo de dirigir las faenas de la casa.

—Saca la alfombra al balcón y la sacudes. Luego

arregla el armario y no te olvides de cambiar las sábanas.

Tal como un día aconsejó la madre, Marian en todo obedecía a aquella nueva ama de su edad, a un tiempo amiga y gobernanta, además de oportuna consejera.

—Tú a todo contesta: «Sí, señora.» No hay cosa que les guste más a las que mandan. Si no tienes ganas o no sabes hacerlo, te callas, que al final se le olvida casi todo. Y lo más importante: cuanto menos preguntes, mejor. Veas lo que veas y oigas lo que oigas, como si fueras ciega y sorda, ¿oyes?

—Descuida. No lo olvidaré.

—Ni escuches tampoco cuando esté de palique con el chisme del pasillo. Más de cien duros le costó ponerlo. Lo tiene para hablar con clientes importantes.

Le mostraba el teléfono de bocina negra y dorada, con su pequeño pupitre para anotar números y direcciones. Ante él se le iba a la señora gran parte de su tiempo en charlas prolongadas que en ocasiones se tornaban patéticas. Era de ver su gesto cada vez que alguien al otro lado, quién sabe desde qué rincón de la ciudad, se empeñaba en llevarle la contraria. Primero se tornaba pálida, después roja de ira, luego se serenaba y poco a poco iba recuperando el terreno perdido a fuerza de fe y sobre todo de labia. Parecía ofrecerse ella misma, dispuesta a acercarse hasta cualquier rincón de la capital desafiando comentarios y miradas, haciendo gala de un valor que mantenía en pie con arrogancia. Pero no era preciso. Siempre acababa ganando sus batallas haciendo acudir a sus clientes, la mayoría habituales de la casa.

—A ver qué me tienes preparado hoy.

—Seguro que le gusta. Acaba de llegar de la montaña.

—La habrás lavado, por lo menos.

—Yo misma, con jabón del bueno. Ya sabe usted qué limpias somos aquí. Además, lleva vestido nuevo y unas medias decentes. Ya le digo. Si sigue así, cualquier día se me casa.

—Vamos a ver esa joya —respondía curioso el visitante.

141

—Además, está entera. No sabe qué trabajo me costó convencerla.

—Eso ya me lo creo un poco menos —reía de buen grado el cliente—. Lo mismo dicen todas. Luego no hay una que no tenga un novio que se la esté beneficiando. De todos modos, dile que baje.

Y, en tanto esperaba acariciando una y otra vez su teñido mostacho, el tiempo corría casi tan veloz como la señora.

—¿Qué pasa? ¿No está lista? —preguntaba impaciente, viéndola volver de vacío.

—Es que se está arreglando un poco. ¿No quiere una copita para matar el rato? —Trataba de ganar tiempo abriendo una botella de coñac—. Ya sabe que en esta casa primero falta el pan que la bebida.

—Lo que falta es esa joya que dices. Debe ser una alhaja de cuidado, cuando tanto tarda.

Y la señora, viendo que el coñac no era capaz de calmar la impaciencia que ella misma sembraba, tornaba escaleras arriba murmurando:

—Yo misma se la traigo. A estas nuevas hay que andar todo el día arreándolas.

Luego venía el momento de volver llevando de la mano a aquella reina que, si era del agrado del cliente, franqueaba sonriente la puerta frontera.

—¿Qué le decía yo? ¿Vale o no vale lo que cuesta?

—Un poco cara me parece, pero pase por esta vez. El precio, de ella depende; pero, teniendo en cuenta que ya estamos como quien dice en Navidad, haré la vista gorda. —Deslizaba un billete en las manos de doña Elvira—. Cada cual la celebra a su manera.

Con tanto ir y venir y tales ceremonias, era preciso tener el salón principal como los chorros del oro.

—En eso y en la alcoba, sí que no pasa una, doña Elvira —apuntaba la amiga.

—¿Qué alcoba? La suya bien limpia que está.

—Hablaba de la otra. Hay días que te levantas boba. La de la cama grande. La conoces de sobra.

De no ser por los días de las Caldas, aquel trasiego de clientes le hubiera sorprendido, pero después de escuchar a las criadas, tales novedades no eran capaces de asombrarla. Algo de todo ello se malició a los pocos días cuando, recién llegada, cierta tarde, a punto de salir, sorprendió a doña Elvira de charla con un señor ya de edad y dorada leontina.

—¿Es la nueva? —había preguntado a la dueña de la casa.

Marian frenó el paso cuanto pudo fingiendo arreglarse ante el espejo del recibidor en tanto doña Elvira también lanzaba una ojeada antes de contestar.

—No hace ni una semana que llegó, pero no está mollar todavía. Para usted tengo cosas mejores.

—Ésta no me parece mal.

—Antes hay que pulirla un poco, pero no se preocupe. Cuando llegue el momento, usted será el primero, se lo prometo. No tenga tanta prisa, que es joven todavía.

—A ver si alguno me la pisa.

—¿Le fallé alguna vez?

—Nunca. Eso es verdad.

—Pues, si se espera un poco, cuando llegue a catarla no la va a conocer.

Marian, escuchándolos, se veía bajando aquella escalera que tan bien conocía hasta llegar ante el señor de la cadena de oro de la mano que doña Elvira le tendía maternal y a la vez protectora.

—Mire, no es por exagerar —insistía la dueña de la casa—, pero esa chica tiene un no sé qué que les falta a las otras.

—Ya lo veo.

El señor miraba a Marian de refilón, viéndola echarse la toquilla sobre los hombros y ajustarse el pañuelo sobre el pelo. Parecía un tratante de feria calculando centavo a centavo cuánto iría a costarle cada minuto de placer a lomos de aquella buena yegua.

—El caso es —se quejaba— que cada día pides más.

—¿Será culpa mía? —se indignaba doña Elvira—. Si todo sube, ¿qué quiere que haga yo? ¿Cuánto cree que cuesta el vestido que lleva y lo que va debajo?

—Algo traería puesto —se reía el señor.

—¿Traer? Hambre para parar un tren. Aunque eso sí: cada cosa en su sitio.

Marian no quiso oír una palabra más. Abrió la puerta y se despidió.

—Hasta luego. Voy a comprar unos botones.

—Hasta la vista. No me tardes.

Hablaban de ella como entendidos en reses y cosechas; faltaba un apretón de manos firmando el trato y un par de copas como brindis final. Marian, de buena gana, hubiera roto aquel vestido que ahora le ceñía, aquella blanca enagua, sus zapatos que ya no eran los heredados de la madre, sino suyos, propios.

Menos mal que todo aquello iba para largo, mas cada vez que entraba en el salón con el paño en la mano le era preciso alejarse de allí como quien huye de un destino adivinado. La amiga, en cambio, no se amilanaba, cruzaba o salía sin ninguna prevención, quizás porque el tiempo le había acostumbrado o se hallaba dispuesta a conseguir como fuera una vida mejor.

—Después de todo —solía decir riendo a medias—, ella empezó como nosotras.

—¿Quién?, ¿doña Elvira?

—Lo que pasa es que no basta con un par de buenas tetas. A los hombres no se les puede ir de frente, hay que saber buscarles el lado flaco y apretar. Lo demás es cuestión de paciencia.

Marian, mirando en torno, se preguntaba si sería capaz de cumplir el papel que doña Elvira le asignaba o si, por el contrario, pasado el invierno, le valdría la pena seguir allí sólo por un vestido nuevo y un par de zapatos. Doña Elvira se le antojaba ahora menos abierta, más agria que en las Caldas tiempo atrás; trataba de ahorrar en todo y en ocasiones la casa parecía helada.

—Pero ¿no hay carbón aquí? —preguntaba a la amiga.

—Sale más caro aún que las astillas y la señora sube poco. Dice que está muy caro todo.

—¡Y tan caro! Desde que vine aquí, no he visto un céntimo. Todo el dinero se le va en comprarme ropa. Ni que fuera a casarme.

La amiga se le quedó mirando, a solas con sus pensamientos; luego comentó:

—A lo mejor te busca novio.

—No lo dirás en serio, ¿verdad?

—¿Por qué no? ¿Piensas pasarte aquí toda la vida? ¿O es que ya tienes?

—No.

—Por eso, porque el mío dice que mi sueldo no está mal.

—Y él, ¿qué sabe?

—Lo que le cuento yo. Con lo que gano y lo que pagan en la mina, al paso que vamos, antes de un par de años nos casamos.

—¿Y qué dice doña Elvira?

—Doña Elvira no sabe de la misa la media —de pronto, la miraba recelosa—. ¿No le irás tú con el cuento ahora? El día que se entere, que se busque otra.

Ahora parecía esconder más allá de su mirada un secreto capaz de separarlas, quizás aquel novio que nunca paseaba el portal como todos.

—Prefiere esperar en el café. Un día te lo presento. Tú, aquí, sin conocer a nadie, te debes de aburrir. Y hazme caso: en esta vida, lo que lleves por delante es lo que sacarás, porque tú no serás de esas que se pasan el día comiéndose los santos.

—No; eso no.

—O dándose golpes de pecho.

—No; tampoco.

—Pues, más a mi favor. Si doña Elvira se empeña en buscarte quien te saque de apuros, no andes haciendo ascos. Las buenas ocasiones pasan una vez solamente. Si las desprecias, nunca vuelven más.

XX

Al fin llegó el día acordado por la compañera. A la tarde Marian salió de paseo con ella y su novio acompañadas de un amigo demasiado tranquilo y monótono. Sólo sabía hablar de tajos y de minas que llenaban la mayor parte de sus horas. A su lado y en silencio siempre, fue Marian conociendo la capital aunque fuera sólo desde la calle, a través de los cristales de los nuevos cafés donde, según su acompañante, cobraban hasta por respirar. Descubrió así tiendas de novedades, mesas servidas de espeso chocolate y hasta parejas de recién casados cuyo retrato adornaba la entrada del portal de su fotógrafo. Cuando volvía, ya vencida la tarde, nunca faltaba la eterna pregunta de la amiga:

—¿Te has divertido hoy? —Y, ante su gesto ambiguo, concluía—: Desde luego, ese chico no parece muy divertido. Tengo que buscar algo mejor.

—Me conformo con éste.

—No me lo creo. Buena debes ser tú, con ese aire de mosca muerta.

Nunca tomaba en serio sus palabras. Le aburría estar sola, aunque tuviera que dejarse acompañar por hombres de cualquier edad. Hubiera sido capaz de hablarse a sí misma ante un espejo con tal de no callar ni siquiera un instante.

—Para eso nos dio la lengua Dios —intentaba justificarse—, y no a los animales.

—Es que los animales también hablan a veces.

—Cualquiera que te oiga... Menudo disparate.

Fue preciso explicarle de qué modo los caballos en el monte atendían los relinchos del más viejo, capaces de reunir en torno a la manada anunciando celos, fatiga, miedo ante un riesgo de muerte. La amiga no lo creía del todo porque en el valle donde nació había

147

toda clase de animales, pero caballos no. Aún menos fe tenía en la historia de la infanta y su baño a la luz de la luna.

—El que te lo contó, ¿lo ha visto?

—Lo leyó en los libros.

—Pues yo sólo creo lo que veo.

Marian no era tan desconfiada. Tomaba en serio sus propios sueños y las historias que, según Martín, el médico contaba: batallas entre pobres y ricos, luchas enconadas, conflictos entre vasallos y señores convertidos en víctimas y verdugos, cosas que sucedieron al correr de los siglos, que nadie había visto, mas en las que el doctor creía como en el mismo Cristo.

Los señores, a pesar de su dinero, no se daban jamás por satisfechos; por el contrario, pedían más cada vez a sus aldeas, convirtiendo a la postre a sus labriegos en meros pordioseros. Hasta que cierto día un caballero de mejor corazón reunió en torno suyo a aquellos que se negaban a pagar: carniceros, zapateros, tratantes, incluso sastres de afiladas tijeras, que, sin hacer caso de amenazas ni temer excomuniones, echaron cabeza al río a unos cuantos nobles, derribando sus casas. Tan sólo se salvó la infanta porque era niña entonces.

—¿Qué infanta?

—La que pasea por las noches a orillas de un estanque. La mandaron aquí para cambiarla en caso de necesidad, o pensando en casarla, ¡quién sabe!

A medida que contaba aquella historia, según el interés de la amiga se apagaba, Marian se preguntaba si aquella guerra no sería la de siempre a través de los siglos, no sería la misma que se llevó a Martín al otro lado de la sierra, a defender nuevos pobres contra los privilegios de otros ricos. A fin de cuentas, según opinaba el doctor en sus veladas junto al río, todo se repetía al igual que los clientes de las Caldas, tan parecidos entre sí, como venidos todos de una sola familia. Tal vez la misma infanta, entre los sauces, había nacido de los libros del doctor, pero allí estaban su baño y la capilla dispuestos a dar fe de su paso, su soledad o su dolor.

—A mí, de vivir sola me queda poco —murmuraba la amiga, bostezando.

—Muy segura estás tú.

—Y tan segura —reía al fin—; si éste no se decide, pronto me busco otro. El caso es salir de aquí. —Callaba un instante y volvía a la carga, pensativa: —El mejor día, cualquiera va por ahí contando historias y adiós boda.

Marian no quiso preguntar a qué historias se refería, pero bien se notaban sus prisas por poner a punto su ajuar, por aumentar el fondo secreto de donde salía su dinero, cada vez más abundante.

—¿Es que heredaste?

—Mejor aún: me voy a casar. En cuanto tenga casa, pienso vivir como una reina.

Y eso, ¿cuándo será?

—Cuando diga mi novio. Ahora es él quien manda. Cuando nos casemos, las cosas cambiarán.

Así pensaba dejar la casa en cuanto consiguiera reunir toallas y manteles y hasta ropa de cama.

Sin proponérselo, Marian descubrió cierto día de qué huerto escondido pagaba aquel aluvión de gastos. Viendo a su amiga arreglarse en la alcoba, le había preguntado:

—¿Te toca salir hoy?

—Sólo los jueves; lo sabes de sobra.

—No, si a mí no me importa.

Al tiempo que respondía, alguien llamó a la puerta. Marian abrió a un cliente que no conocía.

Había entrado sin una sola palabra, serio y seguro como quien pisa terreno propio. Se había quitado con pausada ceremonia sombrero y gabán, que Marian fue a colgar en el perchero de la puerta, y, como quien conoce el camino de sobra, pasó al salón en donde la señora recibía.

—Dile a doña Elvira que estoy aquí.

Marian no conocía su nombre, pero no hizo falta; ya doña Elvira llegaba deshecha en cumplidos, justificando su tardanza. Luego, viendo a Marian en el quicio de la puerta, ordenó en tono diferente:

—¿Qué haces parada ahí? ¿No queda nada por hacer?

Marian, como de costumbre, obedeció, y fue en la escalera donde descubrió por primera vez a una amiga bien distinta de la que conocía a diario y que al cruzarse con ella enrojeció. No dijo nada, ni tampoco Marian, que por su parte se limitó a seguirla con la mirada hasta las mismas puertas del salón, que la señora se apresuró a cerrar a sus espaldas. Así pues, ése era el viaje que preparaba ante el espejo poco antes. No a la calle, sino camino de la alcoba principal. Lo demás lo conocía de sobra; largo rato del tira y afloja a la hora de cantar excelencias, siempre las mismas, que la tutora se sabía de memoria. Lo que nunca se atrevió a preguntar era si el novio estaba al tanto, si hacía la vista gorda según la amiga aseguraba; hasta que un día se la franqueó:

—Mujer, las pobres ni eso podemos llevar a la boda. Tú, ¿qué tal andas?

Marian no contestó, dejándola continuar.

—Pues, si lo tienes todavía, procura no perderlo para dar gusto a uno solo. De lo que Dios te dio, es lo que más quieren los hombres. Y si algún día te decides, al menos que te paguen bien. Si no, mírame a mí; ni para ropa me llega con lo que gano. Total, lo malo es la primera vez; después te haces a ello como todas.

Cierta tarde, en vez de un solo cliente, fueron dos los que llamaron a la puerta. Marian los vio llegar desde el mirador, avisando a la amiga.

—Hoy tienes jornada doble.

La amiga los echó un vistazo y, torciendo el gesto, comentó:

—No lo creas; éstos no son de los que quieren uno a uno; éstos son de los de dos a la vez.

—No parecen muy jóvenes.

—Por eso te lo digo. —Y, en tanto los recién llegados insistían llamando abajo, la amiga continuó: —Aunque, si bien se mira, éstos son los que pagan mejor; los jóvenes se creen que metiéndose en la cama contigo te hacen un favor.

Mientras tanto, en la puerta insistían llamando. Marian se disponía a bajar, pero un gesto de la amiga la detuvo.

—¿Dónde vas?

—A abrir. Van a echar abajo la puerta.

—Déjalos esperar un poco. Hay que darse a valer si quieres que te tengan en cuenta. Por cierto que hoy debería cobrar doble.

De improviso llegó la voz de doña Elvira, como siempre apremiando:

—¿Es que os habéis vuelto sordas las dos? Marian, baja y abre.

—Anda, obedece —ordenó a su vez la compañera—; yo, mientras, voy vistiéndome.

Aquella tarde se prolongó la velada bastante más. La amiga, tras despedir en la puerta a los dos clientes, subió a la alcoba y se tumbó en la cama.

—¿No bajas a cenar? —le preguntó Marian.

—Esta noche no tengo ganas. Estoy toda revuelta.

—Si quieres, te preparo un ponche.

—No, gracias, mejor no tomo nada. Lo que quiero es dormir.

Marian le ayudó a desnudarse del todo y al hacerlo descubrió su cuerpo manchado de copiosas moraduras.

—¿Y todo esto? —le preguntó.

—¡No lo toques! —respondió con un gesto de dolor, añadiendo luego—: Cosas de hombres. Cada cual tiene sus manías, ¡qué le vas a hacer! Lo que yo digo siempre: ¿qué se les habrá perdido dentro de nosotras?

—Vete a saber.

—Es que, a partir de cierta edad, no saben pensar en otra cosa.

Sin embargo, al cabo de una semana aquellas manchas habían desaparecido y se mostraba tan alegre como siempre.

—Hasta la próxima —decía—, a ver si otra vez tengo más suerte.

Ahora sus cuentas con doña Elvira debían marchar bien, porque a las dos se las veía satisfechas. Incluso iban juntas de compras. Marian había aprendido a usar el teléfono y cuando se hallaba a solas se entretenía llamando a la madre para saber cómo andaban las cosas con el juez.

—Como siempre: esperando que un día vengan a buscarme otra vez. Lo que me faltaba.

—¿Qué le pasa? ¿Está mala?

—Me paso el día a rastras.

—Cuídese. A lo mejor no es nada.

—¿Cuándo vas a ver a tu hermana?

Antes que respondiera, la voz callaba al otro lado y Marian adivinaba junto a la madre la presencia atenta de la señora.

A Marian, a pesar de la costumbre, acercarse al teléfono le seguía pareciendo violar un santuario, un nido poblado de secretos recados. Sin embargo, una tarde en que las dos tardaban en volver, se acercó como siempre a la oscura bocina dispuesta a saber si se había decidido al fin el destino de la madre. Encendió la luz. Descolgó y estaba a punto de marcar el número cuando el rumor del timbre la detuvo, adelantándose, llenando los rincones de la casa. Dudando si contestar o no, Marian quedó inmóvil ante el aparato. Realmente, era un pequeño dios capaz de asustar a cualquiera. Mientras se preguntaba quién llamaría a aquellas horas, descolgó. Al otro lado una voz de hombre preguntó por doña Elvira.

—Ha salido.

—¿No dijo cuándo iba a volver?

—No dijo nada.

—¿Ni dónde iba tampoco?

Marian, antes de contestar, se dijo que conocía aquella voz. De pronto vino a su memoria el recuerdo del amo de las Caldas, que de nuevo insistía en su pregunta:

—¿No dijo si iba a tardar?

—No. Tampoco.

Ahora la voz dudaba al otro lado, hasta tornar a preguntar curiosa:

—¿Y tú eres de la casa?

Calló un instante, antes de responder:

—Sí, aquí trabajo.

—Entonces, nos hemos visto alguna vez.

—Aquí no, en las Caldas.

Un largo silencio decía a las claras que la había reconocido. Luego, al cabo de un rato, preguntó:

—¿Estás ahí todavía? No vayas a cortar ahora.

—Tengo que trabajar.

—Ya me imagino. Pero tendrás un día libre.

—El jueves, como todas.

—¿Y novio?

—Novio, no.

—Te aburrirás tan sola —insistió la voz al otro lado.

—Tengo amigas.

—De todos modos, las amigas también cansan a la larga —la voz se tornó festiva—. No pensarás meterte monja.

Al otro extremo del hilo, la voz parecía menos adusta, más alegre; quizás por ello, tras mucho vacilar, acabó aceptando salir de paseo con él.

—¿Conoces el Café Principal? ¿Por qué no nos vemos allí un día?

—Me parece que sé dónde está.

Marian lo conocía desde fuera, de ver a la gente dentro a través de sus amplios ventanales.

—Allí te espero. El jueves a las seis.

—El jueves.

—Pues el jueves, no hay más que hablar. —Y, a punto de colgar, aún la voz añadió: —Ah, una cosa. No me has dicho tu nombre.

—Marian.

—Marian... —repitió la voz como un eco lejano—. Ya decía que te conocía yo. Me vas a prometer una cosa. No decirle nada de esto a doña Elvira.

—Está bien.

Apenas había colgado, sonaba la puerta de la calle. Era una falsa alarma: un vendedor de queso y miel. Cuando al fin consiguió despacharlo, de nuevo en el salón, pensó que no estaría de más aprovechar la tardanza de doña Elvira para saber de la hermanastra. Volvió al teléfono y, esta vez más resuelta, pidió el número.

—¿Quién es? —preguntaron al rato.

Había olvidado el agresivo tono de mando de la hermana portera. Ahora chocaba más comparándola con la del hermano del ama, tan suave y paternal.

Cuando se decidió a aclarar qué relación la unía a su hermanastra, la respuesta tardó largo rato en llegar.

—Por muy hermana que sea, da lo mismo. Sólo recibimos en día de visita.

Y la voz de la hermana portera cesó como había comenzado, súbitamente, sin despedirse siquiera, justo cuando la puerta de la calle anunciaba que doña Elvira volvía.

—¿No llamó nadie? —preguntó viéndola cerca del aparato.

—No, señora.

—Me pareció que hablabas con alguien.

—Estaba limpiando la bocina. Vino un hombre vendiendo queso y miel.

Doña Elvira quedó un instante pensativa y al cabo murmuró:

—Te tengo dicho que cuando estés sola no abras la puerta a nadie. A ver si te entra en la cabeza.

—No se me olvidará, descuide.

—Eso espero, aunque tú siempre estás en las nubes.

Por allí andaba su atención pendiente del hermano del ama. Su voz, tan diferente ahora, le hacía preguntarse a Marian qué deseaba más, si aquella cita acordada o noticias de Martín vivo o muerto, preso o libre, pero recientes y concretas. Quizás tornara cuando el tiempo mejorara, dispuesto a encontrarla al pie de la capilla o ante el estanque de la infanta.

También se decía que allá por Mayo todo iba a cambiar. Llegarían las criadas más madrugadoras todavía de buen humor, sin los agobios del verano. El doctor con sus libros y el capellán dispuesto a cambiar la moral de las Caldas. Sería quizás el momento de hacer una escapada.

—Pues yo, a ese sitio que dices, no volvía ni un día por todo el oro del mundo —comentaba la amiga cuando Marian dudaba sobre qué mes escoger—. Pudiendo vivir en una capital, también son ganas.

—¿No te piensas ir tú?

—Lo mío es diferente. Yo me voy a vivir con mi novio.

Bendito novio; toda su vida parecía girar en torno suyo. Hasta guardaba su dinero ganado a costa de aquellos dos clientes que, a pesar de su edad, la frecuentaban tanto que parecían haber pasado a formar parte de su vida.

—Son bien majos los dos —reía hablando de ellos—.

Uno dice que va a casarse conmigo y el otro que irá de padrino. Así nos vamos a la cama juntos los tres.

—O sea como ahora. Y tú, ¿qué les contestas?

—Yo les digo que me lo pensaré. Calcula; quieren hacerme creer que hasta tienen encargada la cama. Y es que son tan amigos que se reparten todo entre los dos, desde los cuartos hasta la mujer.

De improviso sonó el timbre del teléfono y la amiga miró el reloj del recibidor.

—Las seis. A lo mejor les da por venir hoy —exclamó empujando a Marian hacia la puerta—. Mejor te vas. ¿No pensabas salir? Pues aprovecha y no vuelvas antes de las diez. Yo voy a ver quién llama.

Una vez en la calle, Marian decidió matar la tarde haciendo una visita a la madre. Seguramente ya estaría en pie trajinando a las órdenes del ama.

Su llamada bajo los miradores alzó rumores por toda la casa, hasta obligar a salir a la señora en persona.

—¿Eres tú? Sube.

—¿Qué tal anda mi madre? Pasaba por aquí y se me ocurrió venir a verla.

—Pues ahí la tienes.

Marian la descubrió en un rincón de la sala, hundida en un sillón tapizado de flores, tan marchita como ellas, defendiéndose del frío con el brasero encendido muy cerca de las piernas.

—Me pillas levantada de milagro. ¿Qué tal tiempo hace fuera?

—Como todos los años por estas fechas.

—Yo estoy helada.

—¿Por qué no se mete en la cama?

—No es para tanto —mediaba la señora—; con el brasero basta. Voy a echarle una firma.

Y, en tanto avivaba las ascuas con la paleta dorada, la madre quedaba en silencio, roto al final tan sólo por un suspiro repentino.

—¿Has ido por casa? —preguntaba a Marian de pronto.

—¿A casa? ¿Para qué?

—Para ver cómo está. Cualquier día se nos viene al suelo. Luego nos cuesta el doble levantarla.

Levantarla, ¿para qué?, ¿para quién?, se preguntaba

Marian; tal vez para una tropa de fantasmas. Además, prefería pasar la Navidad allí donde ahora estaba su vida, antes que vecina al Arrabal, entre el barro y la nieve, helada de la noche a la mañana.

—Entonces, ¿no piensas ir?

—Ya le digo que no. Puede que cuando el tiempo mejore. Doña Elvira va a darme una semana de vacaciones. Si quiere, vamos juntas las dos. A usted tampoco le vendrían mal del todo.

—¿Por qué? —insistió el ama—. Ahora ya va mejor, cada día tiene mejor cara.

A Marian, en cambio, le parecía agotada. Seguramente la señora le arrancaba el pellejo a fuerza de barrer y fregar, de sacar brillo al aluvión de fotografías que adornaban las paredes, casi todos retratos de la señora y sus amigas. Incluso había uno de ella, sola sobre la arena de una playa, como naciendo de las olas, toda gasas y encajes bajo una gran pamela blanca.

Su vida entera estaba allí, poblando de rostros muros y mesitas como un jardín de flores. ¿Quién sería su amor, entonces?, se preguntaba Marian pasando la mirada sobre aquella exposición singular en la que el ama parecía ofrecerse. Desde su edad primera, reposando entre mullidos almohadones, se le podía ver alcanzar la edad madura, que el tiempo se había encargado de arruinar, obligándola a ocultarse en batas cada vez más abiertas a la brisa del mar.

¿Por qué quedó tan sola con un hermano al que apenas veía, con criadas que casi siempre acababan desertando? Quizás se debiera a su postrer afán por la bebida, con la que pretendía combatir sus depresiones.

—No se preocupe —trataba de animarla el médico—. Son cosas de la edad. Con los años se le pasará. Volverá a tomarse interés por las cosas. Mientras tanto, cuando se sienta floja pruebe a tomar una copa de coñac.

Primero fue una copa, luego, según el tiempo transcurría sin que aquel malestar cediera, la dosis aumentó hasta llegar a la media botella. Pero antes que el coñac prefería un fino moscatel helado que se hacía servir a escondidas. Varias veces al día era preciso llenar de aquel oro la tetera para que la tuviera a mano siempre. Cuando se deprimía llenaba su taza y a pequeños sorbos daba cuenta de ella. En aquel mosto de oro con el que pretendía combatir su soledad debía hallarse —pensaba Marian— el secreto de su figura perdida, de su cintura grave ahora, incluso de aquella indiferencia ante la suerte que pudiera correr su servidora.

Viendo a las dos con la mesa de por medio, pensaba Marian en los cigarros que la señora encendía para matar los ratos libres. En el fondo, las dos se parecían: una tan elocuente a pesar de su mal, la otra tan silenciosa en sus secretos devaneos. De pronto, más que ama y criada, se le antojaban miembros de un mismo cuerpo, afines, solidarias, luchando por alcanzar lo inaccesible. Quizás los de las Caldas tenían razón: aquel secreto matrimonio sólo a la noche despertaba en murmullos y abrazos invisibles tras los brindis apagados de sus tazas.

La madre apenas se levantó cuando Marian anunció que se iba, tan cansada debía hallarse. Fue el ama quien la acompañó hasta la puerta.

—Vuelve por aquí cuando quieras. A ella le viene bien. Cuando te ve, hasta parece que despierta.

Aquella noche se la pasó Marian soñando con la madre y su taza, que escondía un destino nunca imaginado mientras vivió con el marido. Marian veía también alzarse ante ella a la señora dorada, demasiado dulce, como el vino que las dos compartían a solas. Ambas sombras furtivas se fundían como una pasión largamente dominada, revelada de repente. Tal vez de allí venía su continuo adelgazar. Lo que una perdía la otra lo ganaba, no sólo en el amor sino también en la salud, más frágil cada día. Pensando en la madre y en el Arrabal, Marian llegaba a la conclusión de que su amiga tenía razón, como siempre: tanto estar sola no podía sentar bien ni al alma ni al cuerpo.

Una tarde había ido a ver a la hermanastra acompañando al doctor de las Caldas.

—Lo que su hermana necesita —tras echarle un vistazo— es pasear, moverse, entretenerse en algo, salir de aquí y tomar el sol ahora que empieza a calen-

tar. Para ella y para tu madre serían la mejor medicina.

Había posado un dedo teñido de nicotina sobre sus
labios semiabiertos y, sin decir palabra, se había diri-
gido hacia el portal.

—¿Usted cree que sanarán alguna vez? —le había
preguntado Marian.

—La madre, si se cuida, sí. La hija es otra cosa.
Sólo Dios lo sabe. De todos modos, no hay que perder
la esperanza.

XXI

Probablemente el hermano del ama no aparecería; quizás tan sólo se trataba de una burla, una broma, de lograr aquello que en las Caldas no pudo conseguir. Entonces apenas volvió a dirigirla la palabra, y aun le extrañaba haber seguido trabajando hasta el final de temporada, pero así había sido; tal vez sólo se tratara de un mero capricho como tantos otros, olvidado al día siguiente a la menor complicación. De todos modos, la nueva cita era sólo una invitación que a nada la ataba, salvo que se encontrara con algún conocido del Arrabal o la misma doña Elvira, que a esas horas acostumbraba a iniciar sus visitas no demasiado lejos del Casino o del Círculo de Labradores de la capital.

A fin de cuentas, era pupila suya y, aunque pudiera sospechar que lo era de otra, de poco iba a servirla ponerla en la calle; otras casas habría, más generosas que la suya.

Toda la noche se la pasó intentado borrar de su memoria aquel batín abierto de repente, dejando al aire el cuerpo desnudo del amo todavía valiente, pero gastado en tantas lides parecidas. Era difícil de olvidar su actitud desafiante, tratando de halagarla y de humillarla a un tiempo, seguramente eficaz a la hora de romper vagos propósitos virginales, promesas de bodas, incluso de arruinar matrimonios.

Todo ello lo tuvo presente desde la tarde hasta la madrugada, haciéndola dudar, callar, ir y venir por los pasillos de la casa hasta llamar la atención de la amiga, que, viéndola revolver en su cajón de ropa, quedó mirando el vestido nuevo de Marian.

—Hoy no dirás que no te ves con nadie.

—Voy a casa de unos tíos míos.

La amiga se echó a reír de buena gana.

—Esa clase de tíos me los conozco yo. Procura que el primer día no te pongan la mano encima; aunque, con este tiempo que hace, nunca viene de más un poco de calor.

Fuera, aún las aceras conservaban rastros de nieve que hacían difícil caminar. Marian, acostumbrada al Cierzo, iba a su aire, pero los demás peatones desfilaban bufando. Sólo los niños se entretenían largo rato jugando y persiguiéndose sin parar.

Bajo guirnaldas de colores que anunciaban las próximas fiestas, un aire nuevo, de alegre vacación, parecía preludiar para chicos y grandes medio mes de cenas y meriendas, de cánticos y luces, de olvidar siquiera por unas fechas el correr de tantos días apretados. Los carteles invitando a la huelga aparecían cubiertos de otros bien diferentes en los que teatros más o menos de paso daban a conocer su repertorio, en el que se mezclaban revistas musicales con dramas, variedades y hasta juegos de manos.

Marian, en tanto se abría paso en la improvisa multitud tratando de salvar del lodo sus zapatos, se preguntaba si el hermano del ama le llevaría alguna vez al interior de alguno de aquellos santuarios donde también acudían mujeres como preludio de viajes menos inocentes o simplemente para pasar el rato.

De uno o de otro modo, cuando lo encontrara, si es que a la postre no se arrepentía, ya habrían empezado las sesiones de la tarde, y doña Elvira no gustaba de verla aparecer pasadas las diez.

—En cuanto dé la hora la catedral, este portal se cierra. La noche se hizo para dormir.

—¿Y el día, doña Elvira? —preguntaba la amiga.

—El día, para trabajar; en la vida nadie regala nada.

Así pues, tampoco era cuestión de preocuparse tanto. Aquella llamada imprevista —se decía Marian— no iba a sacarla de pobre, aunque algo ganaría; al menos, matar la curiosidad, saber por qué su esperado acompañante había cambiado de actitud, de voz, o si todo eran sólo ilusiones por su parte.

Un poco de esto había. Lo comprendió al llegar al café, tras mucho preguntar. No era uno de aquellos principales, recientemente alzados o reformados en la calle Mayor, sino un local de menos pretensiones aunque su nombre recordara a los otros. También en éste había mujeres, pero bien distintas, ocupando en su mayoría un diván de terciopelo rojo desde el cual espiaban a los hombres, sobre todo cuando llegaban solos.

Al fondo una orquestina dejaba escuchar vagos compases que animaban a unas cuantas parejas en tanto un par de camareros atendía las mesas apartando vasos y sirviendo meriendas. Ojalá no se retrasara el hermano del ama; aquel café le recordaba demasiado el bar del Arrabal como para sentirse a gusto en él, entre sus muros mejor revocados, adornados con retratos de artistas de la casa pero no abiertos a los álamos del río, sino a unos cuantos desmontes poblados de ladrillos, bañado por los olores de un mercado vecino. El ruido de los vasos, el golpear intermitente del dominó se mezclaban de cuando en cuando con palmadas llamando a los camareros o prolongadas discusiones cuando llegaba la hora de pagar.

Para su suerte, el hermano del ama la esperaba ya pendiente de la puerta, espiando a su vez con los ojos atentos desde el diván del fondo.

—Creí que al final no venías.

—¿Yo? ¿Por qué?

—Podías haberte arrepentido.

Era él quien, con su actitud, parecía querer borrar el recuerdo de aquel primer encuentro de las Caldas, preguntando qué deseaba tomar, prometiendo una eficaz propina al camarero si les servía pronto y bien.

—¿Qué tal doña Elvira?

—Bien. Como siempre.

—El otro día parecías un poco seria. ¿No sabías quién era?

—¿Cómo iba a acordarme? Ya pasó mucho tiempo.

—Tienes razón. Demasiado. También yo me llevé una sorpresa.

Recién afeitado, con el pañuelo asomando en el bolsillo de la chaqueta nueva, le pareció más joven que en su despacho de las Caldas. La había hecho tomar una taza de café, manchada de leche, antes de preguntar:

—¿Cuándo piensas volver?

—No lo sé, depende de mi madre.

Y, viéndole mirar en torno, Marian no adivinaba la razón de haberla citado allí, cuando a la vista estaba lo poco a gusto que se hallaba entre obreros y gente de oficina. Su sitio no era aquél, aunque buscara un lugar discreto donde matar la tarde lejos quizás de amigos y parientes.

—De todos modos —continuó—, tanto si vas o no, te guardamos el puesto, si tú quieres.

Marian apenas pudo dar las gracias, pues ya su acompañante la invitaba a salir.

—Esto está insoportable. Vámonos a otro sitio. ¿Dónde prefieres?

Marian, por toda respuesta, se encogió de hombros.

No conocía la ciudad tanto como para indicar un rincón en el que el amo no se avergonzara de entrar llevándola a su lado. Así, se limitó a seguir sus pasos sin apartarse demasiado cada vez que, cruzando la calle, la tomaba del brazo, decidiéndose a explicar, más tranquila de lo que en realidad se sentía:

—De todos modos, si vuelvo a las Caldas sería para algo más que barrer o fregar.

—¿Quién dice lo contrario? Según parece, ahora picas más alto que la pasada temporada —sonrió el acompañante—. Será cuestión de pensarlo. De aquí a entonces ya hablaré con mi hermana. Por cierto, la tuya, ¿qué tal?, ¿mejora?

—Va despacio.

—Así iremos también nosotros: poco a poco.

Marian no contestó. Allí concluía la conversación, el interés de su acompañante, que tampoco parecía esforzarse demasiado. Debían formar una rara pareja, no sólo por la edad tan diferente, sino porque entre tantos transeúntes unidos, apretados, hablándose al oído, eran los únicos que caminaban separados, aunque le hubiera gustado detenerse, divertirse un poco para tener alguna aventura que contar a la amiga a la noche.

Menos mal que el hermano del ama, en uno de sus bruscos cambios, la tomó del brazo definitivamente sacándola de la calzada camino de uno de aquellos teatros trashumantes plagados de bombillas como anunciando la vecina Navidad.

—Vamos a entrar aquí. Por lo menos estaremos calientes.

La fachada, pintada de violentos colores, exhibía un muestrario de lo que esperaba a los espectadores: chinos, pagodas, fieras amaestradas, hombres tragando sables, caballos como los del monte iniciando borrosas galopadas. Y, entre unos y otros, como escondiendo el cuerpo a medias de la luz que venía de lo alto, unas cuantas mujeres sonreían invitando al público a contemplarlas de cerca. Vestían solamente unas mallas del color de la carne, zurcidas y ajustadas, que parecían encender a los hombres, incluso al hermano del ama.

—Espera un momento —rogó—, voy a ver si quedan todavía billetes.

Y, apenas se alejó, una voz llamaba a Marian. Volviéndose, descubrió a Raquel. De todo el Arrabal, era la última persona que hubiera esperado encontrar.

—¿Qué haces tú por aquí? —le preguntó extrañada.

—¿Por dónde? ¿Por la capital? Por fin me quedo. Unos amigos de mi padre hablaron en Madrid con nuestro obispo y la Comunidad corre con los gastos. Hasta me hicieron hueco en el hospital.

—¿Por qué en el hospital? —preguntó Marian con extrañeza—. ¿Estás mala?

—No —se echó a reír Raquel—. Es que quiero hacerme enfermera. ¿Qué te parece?

A Marian le parecía injusto. Bendita Raquel. Tan sólo por ser protestante se le brindaba una oportunidad que ella, en cambio, perseguía en vano. Seguramente su ocasión se había fraguado en una de aquellas visitas a la aceña de los amigos anónimos del padre.

Viéndola sonreír, alzar sus ojos asustados hacia aquellas mujeres pintadas, se preguntaba qué pensaría de ella, allí de pie, inmóvil, esperando.

—Bueno, te dejo —murmuraba, quizás adivinando que Marian no estaba sola—. Felices Navidades.

—Lo mismo digo. Recuerdos a tus padres.

—Se los daré de tu parte.

Y desapareció entre la multitud tal como había llegado, como un correo de su propio destino, huyendo de las miradas de los hombres y sobre todo de las de aquel cartel anunciador de habilidades disfrazadas de placeres exquisitos.

No tuvo que esperar mucho tiempo. A poco vio surgir a su acompañante en la tarima donde se abría la taquilla, haciéndola señas de seguir adelante. Dentro hacía menos frío. La gente se prestaba mutuo calor ante un telón que por fin consiguió levantarse tras una nube de denuestos y silbidos. Aparecieron aquellos chinos, más medrosos, menos amarillos que los de la fachada, lanzando al aire palos, aros, platillos. Después, una voz ronca siguió anunciando las demás novedades hasta que la pequeña orquesta hizo sonar un acorde prolongado. Debía tratarse del número más esperado, pues, ya antes de aparecer el grupo de mallas y carne, el público rompió a aplaudir. Vistas de cerca, aquellas mujeres, con sus vientres ceñidos y sus pechos enormes, parecían madres rodeando o defendiendo a la figura principal, vestida de rojas plumas y de falsas joyas brillantes. Ni sus ropas ligeras ni el hedor que dejaban a su paso eran capaces de acallar el entusiasmo prendido a las sillas del patio.

Luego, una vez concluida la sesión, el hermano del ama la había acompañado a casa bajo un cielo que amenazaba nieve en tanto a lo lejos el reloj de la catedral iniciaba la verdadera noche sobre la ciudad.

—¿No te decía yo? —murmuró el acompañante, despidiéndose—, las diez en punto. Yo siempre cumplo lo que digo.

Ojalá fuera así, ojalá hubiera iniciado aquella nueva vida que tan fácil resultaba para Raquel, gracias a sus amigos.

—Y, después, ¿qué? —le había preguntado la amiga, cuando por fin se decidió a hacerle un resumen de la tarde.

—Después, nada. ¿Qué creías?

—No sé —replicó decepcionada—; un recuerdo, algún regalo, algo.

—Un recuerdo, ¿de qué?

—Mujer, de pasar con él la tarde.

A fuerza de cumplir tanto en la casa, la amiga era

capaz de hacerse pagar por los hombres hasta un minuto de su vida.

—Lo que es yo —afirmaba—, para volver de vacío, mejor me quedaba metida en la cama.

—Eso depende de que te guste o no.

—Mujer, siempre hay alguno que te cae en gracia, pero ésos, cuanto más lejos mejor. Tardes como esas tuyas, ni agradecidas ni pagadas. —Calló un instante y añadió: —A no ser, claro, que piques más alto y te sirva de ayuda.

—¿De ayuda para qué?

—Eso, tú lo sabrás mejor que yo.

Marian negó con un gesto.

—¿No quedó en llamarte?

—Algo dijo de eso.

—Pues ándate con ojo: a doña Elvira no le gustan los novios. Dice que cada día cuesta más encontrar nuevas chicas.

—Entonces, le será más difícil echarme a la calle.

La otra señora, en cambio, la dueña de las Caldas, había aceptado el consejo del doctor. No veía con buenos ojos que la madre volviera a las Caldas con Marian, pero a la postre concedió su permiso.

—Venir, me viene mal; pero, si el médico lo recomienda, vete; pero sólo con una condición: en cuanto que puedas trabajar, te vuelves.

—Descuide —respondía Marian—; de todos modos, aún falta tiempo hasta la primavera.

—Es que la necesito aquí —insistía la señora con su voz acostumbrada a mandar—. Para bregar allí hay muchas que me sirven; para esta casa, en cambio, no. Tú, ¿qué piensas hacer?

—Lo que usted mande. Si quiere, voy a echarle una mano.

—No digo ahora, sino después. Según mi hermano, quieres hacer allí la temporada.

—No me vendría mal.

—Pues ya veremos si puedes quedarte.

En contra de lo que la amiga se temía, el hermano había cumplido su palabra. Tal vez su empleo estaba ya decidido. Quizás mandara más de lo que dejaba ver, haciendo y deshaciendo a su antojo quién sabe si más que la misma hermana. La madre de Marian, en cambio, sometida al ama, tan sólo parecía interesarse por la hija pequeña como si la remordiera la conciencia.

—No se preocupe —trataba Marian de convencerla—. Un día nos pasamos a verla.

—Eso me dices siempre; luego ni te acuerdas.

—Esta vez vamos. Ya verá.

Tanto insistió la madre, que fue preciso sacrificar un jueves y acompañarla al hospicio. La amiga, viéndola prepararse para salir, preguntó:

—¿Ya te llamó por fin?

—Voy de paseo con mi madre.

—Pues nada, hija —respondió en tono de burla—, salud y no gastar, pero yo que tú no esperaba, le llamaba y en paz.

Pero Marian no estaba dispuesta a seguir sus consejos, a pesar de que la amiga no cesaba de insistir:

—¿No dices que conoces a su hermana? A los hombres no hay que dejarles de la mano. Levantan el vuelo en cuanto te descuidas, y eso que los veranos son la estación mejor. Con las mujeres fuera, los maridos no pisan su casa. Saben que en el otoño volverán las vacas flacas y quieren olvidar un mes o dos a la familia. Pagan bien y sólo piden a cambio trato amable y un poco de alegría.

—Algo más pedirán.

—Que no les comprometas. Nada de saludarles si los encuentras en invierno por la calle. Aunque hay de todo, como en la viña del Señor —el rostro de la amiga se volvió menos alegre, pensativo—. Algunos se conforman con mirar, verte quitar la ropa, andar, ponerte de rodillas, ni siquiera te tocan; otros ni se desnudan, prefieren que lo hagas tú; pero también los hay que se pasan toda la santa tarde pidiéndote cosas peores.

Marian, recordando aquellas moraduras en el cuerpo desnudo de la amiga, sintió miedo por ella; no quiso saber más de todos aquellos clientes cuyo dinero iba a pagar su matrimonio.

Se veía a sí misma en alguna de aquellas noches secretas, desnuda sobre la gran cama, corazón de la casa que era preciso limpiar cada mañana con cuidado y paciencia. Recordando el olor de los habanos apagados, el aroma de la colonia que doña Elvira en persona se encargaba de comprar, se sentía atraída como cuando de niña andaba a solas el camino de las Caldas en busca de la madre, siempre temiendo encontrarse con un hombre que no fuera el padre, sino cualquier otro.

—¿Por qué tardaste tanto? Creí que no venías.

—Me olvidé de la llave y tuve que volver. Si me descuido dejo la puerta abierta.

—¿Y qué van a llevarse? ¡Para lo que tenemos! —se lamentaba la madre.

Pero una vez de vuelta no podía conciliar el sueño sin mirar antes bajo el escaño en la cocina, pasar revista a la escalera o encender una luz.

—Apaga —ordenaba la madre—. ¿Qué buscas a estas horas?

Marian obedecía, pero a poco un abrazo invisible parecía envolverla, dominarla, arrastrarla camino de un infierno bien distinto del que explicaba el capellán, un sendero capaz de recorrer sus venas hasta el vientre aún sin brotar, manteniéndola en vela hasta la madrugada cuando el tañir de la campana lo espantaba, barriendo con su sonar la oscuridad.

XXII

La hermanastra está en su rincón de madreselvas acechando con la mirada a las dos mujeres que tampoco saben qué decir una vez que la monja las invita a acercarse. Está inmóvil allí, contemplándolas recelosa con su mandil azul, calzada con toscas alpargatas, formando con los dedos de sus manos figuras infinitas, desconfiando siempre, cubriéndose las rodillas con el delantal en un vago ademán de defensa.

—No soporta a los hombres —explica la monja—; debe tener malos recuerdos de ellos. Al mismo doctor le cuesta trabajo acercarse a mirarla. Apenas le pone la mano encima, todo se le vuelve gritar y llorar.

Y, como dando la razón a sus palabras, un susurro angustiado va naciendo de sus labios hasta acabar en un grito desolado. De pronto todo el patio bajo las parras se convierte en un gran rumor que recuerda a las bandadas de grajos.

Hija y madre miran en torno hasta descubrir al jardinero que va y viene barriendo los rincones.

—Calla, mujer, calla —murmura la monja—. No te pongas así; nadie va a hacerte daño.

Mas la hermanastra insiste asustando a las demás, espantando los pájaros hasta que al fin vuelve el sosiego al patio. La voz acaba cediendo del todo hasta quedar en un suspiro vago que muere como nació de su garganta.

—¿No ves? —murmura la monja al oído de la hermanastra—. Así es mejor: callada como Dios manda. Cualquiera que te oiga va a decir que te tratamos mal. A ver si aprendes de una vez a portarte como las demás.

El patio es parte de un antiguo palacio que un día se derrumbó. Bajo sus arcos aún se conservan sillares con escudos sobre los que otros familiares depositan sus paquetes como una ofrenda al tibio sol. Las enfermas apenas los deshacen. Parecen tan ajenas a ellos como a los que los traen; sólo a veces los tocan o miran de lejos como a los parientes, con unos ojos en los que no hay pasión, todo lo más curiosidad y hasta desconfianza, cuando se acercan demasiado. Es inútil llamarlas por sus nombres; a veces ríen sin saber por qué.

—Están muy solas, las pobres. Vienen tan pocos a visitarlas, que cuando llega la familia ni la reconocen.

Marian comprende que tales quejas la incluyen también. A fin de cuentas, la monja tiene razón: desde que encerraron allí a la hermanastra, pocas veces ha pisado aquel patio ni siquiera acompañando a la madre. Así, calla dejando que la monja siga con su sermón. Ella es allí la madre verdadera, capaz de oír y ver momentos y rostros que las de verdad no adivinan siquiera.

—Son muy buenas —continúa a su aire—, y muy devotas todas. Tendrían que verlas cómo cuidan la iglesia, en los días de fiesta sobre todo.

Sin embargo, los ojos de la hermanastra parecen preguntarse el porqué de haberla traído a un mundo tan ruin, a una vida parodia de la vida. Otros mandiles parecidos toman el sol, entonan roncas letanías repetidas hasta la saciedad, rotas en ocasiones por preguntas de cohibidos familiares. Llegan con pasteles caseros, rosquillas y bolsas de caramelos que las muchachas examinan cuidadosamente antes de llevárselos a la boca.

—Aquí, antes que nada se las enseña labores. Unas tardan más en aprender, otras menos, pero a la larga siempre sacan algo de provecho todas.

Tras su breve discurso se aleja agitando en el aire de la tarde sus blancas y recién planchadas tocas, repartiendo promesas y esperanzas entre los grupos de los recién llegados, venidos muchas veces desde aldeas remotas.

—Su chica va mejor —murmura contestando preguntas a su paso—. ¿Saben que ya trabaja en la cocina?

Y, antes de que los padres lleguen a responder, se aleja hasta el grupo siguiente, siempre activa y dispuesta. Se la nota acostumbrada a la misma cantilena de siempre: Madre, ¿cree que se pondrá bien? ¿Cuándo podemos llevarla a casa?

—Eso sólo el Señor lo sabe.

Y los familiares se le rinden, conformes por un día más.

Otros —la madre de Marian entre ellos— apenas preguntan. Parecen contentarse con mirar a la enferma, tenerla allí guardada por una eternidad. Además, la hermanastra no medra, sigue tan chica como cuando llegó, con las mismas piernas afiladas que a duras penas sostienen el abultado vientre bajo el raído mandilón. Puede que, de haberla llevado antes, no anduviese tan mal, pero nadie lo sabe, ni siquiera el doctor.

Mediada la tarde, a toque de campana, la visita llega a su fin entre besos y abrazos nunca correspondidos, donde todo el cariño parece venir de la parte de los visitantes.

—Vamos, ya está bien por hoy —les empuja la monja rumbo a la salida—. Hasta el jueves que viene.

Dócilmente, obedecen; las mujeres con el pañuelo húmedo de lágrimas, los hombres tratando de esconder su desazón con un paso aplomado y solemne. Atrás queda el recio caserón cuarteado con el escudo que proclama su destino anterior. En el portal, la monja despide a todos con un vago ademán para luego encerrarse con su rebaño, que le sigue a todas partes esperando el rancho de la noche.

Al volver, el silencio de la madre y la hija aún dura largo rato recordando el remedo de mujer que, en cuclillas, quizás se halle ahora escrutando el cielo desde el fondo de su patio solitario.

Al fin Marian, por romper aquella pausa prolongada, pregunta:

—Entonces, ¿qué decide?, ¿vamos o no? Ya sabe lo que le dijo el médico.

—¿Y tú? ¿Vas a dejar lo que tienes ahora? Yo sola me puedo arreglar. El Arrabal no es esto. Allí lo tienes todo a mano.

—Eso es un disparate. Mi trabajo no importa. Además, pienso buscarme otro mejor a la vuelta.

—¿Es que no es bueno éste?

Marian duda un instante antes de contestar:

—Para una temporada, no está mal.

Y, al replicar, se acuerda de la amiga, de sus dos

viejos fieles, del novio complaciente y de doña Elvira al pie del teléfono, siempre dispuesta a atender a sus clientes, del hermano del ama, que cualquiera sabe por dónde andará a aquellas horas.

En las Caldas piensa darle las gracias si no se encuentran antes, en tanto la amiga cada día trata de convencerla para que no se marche.

—Estás loca, muchacha. Doña Elvira no es precisamente un ángel, pero tú sabes poco de la vida. Es tu primer trabajo y crees que aquí todo el monte es orégano. Hazme caso. Es malo dejar lo bueno por buscar lo mejor.

—Eso vas a hacer tú, ¿no?

Se la queda mirando sin insistir. Apaga la luz y calla.

XXIII

SIN EMBARGO, todo cambió una noche en que Marian notó que la cama de su amiga permanecía vacía a pesar de lo adelantado de la hora. Se dijo en un principio que tal vez la señora le hubiera dado permiso para cenar con aquel eterno novio en el que depositaba no sólo sus ahorros, sino sus escondidas esperanzas. Las horas fueron cayendo poco a poco sobre la capital dormida y cada campanada, en vez de traer consigo el sueño, hacía más agudas sus preocupaciones. Quizás se hubiera escapado para casarse como a menudo amenazaba, dejando plantada a doña Elvira y su casa, a sus viejos y a aquellas citas de la tarde que cada día la devolvían más distante y agotada. Marian se alzó en la oscuridad y fue a buscar el baúl de sus tesoros. Allí continuaba, en su rincón, repleto de ropa blanca, enaguas, camisones sin rematar aún, en tanto llegaba implacable por el aire el rumor de nuevas campanadas. Sin saber qué hacer, miró por la ventana. La calle aparecía desierta como siempre a tales horas, animada solamente por la tenue luz que alumbraba de cuando en cuando sus esquinas. Un retumbar lejano de pisadas a veces rompía el silencio camino de la madrugada. Se acercaba haciéndole creer que se trataba de la amiga, pero a poco la sombra de algún madrugador surgía borrando con su imagen cualquier esperanza.

Al fin se decidió y, alcanzando la escalera, creyó ver a la señora en el recibidor hablando a media voz con la boca pegada al teléfono. A veces se entendían palabras sueltas, retazos de conversación que sólo servían para aumentar su curiosidad.

—Sí, nada grave. Algo superficial. De todos modos, convendría que se acercase. Sólo un vistazo. Claro que le llamé toda la noche, pero no contestó nadie.

Marian al punto adivinó que aquellas palabras tenían que ver con la suerte de la amiga; se estaba preguntando en qué medida cuando doña Elvira, alzando la cabeza, la sorprendió escuchando:

—¿Qué haces ahí, que no estás en tu cuarto?

—Me duele la cabeza un poco.

—Más te va a doler —respondió malhumorada doña Elvira— si no vuelves a meterte en la cama.

Ya iba camino de la alcoba dispuesta a seguir escuchando, cuando la misma voz sonó a sus espaldas:

—Marian.

—¿Qué quiere ahora?

—No te acuestes; espera a que venga el médico. A lo mejor tienes que ir a la botica.

—¿A estas horas? ¿Qué pasa?

—Nada, ya lo sabrás. En tanto llega, vístete por si acaso.

En su alcoba, Marian intentaba adivinar qué súbito mal había asaltado a la amiga como para llamar a un médico. De abajo, sólo llegaba a ratos un rumor de pasos y un lamento oscuro prolongado en las sombras.

Al fin el doctor apareció: un hombre ya de edad con el pelo como una red sutil cubriendo su cabeza de la nuca a las cejas.

—¿Dónde está? —preguntó en tono profesional a Marian, que había bajado a abrir la puerta.

Pero no le fue preciso contestar; ya doña Elvira se acercaba indicando la alcoba de respeto.

—Pase aquí, por favor. Ha sido un accidente.

La puerta se cerró. Quedó fuera Marian escuchando el dolor de la amiga mezclado con la conversación de la pareja.

—Cualquier día tendrá un disgusto con esta gente que recibe —murmuraba el médico.

—¿Y qué quiere que haga? ¿Pedir la cédula al que llama? Quien más quien menos, viene recomendado. Además, nadie te dice su nombre verdadero. Este negocio es así. Tiene sus beneficios, pero también sus riesgos.

—Es que uno de estos días puede acabar usted en la cárcel.

—Para eso le tengo a usted.

174

—¿A mí? —preguntaba el otro, extrañado—. Yo no entiendo de leyes.

—Quiero decir —respondía doña Elvira— para curar a la chica y no dar parte.

El médico había hecho una pausa antes de contestar:

—Me parece que un día acabaremos todos mal; usted la primera.

Había cesado la conversación y de nuevo se alzaba el rumor de la amiga. El médico debía haber comenzado su trabajo.

—Vamos, ¡ya queda poco! —intentaba hacerla callar—. Esto no es nada. Con un poco de agua oxigenada y algodón, se te olvida en un par de semanas.

—Eso me dijo la otra vez.

—¿Y te pusiste bien o no? Lo que tienes que hacer es andar con cuidado la próxima vez.

—¿Con más cuidado, dice?

—Saber plantarte cuando llega el caso.

—Eso se dice fácil.

—Pues piénsatelo bien. No es que yo quiera meterte el miedo en el cuerpo, pero estas cosas son como te digo. Tu señora lo sabe de sobra.

Mas la señora callaba. Debía asentir esperando el final de la consulta, que llegó con una orden del doctor.

—Ya puedes vestirte, no vayas a coger frío encima.

A poco doña Elvira le despedía en el recibidor deslizando en sus manos un par de billetes arrugados.

—Gracias por todo.

—Gracias a usted, y no olvide lo que dije. Ojo con esos clientes, que un día acabarán complicándole la vida.

Apenas la puerta se había cerrado y ya doña Elvira volvía a ser la de siempre.

—Tú, Marian, pon ahora mismo agua a hervir. Tráete la jarra y, mientras abren la botica, vete fregando una palangana.

En tanto la metía bajo el agua en la cocina, vio Marian resbalar sobre la blanca loza manchas de sangre fresca. Las borró preocupada y bajó a la alcoba grande, donde ya doña Elvira la esperaba.

—Toma esto —le tendió unas monedas—. En cuanto

abran, sube un paquete de algodón y un frasco de agua oxigenada.

Pero Marian, ajena a todo, sólo tenía ojos para contemplar a su amiga tendida en la cama.

Su cuerpo, sembrado de sangrientos mordiscos, parecía haber sido pasto de lobos, bañado en parte por espuma de sangre, rezumando dolor cada vez que intentaba levantarse. En vano doña Elvira procuraba limpiar tanto destrozo. Las huellas de los dientes, las sombrías moraduras, volvían a manar recién curadas arrastrando consigo nuevos lamentos que le hacían murmurar:

—¡Esos viejos rijosos! Un día los voy a denunciar.

La mañana se le fue a Marian, tras volver de la farmacia, en continuos viajes dentro de la casa. Otros días siguieron en los que las heridas comenzaron a cicatrizar. Sobre la piel brotó un nuevo bosque de moradas señales que, según temía el médico, podían enconarse si no se las trataba de verdad.

—Todas esas curas que le hace —explicaba a doña Elvira— están bien, pero hasta cierto punto. Lo que esta chica necesita es que la atiendan en el hospital.

—Y levantar la liebre —respondía doña Elvira—. Con una cosa así me cierran la casa.

—No se la cerrarán. De eso me encargo yo. Diré que es una paciente mía. ¿Tiene parientes?

—Que yo sepa, no. Al menos en la capital. Ella sólo habla de su novio.

—Dígale que se cayó por la escalera, ¡qué se yo!, que le pilló uno de esos coches que andan corriendo por ahí.

Y así la amiga fue a parar al hospital, a una sala repleta de camas en la sección de caridad, donde el tiempo se le iba entre continuas oraciones y un esperar visitas que nunca llegaban. Ni siquiera doña Elvira aparecía. Sólo Marian, que, viéndola mejorar semana tras semana, procuraba animarla.

—Antes de un mes te dan de alta.

—¿Para qué? —preguntaba la amiga, desolada, mostrando el cuerpo cubierto de azules cicatrices—. ¿Quién va quererme ahora? Daré gracias a Dios si doña Elvira me admite. ¿Qué tal? ¿Te da mucho trabajo?

—Nunca falta.

—¿Y cómo os arregláis?

—Tenemos otra.

—Seguro que no vale la mitad que yo.

—Seguro, pero no duerme en casa. Dice que no teniéndola con ella se evita líos como el tuyo.

—¿Y quién le guisa y le plancha?

—Yo. ¡Qué remedio!

—¿Y no te pide nada más?

—No, gracias. Como muestra basta un botón. No quiero acabar como tú en el hospital.

La amiga callaba asintiendo en silencio.

Cuando por fin le dieron el alta, doña Elvira no tuvo inconveniente en tomarla de nuevo a su servicio.

—Pero sólo —advirtió— para las cosas de la casa. De lo otro, nada de nada.

Un día Marian se la encontró llorando en la cocina.

—¿Qué te pasa? ¿Hablaste al fin con tu novio?

—¡No sé cómo!

—Vete a verle en cuanto se te acaben de curar las cicatrices.

—¡Por eso lloro! ¡Porque al final me la jugó! Bien satisfecho debe andar por ahí.

—Pero ¿le viste o no?

Alzó sus ojos húmedos cruzados por un rayo de ira.

—¡El muy charrán!

—¿Qué le pasa?

—Que se largó con mi dinero y todo.

Marian, viendo sus lágrimas, dudó un instante antes de contestar.

—También yo me marcho uno de estos días.

La amiga, por un instante, dejó de contemplar sus heridas.

—¿Qué quieres que te diga? Ojalá tengas más suerte que yo.

Doña Elvira hizo las cuentas sin sisar esta vez; parecía empeñada en que Marian se fuera contenta. Tanto, que hasta depositó en su mano una modesta propina.

—Me vas a hacer un favor.

—Usted dirá.

—Todo esto de tu amiga, cuanto menos se sepa, mejor.

—Por mi parte, descuide.

—Si un día vuelves por aquí, ya sabes dónde estoy. A veces en la vida se cambia de opinión. ¿Me entiendes?

—Creo que sí.

—Pues hasta la vista.

Cerró la puerta. En los cristales de su mirador, los reflejos del sol anunciaban una vecina primavera.

XXIV

EL BUEN TIEMPO se anticipó aquel año derritiendo neveros en lo alto, haciendo más caliente el día, volviendo más valiente el río, hasta hacer rebosar el baño de la infanta. Marian se sentía crecer en torno a su coronada silueta, adornada de burbujas de colores bajo los sauces a punto de brotar entre mimbres y chopos.

—¿Qué miras? —solía preguntar la madre, viéndola tanto tiempo junto a la ventana.

—Nada; miraba si va a llover o no.

—Déjate de mirar y enciende la lumbre.

—Me parece que no tenemos leña.

—Acuérdate y mañana subes.

Obedecía, pero al día siguiente de nuevo acechaba el monte poblado de cistos bajo el manto solemne de los robles. A ratos rompía el silencio algún trueno remoto o el ladrido constante de algún perro lejano. Una leve columna de humo anunciaba al santero preparando su frugal desayuno, mientras el Arrabal despertaba a sus pies con la llegada súbita del hermano del ama de las Caldas.

—¿No viene este año la señora? —le había preguntado el chófer.

—Este año voy a encargarme de las cuentas yo. Vamos a abrir en cuanto nos ayude un poco el tiempo.

Apenas se enteró de su llegada, Marian se presentó. Fue como el día primero en el mismo despacho, ante la misma galería de diplomas.

—Vine a darle las gracias.

Al responderla, pareció volver de lejos; luego, al cabo de un rato, se mudó su semblante, se hizo más clara su mirada.

—¡Ah, sí! Se me había olvidado. ¿Cuándo nos vimos?

—Este invierno, por Navidad.

—¿Tanto? A mí me parece que no pasó ni una semana. ¡Esta cabeza mía! Y, aquí, ¿dónde vives?

—En casa. Con mi madre.

—Lo digo porque, si vas a trabajar aquí, el servicio está medio comprometido, pero yo siempre cumplo lo que digo.

Cuando la madre supo que estaba admitida, murmuró:

—Ya lo sabía yo. ¿Ves qué fácil ha sido?

Seguramente pensaba que aquel nuevo trabajo de Marian se debía a sus buenos oficios con el ama.

—¿Cuándo empiezas?

—Mañana mismo, me parece.

—¿Tan pronto?

—Parece ser que el amo tiene prisa. Dice que va a ser ésta la mejor temporada de las Caldas.

Así entró Marian en su universo de relojes y termómetros, bañando a los clientes más madrugadores, repartiendo toallas, frotando blandas carnes que a veces le recordaban las del ama. Era preciso acompañar a los enfermos de edad más avanzada a la alcoba y soportar sus lamentos en tanto que los arropaba. Menos mal que, en cambio, la madre cada vez se sentía mejor.

—Esta agua y este aire lo curan todo —repetía el médico, recién vuelto a las Caldas, cada vez que atendía a un cliente.

—¿Puedo tomar café?

—Mejor espere un poco. Hágame caso y de momento conténtese con té de monte. A la larga le sale más barato y más sano.

Así tuvo Marian que subir a buscarlo semana tras semana aprovechando los días que libraba lejos de enfermos y lisiados. A media tarde preparaba su bolsa y, tras dejar atrás ermita y caseríos, la iba llenando de ramas de anís, matas de té y dorada manzanilla, hasta que cierto día una sombra furtiva le salió al paso preguntando:

—¿Eres tú, Marian?

Al pronto no la reconoció, mas de lejos llegaban relinchos de caballos que hicieron luz en su memoria. Allí estaba, a pocos pasos ante ella, aquel Martín olvidado y presente, seguido por otra sombra amiga con un arma en las manos. Los dos parecían muertos, rotos, con la barba crecida y la mirada huida, como llegados de un país remoto. Cuando reconoció también a Ventura, se atrevió a preguntar:

—¿Hace mucho que andáis por aquí?

—Cosa de un mes o una semana. La otra noche vimos luz en tu casa, pero no pudimos acercarnos. Esos perros dichosos nos olieron nada más llegar. ¿Suben los guardias por aquí?

—No les he visto. Vinimos hace poco.

—¿Qué tal tu madre?

—Regular. Mejorando.

Martín apenas escuchaba; debía conocer cada paso que en el Arrabal se daba, su nuevo trabajo aquella temporada. La voz de los correos invisibles solía cruzar montaña arriba más aprisa y segura que la misma Marian, preguntándose ahora dónde estaría su nido, si en alguna cueva o en la dorada ermita desafiando al viento. De toda aquella partida que un día conoció, sólo debían quedar pocos como rescoldos de un incendio apagado.

—¿Dónde dormís?

Los dos furtivos se miraron tras de pasar revista a los flecos deshechos de sus ropas.

—Hasta hace poco, donde se hacía de noche. Ahora, el santero nos ha hecho un hueco. Y, a ti, ¿cómo te va?

—Ni bien ni mal, trabajando todo el día.

En la penumbra, manos y bocas se juntaron olvidando la presencia de Ventura espiando los senderos que ya la luna iba volviendo blancos, sobre Martín y Marian.

—Sube mañana.

—No sé si podré —le mostraba la bolsa ya mediada—. Si no es por esto, ni me entero de que estáis aquí.

—¿No dicen nada los del bar?

—A mí, no. Ni a mi madre tampoco.

—Mejor así; no vaya a irse alguno de la lengua y andemos a tiros otra vez.

—Cuando más tarde, más a nuestro favor —intervino Ventura—. Igual antes empalmamos con la próxima guerra.

—¿Qué próxima?

—La que vendrá uno de estos días —respondió Martín—. El que más y el que menos, todos quieren tomarse la revancha.

Lo dijo con tal convicción, que Marian se sintió estremecer. Aquellos pocos meses habían convertido a Martín en hombre. Se estaba preguntando si habrían corrido tan aprisa para ella, cuando un leve rumor de pasos rasgó la noche desde un vecino bosque de avellanos.

—Alguien se acerca. Calla.

Unidos en la oscuridad, era como volver el tiempo atrás en pos de los caballos. Era el santero quien subía, murmurando a media voz sus letanías:

Piadoso san Froilán, ruega por nosotros
Caballero de nubes, ruega por nosotros.
Padre de peregrinos, escucha nuestros ruegos
Patrón de los caminos, haznos partícipes de tus
    plegarias y tus bendiciones.

—Es el patrón —anunció Ventura dejándose ver—. Cuando queráis, nos vamos.

—Ave María, ¿sois vosotros? —preguntó el santero al descubrirlos.

—¿Y quién si no, a estas horas?

—Mala noche para andar cortejando.

—Pocas hay buenas, si bien se mira —repuso Ventura en tono de burla, mirando a la pareja.

—No lo creas. El que no ama —murmuró el santero— no conoce al Señor, porque Dios es amor.

—Así será, si usted lo dice.

Pero el santero no le oía. Ahora su letanía era otra.

—El amor es perfecto para el hombre. Con él huyen el temor, las penas y las guerras. El que vive sin él, teme hasta cuando sueña.

—Puede ser —respondía Ventura—, pero lo que yo temo ahora es que estén llenas las Caldas. Igual alguno nos conoce y se va con el cuento a los guardias.

—En eso te engañas. Aquí nadie denuncia a nadie.

—Por si acaso. Preferimos esperar esa amnistía que dicen —medió Martín—; la suerte no está decidida.

De aquí a unos meses, nadie sabe lo que puede pasar. A lo mejor esta vez nos van mejor las cosas, nos ruedan por camino diferente.

Cuando Marian volvió, la madre quiso saber la razón de su tardanza. Por toda respuesta, tendió sobre la mesa de la cocina su bolsa abultada repleta de té, orégano y tomillo.

—Con esto tiene hasta el otoño, lo menos.

La madre se la quedó mirando antes de responder:

—Para el otoño no estaré ya aquí.

—¡Qué cosas dice! Usted acabará enterrándonos a todos.

—No digo eso; quiero decir que, para lo que pinto ahora, mejor cojo el coche y me vuelvo.

La sombra del ama fue y vino como un relámpago en la noche, rumbo a la capital, donde seguramente la esperaba impaciente.

A pesar de su edad, de sus manos cortadas, de sus pechos hundidos de tanto batallar con la ropa y el agua, de nuevo comenzaba a alzarse sin esfuerzo como en tiempos del padre, dispuesta a organizar su vida sin hija que ocultar y con Marian la mayor parte de su tiempo pendiente de baños y toallas. Aquel año llegaron menos enfermos; quizás la anterior revolución arrancó a la mayoría sus ahorros. Algunos acabaron en posadas y casas donde esperaban aburridos el consabido toque de campana.

—¿Vamos allá?

—Vamos —se alzaban con dificultad acudiendo a la llamada.

—¿Cómo van esos brazos?

—Parece que los muevo mejor. Ese periódico que lleva, ¿es de hoy?

—De hace unos días, pero como si lo fuera. Siempre los mismos mítines y huelgas; cualquiera sabe dónde vamos a parar. No va a quedar otra salida que marcharse. Hasta se habla de poner a los presos en la calle. Sólo pensar en eso, después de lo de octubre, es para echarse a temblar.

La campana seguía sonando y los enfermos apuraban el paso cuanto les permitían las piernas maltrechas de aguantar nevadas y humedad. Marian los recibía como a todos con el baño a punto y el reloj en su hora, para al cabo de quince minutos ayudarles a secar su cuerpo ardiente de vapor.

—Está buena el agua hoy.

—Está como el país; unos días templado y otros revuelto —continuaba la conversación entre blancas nubes—; cada día que pasa hace más falta un hombre que sea capaz de meterlo en cintura.

—Aquí no hay de ésos; se lo digo yo.

—Pues algo habrá que hacer si no quieren que acabemos todos como Caín y Abel.

—Fusilar a unos cuantos.

—Eso se dice fácil; hacerlo es otra cosa. Además, fusilar ¿para qué? La mala hierba crece en todas partes. Habría que enseñar desde chico que ha habido siempre ricos y pobres, que en esta vida hay que apencar con lo que toca.

—Eso mismo predican los frailes.

—A ésos ya no los respeta nadie. En cuanto se descuidan, les queman la parroquia.

—Pues la gente se sigue bautizando.

—Cosas de mujeres. También los llaman para bodas, pero habiendo dinero por medio nadie se acuerda de ellos.

A la entrada del túnel, donde los chorros de vapor surgían, ya el bañero esperaba con la manguera humeante en sus manos, dispuesto a regar espinazos, piernas y brazos.

—No conviene —advertía— que se sequen nada más salir.

Y los dos blancos fantasmas cruzaban ante Marian camino de sus camas, dispuestos a sacar provecho de aquella agua capaz de mejorar sus males a lo largo de todo un día de tedio.

XXV

Cuando yo era maestro —solía comentar Ventura—, entretenía a los chicos con historias como esas de la infanta. Toda esta sierra está sembrada de ellas. Antes me las sabía de memoria, ahora sólo recuerdo alguna que otra.

Oyéndole, Martín se decía que hablaba como el médico, pero donde éste ponía fe, Ventura sólo una eterna duda, como en tantas cosas de su vida.

En aquellas prolongadas charlas en torno de la lumbre, siempre estaba a favor de los débiles, frente a los poderosos, a pesar de las razones del santero.

—Dijo el Señor: Es más difícil que un rico entre en el cielo, que un camello...

—No se moleste: el resto ya se sabe —le contestaba Ventura, pasando a describir aquellos tiempos de que hablaba el doctor, toda una serie de sangrantes fechorías—. El pueblo tenía que soportar nuevos impuestos y riesgos inventados por sus señores cada día, o pedir auxilio al rey, que bastante trabajo tenía con socorrer a unos y otros.

—Les faltaba la fe —respondía el santero.

—¿La fe? Se pasaban la vida rogando al cielo.

—Y el cielo les escuchó.

—El cielo no puso nada de su parte, salvo granizo y hielo.

El santero trazaba en el aire la señal de la cruz como si tratara de espantar al mismo demonio y, hablando para sí, volvía a sus acostumbradas letanías.

> Señor, defiéndenos de la avaricia
> Virgen María, alumbra nuestros pasos.
> San Froilán, haznos a todos tranquilos
> y frugales como el buen ermitaño.

—Una cosa no entiendo —interrumpía Martín—: si el rey a tantos socorría, ¿cómo por fin no consiguieron levantar cabeza?

—Porque el rey a su vez acabó explotándolos también, sin dejarles otro recurso que las armas.

—O sea, como nosotros.

—Más o menos, pero de eso hace unos cuantos siglos —Ventura reía—. Debieron ser buenos aquellos tiempos.

De sus días de escuela y pupitre no guardaba el amigo tan gratos recuerdos. Sólo se abría a Martín y al santero en alguna que otra ocasión.

—Por contar cosas de éstas —repetía a menudo—, a más de uno le quitaron la escuela. Los maestros siempre fuimos los más perseguidos, en tiempos de paz o de revuelta.

—¿Por qué? —preguntaba Martín—. ¿Por decir la verdad?

—Por no querer comulgar con ruedas de molino.

Teniéndole ante sí, a la luz de la hoguera, Martín se decía que sus canas prematuras le echaban encima unos cuantos años. Sólo viéndole trepar cerros, vadear arroyos o recorrer senderos, se conocía su verdadera edad. Incluso con el santero discutía los asuntos del monte como si hubiera nacido en él, sobre si era de nutria o topo cualquier madriguera abierta entre las ruinas de la ermita.

—Si sabré yo que es de topo... —explicaba el santero—. Eso salta a la vista.

—Pues que se le conserve, porque lo mismo podía ser de jabalí.

—Ésos, de día no se mueven.

—Querrá decir que no los vio. A los topos les gustan las orillas del río, y en lo que a nutrias se refiere, nunca suben tan altas como para llegar aquí.

Una racha de Cierzo, apartando la bruma, dejó ver junto a la carretera dos criadas de las Caldas. Martín buscó a Marian con la mirada.

—Ese par debe ser de las que duermen en las Caldas.

—Mejor dormir en casa —comentaba el santero— que en medio de la corrupción.

—No será tanto, abuelo —reía Ventura—. Hay pecados peores.

—¡Jezabel, Jezabel! —clamó el santero respondiendo—. ¡Tú enseñas a fornicar a mis siervos! Yo, en cambio, los echaré de tu cama y mataré a los hijos de los adúlteros, con muerte de mi lanza y mi espada.

—¿Dónde ha aprendido eso? —preguntaba Ventura.

—Se lo debió enseñar nuestro amigo el protestante.

—Algún que otro libro me prestó, es verdad.

Ventura y Martín reían a espaldas del santero a la luz del crepúsculo; Martín sobre todo, esperando a Marian. Más allá de tales avatares, para los dos habían vuelto tiempos de pasión, de descubrirse otra vez uno en el cuerpo del otro, de violentas noches, con el amor surgiendo en negra espuma de cabellos revueltos bajo la luz de plata de la luna. En tanto velaban los búhos, milanos y buitres reposaban soñando presas, liebres, tejones, indefensos ratones, restos de reses perdidas en el monte. Tan sólo el ojo atento de alguna lechuza lograba atravesar las tinieblas descubriendo los cuerpos de los dos amantes, su cabalgar furioso poblado de susurros. A veces las estrellas apenas encendidas los alumbraban invictos o rendidos, dispuestos a borrar todo en torno: alma, pecado, muerte, incluso aquellas ráfagas de vida que nacían en ellos cada noche.

Luego el amor iba ganando los caminos de siempre, volvía la sangre rumbo a pies y manos y el bosque entero parecía detenerse alzando su corona de cistos y retamas por encima de lomas y collados. Llegaban unos minutos de melancolía, de húmedo suspirar por el tiempo perdido y que ninguno de los dos sabía si llegaría a prolongar en los meses siguientes.

—Tu madre, ¿qué dice?

—No dice nada. A ella, ¿qué más le da?

—Pero ¿sabe esto nuestro?

—Claro, ¿o crees que es tonta? Pensará la verdad: que no es la primera vez. Además, ella sólo está pendiente de su viaje.

—Quizás nos vamos nosotros antes —respondía Martín—. Si es que al fin consienten y nos dejan libres.

Y Ventura, callado hasta entonces, afirmaba acercándose:

—Eso va para largo. No os hagáis ilusiones.

Así, entre proyectos para el porvenir, amor furtivo y consejos de Ventura, el tiempo transcurría, semana tras semana, sin ninguna aparente novedad.

—¿Se sabe algo? —preguntaban a Marian cada día.

—Nada que no sepamos ya.

—¿Y de nosotros?

—Nada tampoco. Sólo hablan de uno que lo cogieron cuando fue a casarse.

—¿Por qué? —preguntaba Martín, curioso.

—Porque necesitaba arreglar antes sus papeles y, cuando fue por la fe de vida, se ve que el párroco dio la novedad. Sólo tuvieron que mirar dónde había que mandarla, lo pillaron y en la cárcel está.

Martín quedó en silencio meditando acerca de su suerte. Se le antojaba más hostil cada día, capaz de echar por tierra uno tras otro sus propósitos de quedar esta vez al margen de la próxima guerra que ya se perfilaba en el gris horizonte. Cada día llegaban del otro lado de la sierra recuerdos de la otra, noticias de encuentros en los que tropas especiales recorrían el monte dispuestas a cortar de raíz cualquier intento.

Aquella revolución frustrada, humillada, dividida, ahora se refugiaba en remotos caseríos donde podían ayudarla con miradas de tenue compasión.

A muchos les esperaba la prisión y a los más sospechosos algún antiguo caserón o un sótano donde cantar lo que a menudo no sabían, borrados sus gritos por la voz de un gramófono, sonando eternamente, olvidados después, hasta que una nueva revuelta los devolviera al mundo que un día de pasión abandonaron.

Cada vez que una de tales noticias se deslizaba en las columnas de prensa, Marian robaba el periódico del bar, que más tarde subía a Ventura y Martín.

Martín casi los aprendía de memoria. Ventura, en cambio, desconfiaba siempre.

—Todas esas historias —repetía— son a medias verdad y a medias mentira. El mundo está aquí —señalaba con un dedo en medio de su frente—. Lo bueno y lo mejor. En unos se abre paso y en otros nunca sale a la luz.

—Palabras del Señor —murmuraba el santero.

—Palabras del sentido común, digo yo.

XXVI

Cuando, cierta mañana, descubrió Marian a su madre haciendo la maleta, no intentó detenerla como tantas veces; por el contrario, respiró satisfecha viendo alejarse el coche que la llevaba rumbo a la capital.

A la noche subió con su noticia a la ermita donde Martín, como siempre, la aguardaba.

—¿A qué viene esa cara? —preguntó—. ¿Qué pasa?

—Se marchó esta mañana. Podéis bajar los dos cuando queráis.

—¿Quién se fue? —preguntó a su vez Ventura, acercándose.

—Mi madre. Ahora soy yo la dueña de la casa.

Por un instante callaron los tres sin saber qué camino tomar; luego Ventura, como siempre, decidía:

—Mejor esperar a que cierren esas malditas Caldas. Con menos gente, más seguros vamos a estar, lejos de enfermos y curiosos.

—¿Hasta cuándo? —se impacientaba Martín.

—Lo que haga falta. Se trata de vivir, compañero; lo demás: las mujeres —miró a Marian, perdida en las tinieblas—, puede aguardar hasta el día del Juicio.

—Bien cierto —murmuró el santero.

Y la propuesta de Ventura prevaleció a pesar del mal gesto de Marian y del silencio del amigo, que parecía unir aún más la sombra contrariada de los dos.

Sin embargo, aquel año la fortuna se puso de su lado. Ya a finales de agosto el viento, hasta entonces cálido, se volvió de pronto helado, espantando a los bañistas que mataban sus horas acechando los vuelos de los grajos.

De poco sirvieron las razones del amo afirmando que el calor tornaría a su cauce habitual a lo largo de todo un otoño cálido como otro mes de mayo; los clientes, hartos de mantas y braseros, arreglaron sus magros equipajes y, tras pedir el coche, acabaron marchando.

Con las alcobas vacías y desiertos los baños, no quedó más remedio que cerrar. El mismo dueño volvió a la capital maldiciendo entre dientes, en tanto a la noche Ventura y Martín bajaban del monte seguidos de Marian.

Para Martín fue como volver atrás, a días más alegres de caballos y amor, vientre con vientre, ajenos a la luz del alba. Era recuperar un tiempo que nunca fue suyo del todo, echando mano cuando fue preciso de los ahorros de Marian.

—Se te devolverá, descuida —aseguró Ventura—. En cuanto den esa amnistía que esperamos.

Mas el tiempo corría en vano. Por el contrario, llegaban noticias de nuevas detenciones que hacían a Marian temblar, sobre todo desde que el chófer cierto día le preguntó:

—¿Qué tal le va al santero con sus huéspedes?

—¿Qué huéspedes?

—No te hagas la boba. Los que tenéis a medias en la ermita. Os debéis de creer que aquí es ciega la gente.

Sin embargo, nadie les denunció, aunque más de una vez, aseguraba el otro, alguno vio la luz de sus cigarros y escuchó sus voces en la noche.

—Si tanto saben, ¿por qué no dieron parte?

—No están los tiempos para denunciar. Puede que tengan miedo, o será que ya nadie está pendiente de esas cosas.

Tenía razón. Ya los periódicos no les mencionaban. Tan sólo se ocupaban de la vecina Navidad, quizás como una pausa entre dos guerras; una, olvidada; otra, futura, que tal vez el nuevo año iniciaría.

Por unas semanas parecían borradas consignas, amenazas, reformas, campesinos en armas, como en los tiempos de la infanta que Ventura solía recordar.

—Ahora los buenos son los malos de ayer —solían comentar en el bar tras lanzar una ojeada a las noticias—. No hay peor burgués que el pobre en cuanto levanta la cabeza. El mundo va al revés.

Sin embargo, se decía Martín, no era difícil entender aquel cambio repentino de las cosas. En aquellos remotos caseríos, como el que el padre tuvo que vender para bajar a vivir a la villa...

Una noche, después de cenar, Ventura hizo saber a Martín y Marian que se marchaba.

—¿Adónde?

—No lo sé. Por lo pronto, a la capital.

—¿Y si te reconocen?

—Entonces, mala suerte. No será peor quedarse aquí esperando.

—Vamos los tres mejor —propuso Martín señalando a Marian.

—Compañero, tres seríamos demasiados.

—Pero a mí —protestaba Marian— alguien podría ayudarme. Tú ni siquiera conoces los nombres de las calles.

—Sé el de una nada más. Está entre la estación y otro monte como éste. Espero que siga donde la dejé.

A los pocos días el monte de las Caldas, ya manchado de nieve en sus cumbres, se borraba poco a poco a sus espaldas.

El invierno volvía seco y cargado como siempre. Los caballos tornaron huyendo de los primeros fríos y fue preciso subir a devolverlos a los valles más altos, a sus corrales tan inútiles como todos los años.

—¿Sabes que el amo quiere cruzar sus yeguas? —preguntaba Marian a Martín.

—¿Cómo, cruzarlas?

—Con sementales que va a traer de fuera.

—¿A santo de qué?

—Para que den más carne.

—Y los demás, ¿qué van a hacer?

—Hay quien dice en el bar que no hay razón, que tenemos bastante con la que dieron hasta ahora.

—Será por fastidiar, por llevarnos la contraria a todos.

Martín no comprendía tal decisión; quizás se tratara sólo de una venganza tras de aquella fallida temporada, un desafío infantil para enfrentarse de algún modo con los del Arrabal; mas, infantil y todo, su decisión alzó un debate tan recio y encendido, que fue preciso llamar a concejo celebrándolo en el atrio de la antigua capilla.

—Yo digo que es un disparate —exclamó el del bar.

—Y yo que lo hace por ser más que nadie. Otros padres puede que tengan mejor carne, pero a la larga las crías no aguantarán como las de antes el frío y el calor. Lo digo yo, que me pasé media vida echándoles el lazo.

—Lo dicho: ganas de ser más que nadie, de quedar por encima de nosotros.

Entonces Martín comprendió que tras de aquella guerra infantil se escondía otra más dura y sombría que apuntaba al amo y a su presencia allí.

Sin saberse por qué, había decidido volver, prolongar su temporada en las Caldas. Quizás hubiera reñido con la hermana desde la vuelta de la madre de Marian, pero el caso era que pretendía ahora gobernarlo todo, dentro y fuera de casa, desde sus prados en arriendo hasta su última tierra abandonada. Incluso quiso dominar el Arrabal con préstamos.

La primera en rechazar sus ofertas fue la familia de Raquel.

—Me han dicho que vas a meterte en obras —dijo al padre.

—Así es. Voy a subirle un piso al molino.

—Ahora que das estudios a tu chica, andarás escaso de dinero.

—Gracias a Dios, nos vamos defendiendo.

—De todos modos, si algún día lo necesitas, puedo echarte una mano yo.

—Muchas gracias; el Señor te lo tendrá en cuenta en el día del Juicio.

Y el amo se alejó contrariado, disimulando mal su decepción. Otros, en cambio, no se mostraron tan remisos. El invierno era duro y su dinero fácil, al parecer, aunque todos no fueran de la misma opinión.

—Ya se lo cobrará —sentenció el del bar— haciéndole luego trabajar en su provecho. Así le saca más ganancia a sus cuartos.

—Ojalá nunca caigamos en sus manos.

—Antes muerto que pedirle un duro.

—Lo que no entiendo es para qué quiere ese dinero.

—No son los cuartos, compañero, sino el gusto de mandar a los demás.

Pero Martín creía que alguna otra razón rondaba la cabeza de aquel hombre que incluso se llegó a ofrecer al del bar para prestarle lo que necesitara.

—No, gracias —había respondido—; tengo un hermano que puede adelantarme unas pesetas el día que me hagan falta.

—Te advierto que yo te cobro un interés pequeño. Además, a tu gusto; me pagas cuando puedas. Pregunta por ahí.

No hacía falta preguntar a nadie. Su afán de dominio era más fuerte aún que la codicia de la hermana, aunque luego, a la hora de la verdad, acabara cobrando como los demás tras hacer trabajar para sí a sus deudores.

—¿Por qué crees que no tiene peones? Porque quiere que le sirvan gratis —aseguraba Martín—. Pero conmigo que no cuente. Si quiere tener esclavos, que los pague —y, en tanto lo decía, Martín recordaba aquellas guerras entre vasallos y señores que Ventura solía contar en las largas jornadas de la ermita.

El amo a veces paseaba de noche. Cruzaba la carretera y, sin entrar en el bar, a poco se perdía tras los álamos, a lo largo del río, como una sombra más.

—¿No le dará miedo andar solo a estas horas? —preguntaba Marian—. Un día le dan un susto. Más de uno acabaría con él bien a gusto.

—¿Por qué? —respondía Martín cerrando las maderas de la ventana—. Son gajes del oficio. El que presta ya sabe a lo que se arriesga. Unas veces se gana y otras se pierde.

Pero bien se notaba que el amo desdeñaba tales riesgos, o quizás los buscaba como si fueran capaces de hacerle rejuvenecer. El afán, el trabajo de los otros, le hacían alzarse apenas rompía la mañana para echar una ojeada a sus prados, a sus tierras arrendadas, tomando nota de las paredes rotas, de sus pasos y lindes. Las primeras nieves no impedían sus continuos viajes a la capital en busca de notarios y abogados con los que defenderse en un constante ir y venir de papeles que sin duda escondían oscuros intereses.

Su deseo de dominar la vida de los otros hacía que Marian se preguntara a veces:

—¿Hasta dónde querrá llegar?

Y Martín, ausente como siempre, respondía:

—Hasta el día que reviente. Ese mal sólo se acaba con la vida.

Pero el nuevo amo parecía dispuesto a ganar tiempo al tiempo, hundir a sus vecinos a fin de no tener con quién lidiar en la ocasión que para pronto anunciaban la radio del bar y los periódicos.

—Debe pensar —murmuraba Martín —que esta vez también van a ganar. A la hora de la verdad veremos a quién votan. No todo se compra, aunque dicen por ahí que hasta se paga por matar.

—Y tú, ¿cómo lo sabes? —preguntaba Marian.

—Sé lo que sucedió en octubre. Desde entonces no creo que hayan cambiado mucho las cosas. Los que entonces estuvieron con los frailes les votarán ahora. Nosotros, en cambio, a esperar; hasta para estas cosas hace falta dinero.

Y era verdad: también ellos andaban preocupados a medida que los ahorros de Marian amenazaban agotarse.

—Me equivoqué —murmuraba pensando en su amigo Ventura—. Debimos de marchar con él. Allá en la capital es más fácil encontrar algo.

—Antes —respondía Marian —hablo yo con el amo; seguro que algo te encuentra por aquí.

Mientras tanto la nieve había cerrado los senderos del monte, los remansos del río y el camino del coche, que no volvió a subir sembrando de rumores el valle.

Bajaron una vez más los caballos ateridos huyendo de la amenaza de los lobos, húmedas sus crines, teñidas de un negro resplandor sus ancas, como el perfil redondo de sus cascos.

Martín se dijo que robando una pareja, vendiéndola, podrían salir adelante hasta la primavera.

—Estás loco —respondía Marian— si crees que te la van a comprar así como así. Primero te preguntan de quién es y si no tienes guía ni papeles, te denuncian y antes de una semana tenemos a los guardias aquí.

Así, sólo quedaba seguir esperando. Martín, absorto,

fumando en un rincón de la cocina, procurando salir poco; Marian, aguardando quién sabe qué maná capaz de sacarlos adelante.

—¿Por qué no pedimos dinero a alguien?

—No sé a quién.

La sombra del amo cruzó de nuevo la soledad helada de los dos. Marian, viendo el gesto de Martín, aquel día no quiso insistir, pero la idea le siguió rondando. Mientras tanto la nieve iba tiñendo el monte, convirtiéndolo en refugio de alimañas que mataban el tiempo entre el amor y el sueño, igual que los clientes del bar.

Comenzó a faltar el café y el tabaco, que Martín sobre todo echaba de menos, dejando pasar la tarde con los brazos cruzados.

—¿Qué hacemos? —insistía a menudo—. Esto se está acabando.

—Esperar un poco más. Hasta la primavera. Entonces encontrarás trabajo.

—Sí, en las Caldas.

—¿Y qué tiene de malo? Gracias a ellas vamos tirando, ¿no?

—Que para eso me lo busco ahora y acabamos.

—¿De qué?

—¡Yo qué sé! El que sea. Cerradas y todo, alguna cosa necesitarán. Para eso está el amo todavía.

—¿Quieres que le hable yo?

Martín la envolvió en su mirada habitual, a medias entre la duda y la sospecha.

—No pensarás pedirle un préstamo...

—Lo que sea con tal de no verte en casa todo el santo día.

Al día siguiente, bien temprano, cruzó Marian el Arrabal desierto y fue a llamar a la puerta de las Caldas. Al punto una voz preguntaba:

—¿Quién es?

Dudó un instante tras reconocerla; luego, sobre la voz del río, sonó su nombre como un desafío:

—Soy Marian. ¿Puede abrirme?

—Espera un momento, que ahora bajo —vino de arriba la respuesta.

Y, en tanto la escalera se animaba con el rumor de

los pasos del amo, Marian se decía que, desde el día del café y el teatro en la ciudad, no había vuelto a verle en realidad. Poco significaban los «buenos días» cotidianos en aquellos pasillos ahora tan silenciosos, algún que otro saludo cordial o su apretón de manos cuando fue a darle gracias por su nuevo trabajo.

Ahora era diferente. Cierta curiosidad renacía en ella intentando adivinar cómo sería recibida, si como amiga o como simple criada aun ahora, con las Caldas cerradas.

—Entra. ¡Vas a quedarte helada! —había abierto de un tirón la puerta—. Está encendida la cocina.

Marian se dijo que aquella nueva pasión de la que todos en el bar hablaban no le había cambiado demasiado. Allí estaban como en aquel café que conoció a su lado, o en el teatro luego, mirándola sin saber qué decir, cómo empezarle a demostrar la razón de su presencia casi en secreto, como si la ciudad entera estuviera en su contra.

Ahora callaba y a la vez sonreía escuchando sus quejas contra la vida que allí la había devuelto, al Arrabal, vacía y maniatada.

—A la primera ocasión nos vamos —murmuró a media voz.

—Eso mismo pensaba yo hace rato.

—Lo suyo es diferente. Tiene qué defender. A nosotros todo esto no nos importa.

—Puede que con el tiempo vayan mejor las cosas.

Pero Marian insistía. Nada la retenía, ni siquiera un Martín más sombrío cada día.

—¿En qué trabaja?

—Ahora, en ninguna parte.

Tanto daba confesarlo o no —se decía Marian—; todos debían de saberlo, del mismo modo que nadie ignoraba su presencia en la casa.

—Entonces, no es dinero lo que pides. Tú quieres un sueldo.

—Eso es. No quiero préstamos. Tendría que pagarlos, y es peor.

El amo quedó un instante pensativo.

—Si es eso sólo, dalo por hecho. Yo necesito una mujer para la casa.

—Ya tendrá alguna.

—¿Qué importa? La despido. Puedes venir mañana.

Y Marian, dejando atrás la sombra blanca de las Caldas, se preguntaba a poco si aquel afán de dominar a los demás no habría renacido con su imprevista presencia aquella mañana.

Tal vez ella misma se deseaba víctima o presa de quien Martín desdeñaba o temía, en tanto fingía interesarse por las noticias que traían visitantes de paso recién llegados de la capital.

—¿Cómo van las cosas por aquí, compañero? —solía preguntar el forastero.

—Ni bien ni mal. Como siempre.

—Entonces, como allí: todos pendientes de los votos.

Luego, a la noche, Martín dormía mal. Quizás, como tiempo atrás, el monte le llamaba junto a Ventura y Quincelibras, ofreciéndole una muerte mejor que seguir esperando eternamente. La luz frontera de las Caldas seguía iluminando el Arrabal, el molino y el río, haciendo aún más oscura su corriente, más negros los álamos y hasta el monte aterido donde dormían los caballos.

XXVII

LA CATEDRAL, la calle principal y el puente de piedra
siguen igual. Incluso la estación parece detenida en el
tiempo con sus sucios vagones y sus andenes polvo-
rientos. Es como si Ventura acabara de llegar años
atrás, cuando aún los balcones, los viejos miradores le
hacían volver la mirada atrás bajo el amparo de las
nubes, las manadas de caballos o los nidos de cuclillo
que cierto día le hicieron llegar tarde a la escuela, en-
cendiendo la ira del maestro:

—¿De dónde vienes a estas horas? —le había preguntado al llegar.

—Venía de camino y me perdí.

Una risa común estalló sobre los viejos bancos de
roble.

—De modo que te perdiste —repitió el profesor—.
Bien, acércate y enséñame la punta de los dedos. Primero los de la mano derecha.

Tal como se le ordenaba, avanzó entre los bancos
temblando ya antes de sentir el golpe de la regla sobre
sus dedos apiñados.

—Ahora la izquierda, vamos.

De nuevo la madera fue a caer como el rayo sobre
las uñas de Ventura, que a duras penas aguantó el
dolor.

—Ahora a tu sitio, vamos. Verás cómo no vuelves
a dormirte.

A uno y otro lado reían los compañeros gozando el
placer de su rostro crispado, imitándole, esperando
salir indemnes a su vez después de aquel recreo ines-
perado.

Ventura anduvo algunos días escondiendo los dedos
morados, callando su dolor en casa cada vez que era

preciso partir pan a la hora de comer, luchando por no dejar caer al suelo los cacharros.

—¡Cuidado que eres torpe! —le reñía la madre—. ¿Cuándo sabrás coger las cosas?

Ventura no respondía a pesar de las risas de los otros hermanos, al tanto del castigo como los demás muchachos. Su burla era lo que más le humillaba, más que el dolor o la mirada del padre pendiente sólo de su plato, de terminar aprisa y encender su cigarro.

Por lo demás, aquel maestro cojo, de ojos azules y pellejos blandos era famoso por aquellos castigos, único modo, según él, de sacar adelante aquella tropa de holgazanes. A veces sus golpes hacían brotar la sangre de narices y bocas. Entonces se le podía ver buscando en los rincones telarañas con las que remediar temidas hemorragias. Todo ello los padres lo sabían; para ellos era como servir bajo las armas; un modo de que sus hijos llegaran a ser hombres, acostumbrándoles a sufrir y callar, a obedecer a los de más edad, aunque fueran injustos sus castigos. El resto: cuentas, doctrina, lo aprenderían con el tiempo, salvo las cuatro reglas, que llegarían a la sombra del padre en ferias y mercados entre sorbos de clarete caliente y puntas de ganado. Ventura las aprendió pronto; incluso fue más allá, hasta tomar venganza inesperada en ocasión de la visita de un nuevo inspector del distrito famoso por su rigor a la hora de juzgar a los maestros. En cuanto su presencia se anunciaba, cada cual, en su escuela, preparaba a los mejores discípulos para causar buena impresión. En aquella ocasión le recibieron de pie, como siempre, mudos y atentos, siguiendo con la mirada su ir y venir por el aula, comprobando su estado desde la tiza y la pizarra hasta los bancos viejos y arruinados.

—Está bien —murmuró al fin—, podéis sentaros todos. —Y después, dirigiéndose al maestro, confirmó: —Puede pasar.

Los alumnos creyeron que allí concluía la visita, pero el inspector, plantándose sobre la tarima, al fondo de la clase, preguntó de improviso señalando a uno de los chicos:

—A ver, tú. Dime qué es un quebrado.

—¿Yo, señor inspector? —se alzó, dudando temeroso.

—Sí, tú. ¿Lo sabes?

—Yo no, señor —respondió al fin, entre las risas sofocadas de los otros.

Entonces el inspector se había vuelto hacia el maestro, que seguía la escena preocupado.

—A ver; explíqueselo usted.

Y entonces la burla anterior se tornó más patética viéndole abrir de par en par aquellos ojos azules que no sabían si volverse hacia el que le preguntaba o pedir silencio a sus pupilos.

—¿Tampoco usted lo sabe? —tronó la voz sobre el reo anonadado, y antes de que consiguiera balbucir una sola palabra le volvía la espalda, preguntando a toda el aula:

—¿De modo que nadie es capaz de decirme qué es un quebrado?

—Sí, señor inspector.

Se hizo un silencio atento y, poco a poco, la voz de Ventura, lenta y precisa, fue explicando aquello de «el que expresa una o varias partes de la unidad».

—Partes alícuotas, se dice.

—Sí, señor inspector.

—¿Sabes en qué consiste una parte alícuota?

Y, ante el corro de rostros boquiabiertos, la misma voz recitaba de corrido:

—Aquella en la que cabe justo todo. Por ejemplo: dos y dos, que hacen cuatro.

El silencio se volvió más denso aún en tanto el inspector avanzaba entre los bancos.

—De modo —murmuró— que hay uno aquí capaz de sacarle partido a los libros. Tomaremos nota.

El muchacho se encogió de hombros sin saber qué decir.

—Voy a dar orden de que te manden unos cuantos para que no les pierdas el gusto.

Y, volviendo la espalda a todos, hasta al maestro, marchó a buen paso tras murmurar:

—Podéis sentaros. Hasta otro día, chicos.

Aquel acto inició un respeto mudo en torno de Ventura que llegó hasta su misma casa.

—Éste acaba en un seminario —aseguraba el padre—; tiene cara de cura.

Y, cuando la madre hacía sus cuentas sobre las ventajas de tener un obispo entre los suyos, llegó aquel esperado lote de libros. No todas eran páginas de números, como suponía; también halló en ellos algún que otro manual de historias y leyendas del país que devoró a la luz de un carburo en unas pocas noches.

—Tanto leer es vicio —murmuraba la madre—; vas a acabar arruinándote la vista. Así andas luego medio dormido todo el día.

El padre, en cambio, salía en su defensa:

—Déjale en paz, mujer; para eso los domingos se divierte.

Su diversión, los juegos del domingo a los que el padre se refería eran guerras con otros chicos de edad parecida por los cerros vecinos, que a veces concluían con un diente roto o unos labios partidos.

—¿Eso también lo aprendiste leyendo? —preguntaba la madre amenazándole.

Mas por entonces ya Ventura no temía a los mayores y, por si fuera poco, la fortuna le volvió a mostrar su rostro. Cayó enfermo un pariente del inspector y éste recomendó buscarle un profesor que repasara con él las lecciones a fin de no perder el curso. Se acordó de Ventura y escribió a su padre, que al punto aceptó cuando supo que pensaban pagarle por ello. Tuvo que acostumbrarse a madrugar más aún, a caminar entre la nieve para recorrer el puñado de leguas que separaba su portal de la casa grande y confortable donde esperaba aquel enfermo de su edad atormentado por la tos y los mimos.

—¿Hace frío? —preguntaba viéndole llegar.

—Bastante.

—¿En qué mes estamos?

—A finales de enero. Tienes tiempo de sobra.

—No lo digo por eso, sino por levantarme. El médico dice que para marzo o abril.

Ventura a veces le notaba triste. Entonces le contaba cosas de sus libros, y cuando le aburrían inventaba otras que nunca oyó en los caseríos, historias en las que él mismo, entre dos luces, había sentido tras de sí los pasos de los lobos en la nieve.

El mirar sombrío del enfermo se borraba al instante mientras la habitación parecía transformarse.

—Tú, ¿qué hiciste? —preguntaba—. ¿Echaste a correr?

—¿Qué iba a hacer? Estarme quieto.

—¿Y si te saltan encima?

—Aquellos dos no hacían nada. Sólo seguir tras de mí. Si hubiera tenido una cerilla a mano, hubiera prendido unas retamas, porque dicen que el fuego los espanta, pero no hizo falta, porque al final se cansaron y se fueron.

Después narraba recuerdos de reses destrozadas y de mastines heridos.

—Así es la vida por allí.

Y, en tanto la mirada del enfermo buscaba más allá de la ventana los hayedos donde solían hallar cobijo, Ventura escogía en el montón de libros a sus pies la lección que era preciso repasar, repitiéndolas como el mismo catecismo. El enfermo sanó de cuerpo y alma; se pudo examinar y el padre, agradecido, regaló a Ventura una moneda de plata que la madre se apresuró a guardar para más adelante.

—La necesitarás cuando vayas a la capital.

Así supo Ventura que el padre pensaba darle estudios. El inspector le había convencido y a costa de algún sacrificio le envió a la capital. Cierto día se encontró en aquella misma calle, dispuesto a hacerse maestro, embutido en un nuevo traje de pana que al principio llamaba la atención cuando entraba en el aula.

—Ése viene de la Montaña —oía murmurar a sus espaldas.

—Querrás decir del monte, porque huele a cabra.

Pero no estaba solo; otros había vestidos como él, parecidos en su modo de hablar, dispuestos a enfrentarse a los demás.

—¿Para qué? —preguntaba Ventura.

—Para que sepan cómo las gastan los de la Montaña.

—Ya lo sabrán, descuida.

Y así fue, pues el primer examen lo sacaron adelante todos, dejando en la cuneta a los de la capital.

Por entonces el padre comenzó a llevarle a las ferias.

—Así me haces las cuentas. Por lo menos, eso iremos sacando de tanto estudiar.

En realidad, le gustaba presumir de aquel hijo distinto de los de su edad, que en llegando San Miguel le acompañaba camino del mercado.

Los tratos se cerraban tras mucho discutir, de comprobar los dientes de los pequeños caballos, sellándolos con un recio apretón de manos que era como un recibo inamovible. Mas el padre insistía, vanidoso, con el hijo al lado:

—Vamos a hacer de todos modos un recibo.

—¿Un recibo? ¿Para qué?

—Así quedamos más tranquilos. Estas cosas hay que hacerlas por escrito.

—Está bien. Búscate tú un papel.

El padre siempre lo traía a mano y, en tanto lo tendía, trataba de justificarse con el hijo:

—Tú entiendes de estas cosas más que yo.

Pronto supieron los tratantes que tenía un chico estudiando en la capital. Cierta tarde, mientras le hacía repasar las cuentas, se acercó un viejo amigo de la mina. Él no iba a las ferias a vender o comprar, tampoco picaba ya, pues sus pulmones estaban negros de carbón, pero nunca faltaba con sus alforjas llenas de folletos y libros que procuraba hurtar de la mirada de los guardias. En aquella ocasión se acercó con su cautela acostumbrada y dejando unos cuantos al alcance de Ventura, murmuró confidencial:

—Toma, a ver si eres tan listo como dice tu padre.

Ventura los leyó punto por punto. Todo cuanto decían sonaba a nuevo para él, incluso aquello de que dentro de unos años todos serían iguales, los pobres y los ricos. Además, aparecía explicado en un lenguaje claro y sencillo, desconocido, llamando a cada cosa por su nombre.

Tanto le impresionó, que acabó preguntándole al padre dónde podría encontrar otra vez al amigo.

—¿Para qué quieres verle? Tú dedícate a tus libros. Gente como ésa sólo te trae complicaciones.

Mas en la feria siguiente le volvió a encontrar.

—Ya sabía yo que iban a interesarte —comentó satisfecho, llenando sus bolsillos de nuevos folletos—. Con esta munición tienes bastante para una semana. Cuando se te acabe, vete por casa —le escribió sus señas en una de las tapas—. ¡Ah!, una cosa —le detuvo en la puerta—: cuantos menos sepan que vas por allí, mejor.

Y le tendió la mano como a un antiguo camarada.

Libro tras libro, fue Ventura conociendo un mundo diferente del que se le ofrecía en jornadas de vino y estudio. A veces, antes de cenar, se pasaba por el café, donde el amigo solía reunirse con un grupo de asiduos contertulios. Se comentaban los sucesos del día y los asuntos locales hasta que la campana de la catedral aconsejaba al dueño echar el cierre.

Los clientes solían enzarzarse en discusiones prolongadas que después, en la calle, quedaban en nada al despedirse uno del otro, hasta dejar a solas al amigo y Ventura.

—¿Qué tal esos estudios?

—Van marchando.

—No los descuides con tanto trasnochar. Cada cosa a su tiempo. Además, te conviene tener a tu padre contento.

—Lo está; no hay más que verle.

—¿Y tú?

—Tampoco puedo quejarme. Dentro de nada saldré maestro. Después, cualquiera sabe dónde acabaré. Aún me queda el servicio.

Le tocó ir a Andalucía, pero antes de partir vino la gripe, que le dejó sobre el petate navegando entre la muerte y la vida. Un día hizo crisis la enfermedad y pudo pasear por el jardín del hospital, que se pobló de visitantes desconocidos para él, rostros que por entonces comenzó a reconocer.

En un principio se acercaban tímidos; luego tendían la mano presentándose, y en general todos le regalaban algún libro o traían recuerdos del amigo, que al final también apareció.

—Si quieres periódicos, revistas, lo que sea, pídelo. También, si quieres, podemos pasar aviso a tu familia.

Mas a la familia su suerte no le quitaba el sueño.

Sólo de cuando en cuando le enviaban alguna breve carta y un paquete con restos de matanza que Ventura repartía con los demás enfermos. Poco a poco, según vencía su enfermedad, los rostros de aquellas visitas, su hablar seguro y reposado iba borrando el recuerdo del padre y los hermanos, hasta que finalmente le trajeron un día no su habitual ración de libros, sino su baja del servicio.

—Ahora ya estás libre del todo —comentó el amigo—. Trabajo nos costó.

—¿Cómo lo conseguiste?

—En la vida todo es cuestión de amigos y no desanimarse por muy negro que veas el porvenir.

En casa el padre recibió la noticia sorprendido. Incluso teniéndole delante, sano y crecido, llegó a preguntar:

—¿Ya de vuelta? No se portaron mal contigo.

La madre y los hermanos, en cambio, le rodearon con admiración.

—Tú siempre tienes suerte. Ahora sólo te queda ponerte fuerte otra vez. Ganar lo que perdiste.

Era cierto; aquella gripe oportuna le había vuelto casi transparente, pero no tanto como para impedirle leer o decidir qué camino elegiría.

—¿Para qué quiere más? —se quejaban los otros—. Todo el día tumbado con los dichosos libros.

Ventura les daba razón. Aún andaba dudando cuando cierta noche, acudiendo a la tertulia como de costumbre, halló el café cerrado y apagadas las luces.

—Han venido y se llevaron a todos— le explicó el amigo en casa—. Sólo me salvé yo porque no estaba. Pero vendrán por mí, seguro.

Ventura apenas le escuchaba. Una remota admiración nacía en él borrando en su interior todo rastro de dudas anteriores.

XXVIII

El VIENTO arrastra brillantes copos, semilla de cristales. El cielo se ilumina a ratos dejando penetrar haces de luz que duran poco, lo suficiente para descubrir los pequeños caballos y sus macizas yeguas que el hermano del ama se ha empeñado en cruzar con ajenos garañones. De haberlo llevado a cabo ya, a buen seguro que no aguantarían un invierno tan duro como el que cada día amanece, ni los jinetes de la sed y el hambre que les hacen bajar a mirarse en las heladas lavanas del río. Todo es silencio ahora a un lado y otro de los sauces, donde ni siquiera la infanta asoma.

El césped del jardín no le sirve de alfombra, transformado en blanco tapiz por donde el río deja ver sus flecos congelados.

Marian espera un hijo. Llegará en el otoño. Antes de estar segura, nada ha dicho a Martín. Pero una de aquellas tardes en las que el cielo se cierra sobre el monte le ha dado la noticia, pendiente de su rostro en la penumbra.

—¿Estás segura?

Marian ha asentido intentando saber qué piensa, si lo desea de verdad o finge por no añadir al día más tristeza.

—Nos viene mal ahora.

—Las cosas llegan cuando menos se esperan.

Martín ve más allá de los cristales el batallar constante de los copos de nieve.

—De poco sirve lamentarse —añade. Y lo dice en un tono tan lejano y ausente, que antes que la vida, parece evocar la muerte.

Viéndole así, sombrío y pensativo, de buena gana hubiera destruido al hijo. Pues de sobra conoce, como tantas otras, esos secretos bebedizos que el santero prepara con hierbas que recoge.

Las hay quienes, en cambio, prefieren correr de noche por los prados a lomos de un caballo hasta que el crío se desprende y pone fin al temido embarazo. O aquellas, más valerosas todavía, capaces de usar una aguda aguja de labor, aun a riesgo de provocarse una hemorragia.

Tales remedios, y algunos más de los que hablan las casadas con medias palabras, los conoce Marian, mas su madre no está, sólo Martín, que debe lamentar aquella nueva servidumbre que le mantiene inmóvil ante la ventana. Seguramente se pregunta qué hace Ventura allá en la capital. Cada mañana, cada hora, se le van en mirar la carretera helada que es preciso espalar. De improviso toma la azada y golpe tras golpe, terco y firme, abre una trocha en la nieve que la noche siguiente borra.

La luna limpia y clara, las nubes transparentes anuncian nuevas heladas; sólo rompe el silencio la voz monocorde del cuclillo temblando a su vez de frío. De cada chimenea nace una vena oscura que se mantiene en el aire sin que un golpe de viento la deshaga y que a Marian hace recordar la sombra del amo inmóvil, acechando el camino, difícil de adivinar al pie de los álamos dormidos.

Ahora no viene nadie por él, ni siquiera gente de paso, ni correo ni coches, sólo reses perdidas hartas de caminar en busca de un establo que apenas reconocen tapizado de blanco.

—¿Qué pasará en febrero, cuando voten?

—Eso Ventura lo sabrá.

Pero Marian no piensa en votos ni elecciones, sino en su propio vientre, que para entonces ya andará creciendo día a día.

—En cuanto deje de nevar, te marchas —dice de improviso a Martín.

—¿Marcharme? Tú estás loca. ¿Cómo vas a quedarte sola?

—Total, una semana pasa volando. Vas, te enteras y vuelves. Todavía puedo valerme sola; después será peor.

—¿Por qué no vamos los dos?

—¿Para qué?

—Querrás ver a tu madre. Contarle lo que pasa; a lo mejor nos ayuda.

—Seguro. A bien morir.

—A salir adelante cuando llegue la hora.

—De eso me encargo yo. ¿Cómo nacían los niños antes? Para eso sirven todas las mujeres. Hasta las de aquí.

Marian sólo desea quedar a solas con el hijo que a la vez la retiene y la hace libre, incluso de Martín, que sólo piensa ya en ese camino a cuyo fin Ventura tal vez trabaja, a favor de ese mundo distinto que supone su razón de ser.

Oyéndole, Martín se inflama, a su lado parece revivir, derramándose en proyectos y revoluciones que luego se apagarían hasta quedar en nada a la mañana siguiente.

Ahora echa cuentas, calcula qué tiempo faltará para que vuelva a estar franco el camino, cuánto le costará una semana en la capital y si alguno le reconocerá.

Pero Marian de pronto se despierta. No espera ningún hijo. En la oscuridad helada de la alcoba, tarda en llegarle la certeza de que nada aguarda. Siente dentro de sí cierta desilusión unida a un alivio doloroso. Otras veces ha corrido riesgos parecidos, pero la realidad queda siempre más corta que sus sueños. Bajo los tibios cobertores, pegada a Martín, se está bien ahora, al menos no tiene frío. Fuera, el aliento hiela y hasta las grajos se estremecen en las oscuras grietas de sus nidos. Una partida de rebecos ha bajado hasta el Arrabal como caída de las nubes. Pero no hay cazadores al acecho; por el contrario, alguien lanzó unos haces de hierba a su paso que les hacen olvidar tanto recelo, hasta que dan cuenta de ellos y se alejan rastreando con sus húmedos hocicos hasta la última brizna perdida en el barro. Luego se pierden monte arriba como sombras grises más allá de los bosques de avellanos. ¿Y los caballos? —se pregunta Marian—, ¿qué tal aguantarán? ¿Tendrá razón el hermano del ama, o los que se niegan a cruzarlos? Deben de andar a medias entre el frío y el sueño, como todo en la tierra, abriéndose paso en la neblina a fuerza de clavar sus cascos en el hielo.

A poco Martín se ha levantado a preparar la malta que sustituye al café desde que se consumió el último grano.

A esa hora seguro que el padre y los hermanos pasan menos frío. Mejor para ellos y mejor también para la madre de Marian, allá en la capital. Mas no para la hermanastra, a la que ni monjas ni médicos son capaces de sacar adelante. Así, solos los dos, se hallan náufragos en la cama, que ahora apaga todo apetito; sus cuerpos no se buscan como antes, sus bocas no se tocan, la hiedra de sus vientres no se enreda al vaivén de sus muslos, iniciando aquel puntual frenesí ausente ahora tras la cena mezquina.

Martín repite cada día que lo mejor sería marchar de allí.

—¿Adónde?

—Lo más lejos posible. Aunque sea a Madrid.

Pero bien se nota que no dice la verdad. Desde que conoció a Ventura y los suyos, el Arrabal, su misma villa, son poca cosa para él, que necesita ahora mucho más. Media semana de una guerra perdida ha sembrado en su interior un deseo de cambiar el mundo o quizás de revancha que en vano trata de ocultar a Marian.

XXIX

Cuando Ventura vio ante sí otra vez la vieja casa de la Asociación, algo se revolvió en su interior. Allí estaban los carteles de siempre tapizando los muros, el puño en alto del escudo en el mayor de los balcones, con el recuerdo de otros tiempos mejores no tan lejanos.

Cruzó la acera nevada todavía y, subiendo la escalera, cayó en la cuenta de su barba crecida, de su ropa tantas veces zurcida, de sus botas roídas por el agua y el barro. También se las recordó la mirada de algún compañero al cruzarse con él.

Arriba, en la oficina principal, el eterno rumor de la máquina trajo a su memoria sus horas de corrector de pruebas, de redactor de artículos.

—Tú entiendes esto más que nadie —solían decirle colocándole ante ella, entregándole un cerro de papeles cubiertos de apretados garabatos—; ahora los periódicos lo quieren todo a máquina. Se han vuelto muy señoritos.

Era preciso sentarse ante el sucio teclado tratando de hilvanar palabras hasta bien entrada la noche.

Cuando empujó la puerta, su sustituto se le quedó mirando.

—Pero ¿de dónde sales tú?

—De la mina —respondió con ironía.

—¡Buen minero estás hecho! —se reía el otro llamando a los de la habitación de al lado.

—¡Pero, coño, Ventura! —exclamaban—. Te dábamos por muerto. ¿Y Quincelibras? ¿Vino también contigo?

—No sé de él ni palabra.

La mirada del otro se nubló al responder:

—A lo mejor está criando malvas. Apiolaron a muchos cuando lo de octubre.

211

Luego cruzó una de las puertas laterales y llamó al interior:

—¡Eh, compañero, mira quién está aquí!

Uno más alto, de gesto adusto, apareció en el quicio.

—Aquí tienes a nuestro nuevo delegado.

—¿De modo que tú eres Ventura? —preguntó el otro, tendiéndole la mano.

—Lo que queda de él.

—¿Cuánto tiempo estuviste en el monte? ¿Desde octubre?

—Acabo de bajar, como quien dice.

El delegado le miró de arriba abajo.

—Pues no te dejes ver mucho por ahí. Nunca sabes con quién vas a encontrarte. Por lo pronto, fuera ese pelo y esa barba. ¿Tienes dónde dormir? —se volvió hacia uno que fumaba en un rincón—. Trae lo que queda en caja. Llévale al barbero; luego le buscas una cama.

El barbero no preguntó nada, quizás porque era hombre de pocas palabras o debió adivinar de dónde había salido; le cepilló la chaqueta prestada y se negó a cobrar.

—A los amigos les trabajo gratis.

Cuando volvió a la Asociación, su aspecto había cambiado; incluso el delegado apenas le reconoció.

—Eso ya es otra cosa —al tiempo que le invitaba a pasar al cuarto de al lado. Allí en torno de una mesa manchada de tinta y nicotina, cuatro hombres discutían en tanto iban y venían en el aire las luminarias de sus cigarrillos.

—Entra, Ventura —le invitaron—; lo que tú digas nos interesa a todos; llevamos aquí encerrados demasiado tiempo. Tú, por lo menos, estuviste en el frente.

—¿Conoces esto? —el delegado posó la mano sobre un montón de boletines recién impresos—. ¿Qué te parecen?

—Éstos —el otro posó su mano sobre un rimero de pasquines—, ¿sirven o no sirven?, ¿llegan o no llegan?

Ventura no conseguía entender cómo recién salidos de una guerra y seguramente en puertas de otra, podían preocuparse por la suerte de aquel montón de papeles.

—Sirven de poco, pero me puedo equivocar.

Ahora eran ellos los más extrañados.

—¿De poco? ¿Tú crees que se olvidaron ya de octubre?

—No lo olvidaron; por eso quien más quien menos desconfía de escuchar siempre las mismas cosas. Por ejemplo, ¿qué pasa con esa amnistía?

Los otros se miraron casi desconfiando. Después el delegado tendió a Ventura uno de los pasquines.

—Todo esto son palabras nada más que se mandan la mayor parte de las veces a compañeros que no saben ni siquiera leer.

—Yo creo —apuntó uno de los que no había hablado hasta entonces— que te informaron mal, compañero. Todos los días viene aquí gente que dice lo contrario.

—Yo digo lo que he visto.

—En la Montaña quizás. Aquí abajo es distinto.

—Puede ser. Además, aquí no ha habido revolución, ni frente, ni un disparo. Aquí ni una mosca se movió.

—Aquí mandó la tropa; y los reclutas, ¿qué pueden hacer? Obedecer. De sobra saben lo que arriesgan. En el ejército, la disciplina es lo que cuenta.

—Eso —replicó Ventura sombrío— es lo que nos faltó a nosotros la otra vez: saber mandar y obedecer.

—¿Qué hubieras hecho tú?

—Fusilar a unos cuantos, sobre todo a los primeros que hablaron de volver a casa.

—Eso no es posible —murmuró el delegado.

—¿Por qué?

Ahora todos callaron. También era difícil —se decía Ventura— resistir, aguantar el frío, la incertidumbre, el hambre, las ganas de fumar, el afán de dormir un año entero en una verdadera cama sin ser descubierto por alguna de aquellas brigadas móviles alzadas para acabar a toda costa con ellos. Cualquier paisano sorprendido con armas pagaba con la vida al día siguiente; si las tiraba al río, del río debía rescatarlas; y, en caso de negarse a ello, prepararse a engrosar las fosas comunes recién cavadas y ya repletas de cadáveres.

—Por eso —concluyó Ventura —la gente tiene miedo y son·inútiles las razones de todos estos papeles.

—Más miedo tendrán con un arma en las manos —repuso el otro.

—Al menos pueden defenderse.

—Eso es cierto cuando llega la hora de la verdad.

Miedo a morir, a quedar para siempre en alguna cañada de aquel famoso frente Sur cuando llegaran nuevas tropas del gobierno dispuestas a borrar rápidamente aquel ensayo de revolución.

—Eso esta vez no pasará —murmuró tras un silencio el delegado—; precisamente para ello estamos preparando un congreso extraordinario.

—¿Para cuándo? —preguntó Ventura.

—Para enero o febrero. Queremos que también vayas tú. Te buscaremos aquí dónde quedarte; gente de confianza.

El compañero de la máquina dejó por un momento sus papeles y acompañó a Martín a una casa cuya dueña, con el marido en prisión, se dedicaba al alquiler de habitaciones. En principio se negó a aceptar otro inquilino más, pero luego cambió de opinión.

—Bastantes me trajisteis ya —protestó—, pero, en fin, la vida está más cara cada día.

—No te preocupes. Cualquier día de éstos tu hombre sale.

—Para volver a entrar antes de un mes. Esa historia me la sé de memoria. En cuanto esté en la calle, liamos el petate y nos vamos de aquí con viento fresco. Cuanto más lejos, mejor.

Puso a Ventura una cama en el pasillo a condición de que se levantara pronto y no estorbara a los madrugadores.

—No te preocupes —replicó el compañero—; el amigo tiene el sueño más ligero que las liebres.

—¡Ojalá sea verdad! Los hay que no se despiertan ni arrastrándolos.

Y la mujer se perdió pasillo adelante murmurando:

—Aquí se echa el cierre a las doce. El que no esté a esa hora duerme en la calle; de modo que el amigo ya lo sabe.

Así fueron pasando aquellos días, proponiendo, charlando, opinando envueltos en humo de continuos cigarros, en torno de una botella de coñac que alguien trajo, resto de las pasadas navidades. Fuera se había apagado aquel sonar de almireces y sartenes, acompañando vagos villancicos.

Ahora era preciso dictar, escribir, emborronar nuevos papeles hasta que el encargado de copiar se alzaba de la silla estirando los brazos.

—Compañero —decía al delegado—, a este paso nos quedamos sin máquina. Este cacharro no aguanta un día más.

—Tendremos que buscar una nueva.

—¿Y dónde están las perras?

—Se alquila, si hace falta.

—¿Y los dedos? —se quejaba el otro mostrando los suyos doloridos de tanto golpear—. ¿Se alquilan también?

—Ventura escribirá por ti.

Así pasó Ventura a trabajar también en ella. Se encargaba de escribir las proclamas mientras el otro las echaba al correo.

«Compañeros —decía la última—, ante el clima de guerra social que flota en el ambiente...»

—Quita lo de guerra social y pon en su lugar «estado de cosas» —murmuraba el delegado.

Ventura corregía con gesto indiferente y a poco preguntaba:

—Ya está fuera, ¿qué más?

—Escribe en su lugar: «en vista del estado que van tomando las cosas, acercándonos a una inmediata confrontación...»

—¿Por qué no cambio lo de confrontación?

—Pon lo que quieras, pero sigue.

Y Ventura escribía por su cuenta: «estando faltos de orientación definitiva y pensando cada cual distintas iniciativas, es preciso reunir las fuerzas de los diversos sectores para salvar entre todos la República.»

—El delegado, tras echar un vistazo a la circular, se la leyó en voz alta a los que se hallaban reunidos.

—¿Todos de acuerdo? —preguntó.

—Por mí, puede pasar.

—Yo pondría «gobierno» en lugar de «República».
Aunque no nos trate demasiado bien.

Uno tras otro, todos asintieron:

—Pongamos «República», que compromete menos.

—Ahora sólo falta nombrar quién va a representarnos.

Los ojos de la mayoría apuntaron a Ventura, que por su parte se limitó a asentir. Bien se notaba que en su elección influían aquellos días en el frente junto a Martín y Quincelibras.

También en esta ocasión volverían a surgir las preguntas habituales: ¿cómo?, ¿con qué?, ¿dónde?, más difíciles de responder ahora sin caer en razones parecidas a las que les llevaron años atrás a las puertas de una dura derrota.

A la luz de los escaparates, tras su elección, emprendió el camino de la pensión cruzando los vacíos soportales de la plaza Mayor, cuyo reloj monumental marcaba las horas como un eco tardío de la campana de la catedral.

Gente joven se rezagaba, bebía en la oscuridad, copa tras copa, anís y coñac mezclados con licores.

La ciudad, ahora sin villancicos ni tambores, se abría en la noche ante Ventura, más convencido cada vez de que era inútil hablar de salarios, de horarios de trabajo y elecciones cuando incluso la vida se iba en breve a jugar. Más tarde, pasados unos días, un mes todo lo más, quizás se pudiera organizar el congreso que todos esperaban; algunos, como remedio de tantos viejos males; otros, con su habitual desconfianza.

En tanto caminaba pendiente de no llamar la atención, notó a su espalda unos pasos medidos, acompasados. Se rezagó un instante para volverse luego rápido. Fue tan sólo un relámpago —pensaría después—, pero suficiente para hacerle recordar su soledad tras tantos días de monte y capital. Aquella mirada descubría otras parecidas: ninguna sola, casi todas con su pareja al lado, graves, altivas o riendo en la sombra envueltas en espesas nubes que sus hombres dejaban escapar de los labios.

Viéndolas, escuchándolas, Ventura se acordó de pronto de todas aquellas casas por las que tantas veces desfiló en sus tiempos de estudiante y que aún mantenían sus puertas abiertas a pesar de lo avanzado de la noche.

—No te empeñes —le explicó la dueña de la última que intentó visitar—. Están todas en el pueblo hasta el domingo que viene. Para las pocas que quedaron, hay cola.

De todos modos, tanto daba —se dijo Ventura contando sus escasos ahorros—. Apenas le quedaba para la pensión. Era inútil aquel viaje sonámbulo, casi tanto como los pasquines que el comité pensaba repartir exigiendo una amnistía que no acababa de llegar.

Cuando pisó el portal, ya la catedral dejaba oír sus campanadas.

En la pensión, los hijos de la patrona ya debían estar en cama, en tanto la madre esperaba junto al brasero consumido del todo.

—Creí que no venías —comentó camino de la cocina—. Hoy todo el mundo se retrasa. Debes de tener la cena fría.

—Y tú, ¿cuándo descansas?

—¿Descansar yo? El día que me muera, si acaso.

Se la oyó suspirar antes de aparecer de nuevo con el plato.

—Para juergas estoy, con tanta tropa en casa.

—Mejor tenerla llena que vacía, ¿no?

—Según se mire. —La patrona lanzó una ojeada a Ventura como si lo descubriera por primera vez—. ¡Hay que ver cómo sois los hombres! Parece como si sólo vosotros trabajarais. Lo que hacemos nosotras en casa os trae sin cuidado.

—No quería decir eso. Hablaba de los chicos.

—Pero lo piensas, como todos. Sólo una cosa os importa de nosotras —dudó un instante—: eso; y cuanto más, mejor: lo demás no cuenta; y eso que, si yo tuviera quien me echara una mano, marcharía como una reina, pero como no tengo a nadie, aquí me tienes aguantando esta vida perra.

—¿Y qué hace el compañero?

—Ése tiene lo suyo encima. Entra y sale tantas veces de la cárcel, que cuando vuelve, ni sus propios hijos le conocen. Hasta él mismo lo dice: «Si no fuera porque llevo la cuenta, no sabría cuáles son míos y cuáles del vecino.»

Ventura sacó unos céntimos del bolsillo dejándolos sobre la mesa.

—¿Y esto qué es?

—Para los chicos: cómprales unos dulces.

La mujer ni siquiera le dio las gracias. Ahora parecía más sola aún, vacía, ensimismada; luego, viendo a Ventura levantarse, murmuró sin volver la cabeza:

—¿Te vas ya? —Y, antes de que contestara, añadía: —No tengas prisa, hombre.

Al cabo de un rato los hijos habían concluido su batallar en el cuarto vecino mientras en las alcobas algún que otro huésped anunciaba su primer sueño con suspiros profundos y sonoros. Cuando la catedral volvió a hacer resonar su letanía, ya Ventura y la patrona se besaban camino de su cuarto, deslizándose a tientas, buscándose, tratando de gozar su mutua soledad, de no dejarla escapar entre sus brazos.

Así, a medias invicto y a medias derrotado, vivió Ventura muchas noches tras la dura brega del día.

Ahora, con el buen tiempo, parecía como si entraran nuevas prisas a los compañeros; la máquina volvió a contar las horas con sus teclas y el piso se llenó otra vez de impacientes correos, delegados de paso y hasta de simples prófugos en busca de un rincón que les sirviera de cobijo. Fue preciso hacer doble jornada, turnarse en los distintos cometidos, ir a echar cada vez más sobres y buscar pensiones de confianza o recoger paquetes de pasquines. Así fue como Ventura cierta mañana, ante el buzón principal de correos, oyó murmurar tras sí su nombre.

—No, no le conozco.

Fue inútil insistir. Aquel montón de sobres todavía en sus manos le delataba aún más que su verdadero nombre, le obligaba a seguir a aquellos hombres calle adelante, procurando no llamar la atención de los escasos peatones. De improviso, recordó la recomendación del delegado: no dejarse ver demasiado; y, sin embargo, le hacían servir de mandadero como a cualquier principiante. Una sombra de sospecha le asaltó como tantas veces después en la prisión, en donde bien sabía acabaría

dando con sus huesos. Así fue, sobre un suelo de piedra entre barrotes de hierro resto de la antigua mu-
ralla que defendía la capital. Fuera, el Cierzo soplaba
a través de grietas y resquicios, y, a solas en su celda,
Ventura se decía que tanto daba morir en el frente
como enfermo allí, entre aquellos helados muros que
tantas muertes debieron presenciar en la sombría carrera de los siglos.

XXX

La nieve finalmente se borró dejando en los altos algún retazo blanco, defendiéndose tan sólo en las sombrías torrenteras. El sol ya calentaba cuando Raquel, a la puerta de la aceña, se despidió de sus padres.

—Ten cuidado y, sobre todo, escribe.

—No te olvides dar las gracias al director del hospital.

—¿Cómo voy a olvidarme? Descuida.

—Y procura portarte en todo como lo que somos: testigos del Señor. Te tendremos presente en nuestras oraciones.

—Yo también —respondió a sus padres Raquel—; y no dejéis de cuidaros. A ver cuándo vais por allí.

—En cuanto pasen estos meses —respondió el padre—. Ahora, con el grano en puertas, viene el tiempo peor.

Saliendo al sol, se habían encontrado con Marian.

—¿Te vas por fin?

—Ya ves. Al fin lo conseguí.

Después de mucho ir y venir a la capital, tras un leve examen y gracias a la recomendación de los amigos, había conseguido ser admitida a prueba hasta septiembre.

—En verano —explicaba Raquel— hay muchas que se van a casa a ayudar en la cosecha. Veremos luego si me quedo o no.

—Seguro que te quedas.

—No lo des por seguro —sonreía—. ¡Qué más quisiera yo!

Sin embargo, a pesar de sus dudas, Marian la veía segura y eficiente, vestida de blanco, todo el día ayudando hasta llegar a hacerse indispensable. Sin querer, pensó en la hermanastra.

Tal vez, cuando llegara a ser punto importante en aquel hospital, consiguiera apartarla del redil de las monjas, llevarla a algún nuevo centro donde entendieran su enfermedad. Si las cosas marchaban tal como esperaba, un día hablaría de ella a Raquel para ver si podía sacarla del hospicio donde malvivía.

Finalmente, el coche arrancó y Marian emprendió su camino de las Caldas.

Aquella noche vio en sueños al amo sobre su lecho blando, con los ojos cerrados y un palpitante corazón en sus manos que la ofrecía bañándola toda de sangre. Apenas amaneció, se levantó procurando no despertar a Martín y, tomando la llave de las Caldas, se alejó camino de ellas.

Dudó ante el portal y, tras hacer girar la llave, la puerta fue cediendo lentamente a pesar de la humedad que había hinchado la madera. Cada empujón retumbaba en los pasillos interiores como una voz que la llamara. Luego, una vez dentro, a la difusa luz que reducía a meras rayas las ventanas, fue surgiendo blanco, aterido como siempre el salón de los juegos con sus sofás de caña, el trinchero y el aparador todavía cubiertos de sábanas. El interior ahora parecía enfermo todo a la espera de un médico, de un batallón de uniformadas enfermeras, blancas también, capaces de ponerle nueva cara a la primavera.

El eco de sus pasos alzó el primer rumor de vida entre las vigas del tejado. Tal vez fueran palomas o grajos, pero, según avanzaba dejando atrás puertas de par en par, más recordaba los golpes de una tos repetida; luego vino el rumor de una cama agitada, preludio de la voz del amo llamándola.

—Marian —murmuró—, hazme un favor: mira a ver si está la estufa encendida.

—La leña se ha consumido toda. Sólo quedan rescoldos.

—¿No tenemos carbón?

—Me parece que se acabó también. Subieron en otoño unos sacos pero entre que lo mojan y te roban, al final se quedan en nada.

—¿Por qué no pides prestado?

—Nadie tiene de más. Además, tampoco se lo iban a dar. Lo sabe de sobra.

—Era por calentar esto un poco.

Un golpe de tos cortó su charla de improviso, haciéndole agitar la cabeza sobre la almohada.

—¿Se encuentra mal?

—Espero que no —había respondido con voz agobiada. Después, tras pedir a Marian un coñac, se fue recuperando, volviéndose otra vez locuaz y amable.

—No hay mejor medicina para cualquier enfermedad —sonreía alcanzando la botella—. Sin ella, no sé qué hubiera sido de mí esta noche— y, al volverla a su sitio, rozó en un vuelo los pechos de Marian.

—Pero no puede seguir así. Tómese algo caliente. Aunque el café se terminó, le puedo calentar una jarra de leche. ¿La quiere con un poco de té?

—Si te empeñas... —asintió el amo con un gesto entre infantil y agradecido.

Y, en tanto Marian sentía sobre sí su mirada, quizás temiéndola, se apresuró a contestar:

—Veré si lo consigo.

Sería preciso acudir al santero, como siempre, si es que Martín aceptaba subir hasta la ermita; mas, en contra de lo que esperaba, acabó convenciéndole.

—Después de todo, para eso te paga. No se trata de ningún favor.

A poco alcanzaba los pastos por donde solían vagar los caballos. A pesar de aparecer tan flacos tras aguantar las embestidas del invierno, se les notaba impacientes por volver a sus juegos y sus ritos. A medida que el monte florecía, según se renovaban las jaras y los robles, se podían escuchar sus desafíos nupciales, que no eran capaces de atajar ni el Cierzo ni los postreros chaparrones.

Martín avivó el paso; le extrañó un apretado montón de pájaros escarbando en la huerta de la ermita.

—¿No hay nadie ahí?

Y sólo una bandada de oscuros grajos le respondió alzando el vuelo con trabajo. Luego Martín buscó en el atrio, en la celda vacía, en los muros desnudos, sin hallar otra cosa que los trozos de manta que servían de defensa al santero en sus últimos tiempos. En un principio pensó que habría muerto; quizás se hallara desde meses atrás en el fondo de alguna quebrada enterrado por un manto de hielo, pero tras de mucho vagar no encontró ni un solo rastro por el que adivinar su final, si es que algún accidente había sucedido. Sólo cuando entre unas retamas descubrió abierto y vacío el cepillo del santo, comenzó a sospechar que el santero se había marchado por su propio pie dejando quizás para otros más jóvenes su nido.

—La verdad —comentaron en el bar— es que ya estaba para pocos trotes; seguro que a estas horas está en algún asilo.

—Mejor para él y mejor para todos.

—Un poco de respeto tampoco le vendría mal —comentaban más tarde las mujeres—. Donde quiera que esté, siempre fue un buen hombre.

Era como si su ausencia hubiera arrastrado consigo algunas de sus horas mejores, momentos que los maridos odiaban sin saber bien por qué, tiempo de espera espiando la ermita hasta la hora de cenar. Nadie en el Arrabal supo por qué escapó ni dónde fue, ni siquiera Marian, que a poco recibía recado urgente de la madre a través del coche. Hubo que alquilarlo de nuevo y partir a toda prisa rumbo a la capital para ver por última vez el rostro hundido, el cuerpo contrahecho de la que fuera en vida su hermanastra.

En la antesala del convento se habían vuelto a reunir las tres mujeres, pues, por primera vez la señora de las Caldas se decidió a acompañar a la madre al pie de aquellos muros que, viéndolos de lejos, la asustaban. Su mirada se detenía poco en ellos, sin embargo, pendiente sobre todo de Marian.

—Debió ser cosa del corazón. Así, tan de repente.

—Por poco ni nos enteramos. El médico nunca nos dijo nada —replicaba la madre, secándose las lágrimas.

—Los médicos, ¿qué saben?

—Se murió tan sola como vivió siempre.

La madre sollozaba en un viejo escaño de madera en tanto Marian trataba de levantar sus ánimos.

—Se hizo lo que se pudo. Si el médico no acertó, ¿cómo podíamos saberlo nosotras?

Mas los remordimientos de la madre, como la indiferencia propia, no se borraban fácilmente, y allí seguía en su rincón de sombras.

Vino de lejos el eco repetido de la catedral acompañando a cuatro mozos vestidos con oscuros mandilones, en tanto las mujeres pasaban al despacho de la superiora.

—La pobre —explicó— estaba viendo jugar a las demás cuando se sintió mal. Al principio pensamos que sería uno de esos mareos que a veces le daban, pero al final tuvimos que llevarla a la cama. En media hora se nos fue. Aquí nunca se quejó del corazón, ni a nosotras ni al médico. —Luego cambió el tono de voz, volviéndose impersonal, como habituado a vender y comprar—: Para la cuestión del entierro, ustedes dirán qué prefieren.

La señora y la madre se miraron un instante sin saber qué responder.

—Aquí —añadió la superiora— acostumbramos hacerlo a primera hora de la tarde. Tienen tiempo de sobra. El carpintero vive junto a nosotras, y el capellán no sale de casa en toda la mañana. La portera se lo indicará.

La superiora se despidió cordial y vino un viaje a lo largo de pasillos silenciosos poblados de mandiles bajo un mar de rostros vagos. Los suelos aparecían recién fregados, encerados, mientras en la penumbra, sobre paredes teñidas de azul, una serie de floreros mostraban a la luz sus formas diferentes.

En el taller del carpintero, la mujer ya esperaba.

—¿Venían por la caja? Mi marido no está.—les informó arreglándose el vestido sobre sus carnes flacas—. Pero pasen. No les importará esperar, ¿verdad? Es él quien lleva eso.

Se sentaron en silencio y al fin llegó la pregunta que Marian esperaba:

—¿Era hija de alguna de ustedes?

La madre asintió.

—Pobre; tan buena y morirse a esa edad, tan joven.

Por fin llegó el marido, que casi les obligó a visitar su taller. Apoyadas en la pared, les mostró unas cuantas cajas de pino, alguna con la pintura fresca todavía.

Las había de todos los tamaños, aunque abundaban los pequeños.

—Era un niño, ¿no?

—Niña —había aclarado la señora.

—En invierno siempre tengo unas cuantas. Con este frío... —se había interrumpido viendo a la madre otra vez llorar, para después hacerlas acercarse a una de ellas que parecía de mejor corte—. Miren, ésta va muy bien —golpeó con los nudillos en la tapa—. Además, lleva forro de zinc para que la humedad no se la coma.

La caja, pequeña, blanca con molduras doradas, tenía un ventanillo a la altura del rostro. El carpintero lo había abierto con orgullo y la madre desvió la mirada oyéndole añadir:

—Así la puede ver, si quiere. Claro que sólo sirve para panteones. Es un crimen enterrar algo así.

Olía a pino fresco, a cola de pegar, a resina. Nadie hubiera pensado que aquellos rimeros de madera acabarían bajo tierra. La madre se decidió por una de las más baratas, que pagó la señora, y después de comer volvieron al convento.

—¿Contrataron los mozos? —preguntó la superiora viéndoles llegar.

—¿Qué mozos? —preguntó la madre.

—Para llevar la caja al cementerio.

—¿Cuánto cobran? —preguntó la madre buscando unas cuantas monedas en su viejo bolsillo.

—Con medio duro para cada uno, cumple. —Y, con un gesto que era una orden, añadió—: Vengan conmigo.

Marian se preguntaba a dónde les llevaría ahora. Esta vez el camino era una senda de ventanas enrejadas al final de la cual una figura de cuello tan ancho como la cabeza les abrió paso hacia un desnudo pasillo donde sobre una mesa aparecía el pequeño ataúd de la hermanastra.

Una figura desgarbada se santiguó alejándose a buen paso.

—Todavía no vino el capellán —explicó la priora—, pero no puede tardar.

Hubo una pausa sólo rota por un continuo rumor

de oraciones y la voz de la monja, que preguntaba todavía:

—¿Quieren ustedes verla?

La señora dio un paso atrás, en tanto la madre se mantenía a duras penas en pie.

—Esperen un momento, que van a retirar la tapa.

A poco volvió acompañada por los mozos y el capellán. Ver tendida a la hermanastra, inmóvil, con los ojos cerrados, era como sacar a la luz uno de aquellos tesoros de los que todos en el Arrabal hablaban, celosamente defendidos por los cistos y jaras.

Al fin el cura musitó unas oraciones contestadas a media voz por los mozos y las tres mujeres. Luego la tapa volvió a su sitio y entre todos levantaron el ataúd. demasiado pequeño para tantos brazos.

Cuando salieron a la calle, desde una de las ventanas surgió una voz airada:

—Se la llevan, se la llevan, se la llevan... —sonaba entre los barrotes.

Marian sólo quedó tranquila cuando la puerta del patio se cerró a sus espaldas. Sobre los hombros de los mozos, el ataúd parecía navegar camino del cementerio seguido por las tres mujeres, que luchaban por no rezagarse. Allá en un rincón, apenas protegido del Cierzo, escondieron definitivamente a la hermanastra en su nicho sin flores, ni lápida, tan sólo con unas pocas lágrimas en los ojos medio escondidos de la madre. Allí quedaba —se dijo Marian— su maltrecho cuerpo, que no llegó a ver del todo el sol, rodeado de ladrillos viejos entre los que asomaba la corona apretada de los lirios.

XXXI

El patio de la cárcel se halla dividido no por ninguno de aquellos macizos muros siempre en peligro de ruina, sino por los que en ellos, recostados, se defienden del frío con los primeros rayos de sol. Antes que sus celdas de piedra, los reclusos querrían ocupar alguna de las camas del vecino hospital, pero les es preciso conformarse con su rústico petate donde nubes de piojos los devoran noche tras noche. Con ellos juegan los encerrados por delitos comunes, robos de poca monta, crímenes pasionales o vagos simplemente sin oficio. Organizan carreras sobre las pulidas losas. A medida que las apuestas se alzan, van creciendo sus gritos. Ni el Cierzo ni la lluvia son capaces de aplazar las partidas, ni siquiera el desdén de los demás reclusos, residuos de Octubre en su mayoría.

—Buena escuela tienen —murmura uno señalando a los más chicos.

Mas la opinión de los mayores no llega hasta el corro, ni altera sus apuestas.

—¡Dos céntimos al gordo!

—¡Tomo!

—¡Yo apuesto por el cojo!

—¿Qué apuestas tú, si no tienes dónde caerte muerto?

—Lo mismo que tú: ilusiones.

Así las ilusiones van y vienen, mientras los jugadores se desafían.

Entre la burla de los viejos y la pasión de los jóvenes, divididos en bandos irreconciliables, salen a relucir cucharas convertidas con ingenio y paciencia en agudos cuchillos, hasta que los guardianes ponen orden repartiendo puntapiés y golpes.

Tales reyertas y las visitas de los días festivos son la

única novedad en aquel maltrecho patio, comido por el verdín y el musgo bajo un cielo cada vez más raso. Menos mal que a media semana llegan los familiares cargados de paquetes y recuerdos, de constantes recomendaciones.

—No dejes de comer. No vayas a ponerte malo.

—Como lo que me echan.

—Aquí está el tabaco. Procura que te dure. No había para más.

De toda la vitualla que las madres y compañeros traen, es el tabaco la más esperada; en pos de cada cajetilla vuelan las miradas de todos hasta liar un cigarrillo. Luego, tras las primeras bocanadas, viene la esperanza de quedar o marchar.

—Esta vez va de veras. Os mandan a todos a casa.

—Sí, como la otra semana.

—Ahora lo dicen los periódicos.

—Pues más a mi favor. Ellos, ¿qué saben? La mitad de las veces se inventan las noticias, como en la Asociación. Saldremos cuando quiera el gobierno.

—Ahora es distinto: depende de quién gane las elecciones de febrero.

—¿Y quién las va a ganar? —se impacientaban los de dentro—. Los de siempre, los que tienen dinero para comprar votos. A nosotros no nos llega ni para pagar la imprenta.

Cierta mañana, Ventura, mientras escucha las razones de unos y otros, ha oído una voz que le llama por su nombre.

—Tú eres Ventura, ¿no?

Y viéndole asentir, añade el compañero:

—Tengo entendido que paraste en casa. ¿Qué tal te fue?

Ventura adivina de quién se trata; le tiende la mano sin demasiada confianza y le deja terminar:

—Soy el marido de la dueña. Los amigos me llaman «Tejón» —sonríe mostrando un par de dientes grandes y amarillos.

Su apodo se debe, según luego le explica, a su modo de enseñar los dientes a medida que va soltando sus palabras, siempre rizando el rizo de un sentido doble que Ventura no llega a entender, pero que hace a los demás apartarse, dejándole vagar a solas por el patio. Su tema favorito es su infancia, parecida a la de tantos otros, mezcla de rencor y sacrificio, desde niño en la mina para ayudar a la familia.

—No sabes, compañero, cómo eran entonces las de tercera. El día entero bajo tierra y galerías sin entibar apenas, desde las seis de la mañana a las seis de la tarde, todos revueltos los chicos y los grandes, sin más fiestas que los días de lluvia —ríe enseñando los dientes amarillos—. Un día quise poner tierra por medio, pero ¿dónde iba a encontrar otro pozo? Ni para la pensión sacábamos, y eso que mi padre a ratos hacía de capataz. Por eso, a mí, la cárcel me viene a la medida. Hasta el rancho, tan malo, por lo menos es gratis; y al final siempre acaba sacándote la Asociación.

Nada dice, en cambio, de la pensión que le da de comer ni de aquellos paquetes que de tarde en tarde le llegan.

—De la pensión se encarga mi mujer. Yo no conozco ni a la mitad de los que van, pero según ella hay de todo, desde chivatos a esquiroles. —Y, viendo una duda en el rostro de Ventura, añade—: ¿No lo crees? ¿Por qué calculas que estás aquí?

Ventura se dice que el tal «Tejón» es capaz de sembrar dudas con pocas palabras.

—¿Y a quién le viene bien que esté yo en la cárcel?
—Vete a saber.

Quizás los de la misma Asociación no hubieran acogido sus críticas tan humildes como aparentaban. Puede que aquel «Tejón» de dientes amarillos anduviera en lo cierto.

La mujer llegaba puntualmente en los días de fiesta con su cestillo al brazo, donde nunca faltaba una botella. Más parecía mujer de albañil de obra que de recluso, como tantas otras. Unas pensaban hacer sentar cabeza al marido, las más vivían en perpetua alerta de que, en quedando libre, volviera al redil de nuevo, como aquella patrona de cara aburrida dejando pasar el tiempo hasta cumplir la hora.

La primera vez que sus miradas se encontraron, se contentó con un vistazo de soslayo, como si aquellos hierros separaran no a presos de hombres libres, sino a los mismos senderos de la carne. Vista a la luz del día, todavía apetecía, aunque los años y quién sabe qué clase de trabajos habían dejado ya su huella en arrugas que el sol hacía profundas en torno de sus ojos y sus labios. Ajena a voces y deseos, aun separada de «Tejón» por la hilera de barrotes, parecía formar con el marido un mundo aparte. Por ella recibió Ventura noticias de la Asociación, unas cuantas visitas y un par de paquetes que repartió con Tejón como si se tratara de antiguos amigos.

Cuando, pasada la hora, se alejaba con las otras visitas, era difícil adivinar por cuál de los dos agitaba en el aire su mano. Ventura se decía que, de no salir pronto de allí, al fin acabaría como el mismo marido entre los cuatro muros, contento y engañado. Los mismos compañeros debían adivinar su pasado, pues cierto día, cruzando ante la cocina, uno se había decidido a preguntarle:

—Tú, ¿de qué lado estás? ¿Con nosotros o con ese cabrón? Di si podemos contar contigo.

—¿Contar para qué?

—Ya lo sabrás más adelante. Mientras tanto, ten cerrada la boca si quieres seguir vivo.

En un vuelo más leve que un relámpago, le había mostrado un brillante punzón en tanto «Tejón» seguía a su vez la escena, como siempre, aparte.

—¿Qué andan tramando? —preguntó a Ventura a la noche.

—Seguro que lo sabes mejor tú. Lo de siempre: cosas del rancho.

«Tejón» quedó pensativo con la mirada perdida en el aire.

—¿Sabes lo que te digo? Que no me lo creo. Ésos preparan algo.

—¿El qué?

—No lo sé, pero te juro que me entero.

Al fin llegó el día esperado. El recluso que se había acercado por primera vez comenzó a golpear con la cuchara su herrumbroso plato. Otros le secundaron llenando de ecos patios y corredores, llegando incluso hasta el despacho del mismo director. Se decretó un día de dieta para todos y a los ya conocidos de parecidas ocasiones se les quitó hasta el agua y la visita de los días de fiesta, encerrándolos desde la madrugada hasta que el sol cayó. Algunos esquiroles se salvaron; jóvenes casi todos, a los que los parientes preguntaban, viendo vacío el comedor de las visitas:

—Pero ¿qué pasa hoy?

—Cosas del rancho —repetían como todos, con gesto indiferente, como dando a entender que contra ellos nada había.

—Esto es sólo un ensayo —dijo días después «Tejón» a Ventura—. Una prueba.

—Una prueba, ¿de qué?

—De algo más a lo grande. ¿No te dijeron nada?

—¿Quién me lo va a decir? Si acaso tú, que eres de la casa.

—Bien sabes que no —se lo quedó mirando mostrando al aire sus dientes amarillos—; de todos modos, aquí es difícil guardar un secreto. Siempre hay alguno que se va del pico.

—Entonces, no sé por qué me preguntas.

—Porque no tienes cara de esquirol —rió de nuevo—. Ésos son los peores.

No dijo nada más, pero el tiempo le dio la razón antes de lo que esperaba. Una mañana en que tomaba el sol se acercó a Ventura el que por sus hechuras parecía el jefe de los reclusos mayores.

—Ven para acá.

—¿Qué pasa?

En vez de responder, le cogió del brazo y, apartándole de «Tejón», se lo llevó al fondo del patio.

—Me han dicho que eres de confianza.

—Depende.

Y, ante su sorpresa, el otro le preguntó de pronto:

—¿Tienes cuchara?

Ventura se le quedó mirando sin saber si se burlaba.

—Claro que tengo. Como todos.

—¿De palo o de metal?

—De hierro.

—Pues ya puedes irla afilando.

En un principio Ventura no entendió; sólo cuando

el otro le mostró la suya, pulida como un cuchillo, comprendió lo que se proponían.

—Se trata de cavar un túnel entre todos. Bueno —rectificó—, entre los que están dispuestos a escapar.

—¿Y dónde se va a hacer ese túnel?

—En la cripta de la iglesia. Por allí nadie va, sobre todo de noche. Los cimientos los dejó tan débiles la lluvia, que con cavar un poco se puede hacer un agujero más que regular como para que pase un hombre. De allí se sale al huerto y, saltando la tapia, te plantas en la calle.

—Eso si no te ve algún vigilante.

—Compañero, algún riesgo tenemos que correr, pero juntos saldremos antes que uno por uno.

Ventura sopesó durante unos momentos las posibilidades de aquella fuga pintoresca. Mas, segura o no, se notaba que su jefe improvisado conocía el camino de la iglesia a la calle.

—¿Qué dices? ¿Sí o no?

—Bueno, contad conmigo —decidió al fin—; si nos echan mano, ya se sabe: un año más. Total, a lo mejor nos coge la amnistía.

—Bien dicho, compañero. Si nos cogen, más se perdió en Cuba. Todo sea por la revolución.

Aquella misma noche los trabajos comenzaron. A la luz de la luna entraban en la cripta, donde los pasos resonaban alzando ecos extraños.

—Buen sitio para trabajar —murmuró una voz en las tinieblas, y a poco el resplandor de un fósforo intentaba encender un pedazo de vela.

Fue preciso ponerse de acuerdo acerca del sitio donde empezar el subterráneo.

—Yo digo que bajo el altar.

—El altar está demasiado cerca del río. Igual el muro se nos viene encima. Yo voto por el coro.

—Allí el suelo es más duro.

—Por eso es más seguro y a la larga mejor.

Bóvedas de argamasa y de ladrillo iban surgiendo ante la luz que guiaba al grupo en las tinieblas.

—Ahora es fácil entrar y salir. Veremos más adelante.

—Más adelante trabajaremos uno a uno.

234

Poco a poco, con paciencia infinita, el oculto camino progresaba hacia el huerto, pero una noche el que cavaba dejó su turno volviéndose con cara de susto.

—¿Qué te pasa? ¿Qué has visto?

—¡Compañeros, qué trago! Ni en el día del Juicio se encuentra uno con tanto cuerpo muerto.

—Sólo son momias de frailes puestas a secar cuando esto fue cementerio.

—Momias o no, menudo gusto tenerlas ahí, como si fueran de oro.

Cuando llegó el turno a Ventura, no pudo evitar rozar por un instante aquellos haces de tibias a punto de caer sobre la tierra. Atadas de pies y manos, tal como el otro las había pintado, cubiertas de medallas y rosarios, parecían haberse llevado al otro mundo un secreto largo tiempo olvidado. Seguramente habían amado, luchado, defendido causas en su día justas, pero que nadie recordaba ya, como los nombres que ni siquiera la luz de la vela era capaz de revelar.

—¿Qué haces? ¿Te duermes? —llamaban desde arriba—. Manda el saco.

Era preciso cargar los escombros para echarlos fuera y después esconderlos en la iglesia por si algún vigilante los veía al pasar.

—Ahí van —respondía Ventura.

Cuando su turno terminaba —y nadie mejor que sus propias fuerzas lo sabía—, era preciso salir, respirar el aire de la noche, más puro aún viniendo de aquel nido de miasmas, ceder la boca del túnel al compañero siguiente, que en ella desaparecía avanzando a gatas.

Eran mineros en su mayoría, acostumbrados a medir la oscuridad por el leve roce de sus astrosos pantalones, o los sofocados golpes que dejaban caer sobre sus hombros oscuras avalanchas.

—Antes de una semana terminamos —murmuró al fin, un día, el que dirigía la obra, tratando de animar a los demás.

—Si no damos con otro cementerio.

—¿Y qué importan los muertos? Sólo los vivos cuentan.

Ventura se decía que no le faltaba razón a aquel improvisado capataz; aquella cárcel era como un pastel de caliza dorada alzada sobre un laberinto que en ocasiones apuntaba al huerto y otras hacia la sacristía. Cuando, rayando el alba, tornaba a su petate, el mundo entero parecía derrumbarse en torno mientras a su lado dormía o fingía dormir «Tejón». De buena gana le hubiera preguntado cómo veía su aventura, a la que no había sido invitado. Él, como veterano, debía saberlo mejor que el capataz; mas, recòrdando lo pactado, se tumbaba en silencio sobre la colchoneta tratando de robar unas horas al día que ya por las almenas apun·taba.

Muy lentamente, a golpe de cuchara y heridas en las manos, el paso angosto progresaba entre sudor y maldiciones. A veces era preciso sacar a rastras un cuerpo exánime; otras, lavar ciegas pupilas teñidas de rojo, dedos rotos entre ocultos escombros convertidos en nidos de gusanos que allí vivían sin conocer el sol. «Mañana» era la mágica palabra con que se saludaba al que salía del interior. «Otra noche como ésta y somos libres.» Hasta que al fin realidad y esperanza se unieron en un hueco que anunciaba el huerto cerca de la cripta.

—Hoy, a la hora de dormir, nos vamos.

—¿Y si alguien se da cuenta?

—Lo mismo nos están esperando.

—No hay por qué preocuparse, por ese lado no hay centinelas.

—Ojalá mañana tengamos suerte.

Y, tapando como siempre la entrada con haces de leña y un montón de cascajo, cada cual volvió a su celda dispuesto a contar las horas por el reloj de la vecina catedral.

La espera se hizo tan larga como día sin pan; la noche, difícil de aguantar, hasta que de lo alto llegó la voz que anunciaba su ansiada libertad.

Viéndolos alzarse uno tras otro, cualquiera los hubiera tomado por cortejo de sombras camino de un concejo tenebroso; luego se reunieron todos en la cripta y el capataz se zambulló el primero en el negro agujero. Se hizo un silencio prolongado atento al postrer golpe, que al cabo llegó seguido de un rosario de oscuras maldiciones.

—¿Qué pasa ahora?

—¿Nos vamos o no?

La respuesta no tardó en llegar:

—¡Maldita sea! Alguien fue con el soplo: tapiaron la salida.

—¿Y no se puede echar abajo?

—Compañero —volvió a aparecer el jefe—, el que puso ese muro bien supo lo que hacía. Aquí alguno se fue de la lengua.

De improviso todos se miraron de reojo buscando en la oscuridad un confidente sobre el que descargar tantos días de trabajo convertidos en ira.

—¿Y por qué ha de ser uno de nosotros?

—Porque los otros no sospechan. Alguno avisó a los vigilantes.

Y, sin decir una palabra más, de pronto todos estuvieron de acuerdo.

—No hay más que hablar —murmuró el jefe—. Sé seguro quién se fue de la lengua.

—¿Quién?

—Ese soplón cornudo que recibe cada semana su paquete. ¿De dónde saca su dinero, si no?

—De la mujer, que tiene una pensión.

—Pues, más a mi favor. ¿De dónde sacó para ponerla? Por eso no quiere tratos con nosotros.

Así condenaron al «Tejón», por simples sospechas, se decía Ventura.

—Es hora de darle un escarmiento. Los que estén conmigo, que levanten el brazo.

Uno tras otro los fueron alzando en la penumbra que alumbraba la postrera vela. Luego buscaron la celda de «Tejón», quien, ajeno a la amenaza que sobre él se cernía, dormía a pierna suelta. Ventura también tenía la certeza de estar allí por culpa suya o de su mujer, pero no quiso añadir más leña al fuego que comenzaba a derramarse.

—¿Qué vais a hacer de mí? —clamó, sintiendo cómo le arrastraban camino del patio.

—Tranquilo, amigo, vamos a darte algo que necesitas hace tiempo.

—¿Yo? ¿Por qué?

—Tú y todos los soplones.

Y un alud de golpes y coces dio en tierra con él mientras trataba de buscar refugio en los rincones. Entre revolcón y revolcón, intentaba gritar, pedir auxilio en torno, pero sus gritos resultaban inútiles entre aquellos muros hostiles, acostumbrados a escenas semejantes. Cuando pies, palos y brazos quedaron hartos, el cuerpo del herido quedó a solas bajo los soportales, con un chirlo cruzando la cara como rúbrica de su castigo, que sólo acabó cuando el jefe, de un empujón, le tiró de cabeza a las letrinas.

XXXII

Marzo va devolviendo su fuerza al agua, su color al río, que a lo largo de todo el invierno estuvo retenido. La infanta pasea de nuevo entre sus sauces de hojas verdes y blancas en tanto los caballos, en el monte, alzan sobre la hierba leve polvo de escarcha. El hermano del ama los espía desde su ventana aún empeñado en cruzar sus yeguas. Al fin se ha levantado de su lecho. Cuando llega al despacho Marian, prende la lámpara y espera a que el fuego se alce en la chimenea. Con el desayuno viene el periódico de la capital, que, a pesar de su habitual retraso, en las Caldas resulta actualidad. Con la amnistía a medias, el país sigue el curso de sus días parecidos a fechas anteriores. Cuando llegue la hora de los votos, no habrá otro mes de octubre ni más intento de revolución. Con los jefes de entonces detenidos o huidos —piensa y comenta el amo—, no es difícil adivinar su fracaso total, que supondrá el triunfo de la gente de orden. La estación de los baños no se hará esperar; la vida seguirá por los cauces de siempre, más tranquila si cabe de lo que en el invierno llegó a imaginar. La hermana no volverá; parece instalada definitivamente en la capital, servida en todo por su amiga y criada, pasiva de día, de noche arrebatada. Apenas la visita; tan difícil resulta medir las palabras estando ambas presentes, preguntarles si de veras sienten lo que ya imagina incluso el Arrabal.

Marian, en cambio, es distinta: todo lo aprende fácilmente; incluso si pusiera las cuentas de la casa en sus manos, acabaría llevándolas como las de la compra, que corren a su cargo. Ya en el bar la tratan como si fuera la señora, tal es su modo de escoger el pan, el vino, la achicoria para los clientes que llegarán a poco, el café auténtico para el capellán.

Vuelve a casa a comer y sigue haciendo el inventario habitual de otras criadas que es preciso tener a mano para llamarlas cuando los enfermos requieren cuidados más duros y apurados. Alguna vez consulta al amo y, desde el otro lado del periódico, éste la mira mientras responde procurando prolongar la contestación. El tiempo, aquel nuevo trabajo, se diría que la hace madurar día a día. Ahora no huye como en aquel primer encuentro, ni tampoco desvía la mirada cuando la suya se desliza a lo largo de su cuerpo, incluso cuando los dos se rozan en el recodo angosto del pasillo. De buena gana le invitaría a cenar para matar su soledad, pero adivina que a la postre acabaría rechazando sentarse a su lado en el desierto comedor, tal vez porque no lo desea o por rigurosa disciplina, tal como ordena todo en su segundo hogar. Con las otras, las que la precedieron, todo era más fácil y distinto, incluso no viviendo solas como Marian, a quien Martín vigila desde el Arrabal, este Martín que espera en vano la vuelta de su amigo para quedar libre del todo, lejos de las Caldas.

Pues Martín, mientras Marian sirve y ordena su nueva casa, ve crecer a su vez su propia soledad en torno, prolongada más tarde hasta la noche. Es inútil intentar evitar que renazca a la mañana siguiente con más fuerza si cabe, inundándolo todo, desde la alcoba a la cocina, del portal a las cuadras. En vano intenta combatirla tratando de mantener vivo el fuego, partiendo leña o esperando la vuelta de Ventura; poco a poco la mirada o la memoria van más allá del estanque, donde medran los sauces y los haces de mimbre comienzan a coronar el agua. Luego, cuando el sol rasga los últimos celajes del invierno, la ventana del amo aparece poblada de sábanas y mantas que anuncian las labores de Marian en las Caldas.

Con la nueva amnistía, el día se le va pensando en Ventura, en marchar a la capital, pero Marian se opone.

—De aquí no nos movemos mientras tenga trabajo. No vamos a dejarlo por un capricho tuyo.

—Sólo era por saber qué es de Ventura.

—Un día de éstos volverá, no te preocupes.

Pero Ventura no da señales de vida y le es preciso preparar el nuevo viaje con tal de no sufrir la espera en la cocina o las burlas del dueño del bar.

—Voy a ver a mi padre. Después de tanto tiempo sin saber de mí, pensarán que me he muerto.

Esta vez Marian acepta con tal que vuelva pronto.

—Sólo se trata de que sepan que vivo todavía. Además, estoy harto de andar todo el día mano sobre mano.

—Pues, si con ese viaje consigues algo, mejor estás allí, pero vente cuanto antes.

Y, sin embargo, con el buen tiempo ya aparecen los primeros tratantes con el periódico asomando a su costado.

—¿Qué dice? —les suele preguntar Martín.

—Lo de siempre: amenaza de huelgas y atentados.

Cuando el otro se aleja, Marian continúa con sus letanías.

—A lo mejor tu padre nos echa una mano.

—Mi padre no pinta nada ya.

—Tus hermanos quizás.

—Ésos menos que nadie. Mejor tu jefe. —Se calla y la mira. Luego continúa—: Que, por cierto, ¿cuándo te va a pagar?, ¿cuando venda las Caldas?

—En cuanto lleguen los clientes.

—Eso se dice siempre —replica Martín con voz agria—. ¿Y no será para explotarte mejor? ¿Por qué crees que la gente se le marcha?

—Yo no; por lo menos, hasta otoño.

—Para otoño no estaré aquí yo.

Y tras de la amenaza surgen nuevas dudas sobre si marchar solo o no, dejando a Marian entre aquellas malditas paredes que tanto interés parecen despertar en ella ahora. Como recién nacido a un mundo diferente, aquel viaje a casa del padre se le antoja un ensayo, la prueba de un tiempo que vendrá quizás, más allá de los caballos y del río, quién sabe si a orillas del hermano y su cuchillo, que ahora no usa ya. Quizás venga a ser como volver a los años de niño, siempre callado al margen de la casa del padre, rendido en la cama por un continuo malestar. Ahora, en cambio, estas otras primeras jornadas de sol, las noches sobre todo, arrastran hasta la oscuridad presente los relatos de Ventura y el médico, las luchas por un mejor pasar de los vecinos del Arrabal en contra de los señores de la infanta, barridos unos y otros de la faz de la tierra por los siglos que jamás perdonan. Aquel mes trágico de octubre, con su revuelo de humo y sangre, tal vez hubiera resultado inútil.

La misma Marian, ¿qué pensaría de todo ello sirviendo a su actual señor, cepillando su ropa, sacando brillo a sus zapatos? Ella nada decía, mas las mujeres siempre llegan a convertir en realidad los propios sueños: todo aquello que, bueno o malo, temen o imaginan, en busca de un seguro bienestar.

¿Cómo será Marian en su nuevo domicilio? ¿Qué sueños nacerán en ella al compás de sus horas afanosas?, se pregunta Martín, sin atreverse a imaginar una respuesta en su lecho vacío desde la madrugada. Pues aquel nuevo empleo, tanto bullir a orillas del amo, da nuevos vuelos a sus recelos cada noche.

—¿Cuándo abrís por fin?

—Están dando un repaso a las bañeras.

—¿Y cómo tardan tanto?

Marian calla como de costumbre, quién sabe si ausente o recordando al amo haciendo números, o pensando en la capital donde quizás piensa acabar sus días.

Cierto día lo ha dicho, y Martín sólo cayó en la cuenta entonces de su nuevo vestido y sus zapatos de medio tacón, comprados a alguno de los que vuelven a subir al Arrabal en los días de fiesta.

Seguramente su nuevo cargo se lo pide, como las medias nuevas o los pendientes de la madre marcando su compás con su vena de cristal multicolor cada vez que mueve la cabeza. Tal vez se trata de un uniforme acorde con su nuevo rango, capaz de suplantar en ella la pasión por un riesgo calculado por la simple ambición de gobernar las Caldas.

El amo, en cambio, no se inquieta, como siempre pendiente de la prensa.

—Este año ni se mueve —comentan en el bar—. No ha vuelto por la capital. Seguramente lo apartó la hermana; por algo se entiende con la otra.

—¿Con quién?

—¿Con quién va a ser? —ríe el dueño—, con la madre de Marian.

—Eso no me lo creo.

—Pues aquí, quitando los de la aceña, nadie pone las manos en el fuego por ellas.

—No lo dirás por mí.

—Lo digo por todos mientras haya mujeres revoltosas y maridos dispuestos a pasar por carros y carretas.

—¿Y por qué son distintos esos protestantes?

—Vete a saber. Porque son pocos.

—No sé qué tendrá que ver.

—Que tienen menos ocasiones.

—De todos modos, gran cosa nacer hombre —suspira el dueño, satisfecho.

—Mejor capellán. Ése tiene la cosecha en casa. Así va tan satisfecho siempre. Seguro que tiene alguna buena hembra en casa, allá en la capital. Todo el día metido entre faldas, tonto sería de no quedarse la mejor.

Las palabras salpicadas de burla cruzan en la penumbra como pesados moscardones. Martín escucha frases ambiguas, vagos reproches que aluden a mujeres capaces de engañar a maridos conformes. Marian, aun sin citar su nombre, suele hallarse presente en prolongadas partidas de brisca donde Martín se ve a sí mismo como un jinete que defiende su destino frente a un rey caduco más fuerte todavía y una hermana disfrazada de sota.

En tanto los naipes se abaten sobre la mesa, el dueño le pregunta:

—¿Qué? ¿No te animas a entrar?

—No, gracias; tengo pendiente otra —responde camino de la puerta.

—Tú te la pierdes.

Mas Martín piensa que la que ya perdió puede ganarse todavía. Así encamina sus pasos hacia aquellos muros que el sol comienza a castigar. El tejado del portal ya empieza a caldearse a medida que avanza paso a paso sobre el suelo cubierto de lavanas. ¿Y si los encontrara allá abrazados, quizás en la misma alcoba de la hermana? Los pasillos de cristales rotos, la

243

galería, parecen dispuestos a repetir la historia que cada día sucedió y que ahora torna a sonar en charlas a media voz de las criadas, en encuentros fugaces de cuerpos fundidos como el verdín o la humedad.

—Estate quieto; va a venir la señora.

—Bueno, ¿y qué?

—Que no le gusta vernos así.

—En el estanque, entonces. Después de cenar.

—Tampoco. Tengo que madrugar. Mejor te buscas otra con más tiempo libre.

Unos pasos rompían la discusión haciendo huir a la muchacha a su piso y al de la caldera a su negro infierno. Las alcobas ahora aparecen dispuestas a recibir reos de fiebres, esclavos del reuma, no sueños como los de la señora, poblados de sofocos y sutiles calenturas.

A pesar de haberlo visto todo fuera de temporada, nunca lo ha conocido así, esperando una orden que ponga en marcha el pequeño universo de bañeras, gente de alcoba y comedor, jardineros y chófer. Contemplándolo inmóvil y desierto, sin funcionar aún, Martín se pregunta una vez más qué hace Marian allí, qué obligaciones la mantienen mañana y tarde en aquellas vacías habitaciones. Según sube al piso superior va olvidándose del viaje que desea emprender a la villa del padre.

Es posible que todavía resista el peso de los años, pero, ya en el pasillo, al que abre sus puertas la habitación de la señora, se respira un aroma a cantueso y romero que borra su recuerdo y hace presente al ama. Todo en su alcoba se diría abandono: la cama desarmada, apoyada en el muro, la coqueta cubierta de polvo y el armario vacío. Tan sólo resta viva como antaño la imagen de Jesús clavada al muro, talismán desde su cruz oscura de castaño. Se diría que una mano poco amiga hubiera intentado acabar con su vida anterior, que de improviso allí torna sumiéndole en un profundo malestar, recordándole blandos abrazos nacidos en la oscuridad, caricias apretadas, su eterno sollozar sobre el tibio juguete de su cuerpo.

Sale al pasillo de nuevo con su recuerdo a rastras y sigue adelante en busca de Marian, preguntándose qué esperaba encontrar en realidad. Tal vez algún retazo de su tiempo perdido cuyo valor sólo entendía allí o una razón para aquel odio que sentía hacia su nuevo señor. De uno o de otro modo, estuvieran en lo cierto o no los del bar, era preciso seguir adelante de la misma manera que un día recorrió aquel camino por vez primera descalzo y de noche rumbo a la alcoba donde esperaba atenta la señora.

—Ven, échate conmigo —había ordenado.

Y él, sin pensarlo, había obedecido tendiéndose bajo sus manos, que golpe a golpe le iban desnudando.

—¿No ves? Así es mejor. Todavía te queda mucho que aprender —murmuró, mientras su boca le recorría despacio en busca de la fuente que, una vez encontrada, debió saciarla por entero.

—Muy cargado venías.

Y, en tanto Martín callaba, la sintió deslizarse hasta el lavabo disimulado por una mampara de viejo terciopelo.

Cuando tornó, peinada, altiva y relajada en la penumbra de la alcoba, cada cual volvió a ocupar su sitio.

—Otro día te llamo con más tiempo —le despedía desde el lecho—, y si te portas bien lo tendré en cuenta.

Atrás quedan aquellas alcobas vacías ahora, el salón que da al río, donde se hallan los nuevos aposentos del amo. ¿Cuál será su despacho? ¿Dónde su alcoba, en la que Marian a diario le sirve su desayuno? Al fin se decide y, empujando la hoja de la puerta recién pintada, lanza hacia el interior una ojeada. Cerca de la ventana, un sillón y una mesa de caoba parecen esperar al dueño junto a un montón de ordenados periódicos que revela la mano de Marian. Todo aparece en orden, barrido, limpio de polvo bajo la luz del amplio ventanal. Martín se está preguntando por dónde se llegará al cuarto que busca, cuando una airada voz detiene su mano sobre las cortinas:

—¿Se puede saber qué coño haces tú aquí?

Martín se ha vuelto sin responder, adivinando la presencia del señor de las Caldas.

—Vamos a ver —grita de nuevo—. ¿Qué andas buscando?

—Nada.

—¿Y para nada te metes de rondón en casa? Estoy harto de ladrones. Da gracias a que bastantes pleitos tengo ya como para meterme en otro. Si no, ahora mismo te plantaba una denuncia. ¿Habráse visto caradura? Por lo menos, podías disculparte.

—No sé de qué. Yo no me llevo nada.

Le ha empujado escaleras abajo haciéndole ganar la puerta a trompicones.

—La próxima vez te enteras, ¿o es que crees que no me acuerdo de lo que hicisteis al santero?

—Yo al santero no le puse las manos encima.

—Pero estarías mirando, como todos.

—Le digo que no.

—Como todos. Esos amigos vuestros tampoco escaparán. En febrero nos veremos las caras. Si hasta entonces se os ocurre a ese Ventura o a ti venir a buscarme, ya sabéis dónde estoy. No soy ningún cobarde.

El golpe de la puerta cerrándose pone rúbrica con un sonoro cerrojazo que alza un vuelo de mirlos en el bosque vecino. Martín, de vuelta camino de casa, entre iracundo y ofendido, trata de olvidar las palabras del amo cuando una sombra le sale al paso. Es Marian, que le debe esperar hace rato.

—¿Dónde estabas?

—En el bar. —Y, viéndola desconfiar, añade—: Luego fui por las Caldas.

—¿Por las Caldas? ¿A qué?

—A buscarte.

Una nube pareció cruzar entre los dos abriendo paso a senderos de duda.

—Estuve hablando con el amo.

—¿Y qué cuenta de nuevo?

—Poca cosa.

—¿Le pediste trabajo?

—Hablamos de lo que anuncian los periódicos.

Marian parece más tranquila. Rompe a andar seguida de Martín en tanto se encienden los primeros reflejos del ocaso. De pronto se detiene pensativa.

—Y, de mí, ¿no hablasteis nada?

—Nada, ¿de qué?

—De si me paga o no me paga. ¿No te preocupa tanto?

Hay ahora en su mirada un desafío que Martín acepta en tanto enciende su cigarro.

—Lo que más me preocupa —respondió al fin— es lo que te pida a cambio.

—Hasta ahora se conforma con mirar.

—¿Y qué más?

—También se empeña en que le ayude.

—Y tú, ¿qué le contestas?

Marian no responde. Paso a paso, pausa tras pausa, han llegado a la entrada del establo donde estuvo encerrada la hermanastra. Una estrella se enciende en destellos amarillos, el Cierzo, siempre alerta, arrastra recuerdos de galopes en el monte, olor a urces y recuerdos de amor bajo los montes de abedules.

XXXIII

A MEDIDA que el tiempo transcurría, una nueva impaciencia parecía desperta en el señor de las Caldas. Las horas se le iban en revolver cajones, examinar carpetas, comprobar listas de próximas denuncias.

—¿Por qué no quema todo eso de una vez? —preguntaba Marian cuando le sorprendía a vueltas con los recibos cubriéndole la mesa—. Una día le acabarán envenenando el alma.

—Otros se encargan de envenenarme el cuerpo.

—Lo que no entiendo es por qué se volvió de la capital.

—¿Por qué? —se le quedó mirando con aire ausente—, porque allí no soy nadie. Allí, quien más quien menos, tiene su capital. Aquí, en cambio, el gallo soy yo; me basta con sacar estas Caldas adelante.

«Con eso y algo más», se decía Marian. Aquello no rentaba tanto como aseguraba. Martín lo repetía a menudo, cada vez que trataba de hacerle trabajar en ellas.

—Si me apuras, se llevan lo comido por lo servido. El negocio consiste en vivir de los demás, del prójimo, quitándoles hasta el postre, si puede. El resto se lo llevan los pleitos que pierde.

Así debía de ser a juzgar por los que se apilaban ante Marian cada vez que intentaba poner en orden sus papeles.

—¿Qué hago con esto? —preguntaba mostrándole un impreso relleno de su puño y letra.

—Guárdalo; no lo quemes.

—A este paso no acabamos nunca.

—Tú calla y obedece.

Y las cosas cambiaban de lugar sin desaparecer, llenando cada vez más la librería. Mal podía ganarse dinero así —tal como Martín aseguraba—, dentro de aquel desorden. Cuando no conseguía nuevos deudores que apretar, dirigía sus tiros a otra parte. Ya no quería que cortaran leña en el monte, se limitaba a preguntar a los del bar:

—Tú tienes una chica, ¿no? ¿Por qué no me la mandas? En las Caldas aprenderá mejor que en la capital.

Sin embargo, viéndole cada mañana pendiente del periódico, Marian se decía que alguna causa más le atormentaba, aparte de sacar partido a su dinero. De no haber sido así, nunca se hubiera atrevido a comentar, oyéndole tratar de sus futuros enemigos:

—Al paso que lleva, acabará teniendo a todo el Arrabal en contra. No sé qué arte se da, pero una cosa es cierta: cuando menos lo piense, le ajustarán las cuentas.

—No sé qué cuentas van a ajustarme a mí.

—Todas esas de caballos y deudas. Hasta lo de las yeguas le sacarán a relucir.

El amo había pasado su mano sobre la mesa cubierta de números y notas.

—Para entonces —murmuró— no me pillan aquí.

—Mejor se ahorraba el viaje quemando esas denuncias. Después de todo, ¿cuánto valen? Entre todas, ni el sueldo del juez.

—No es cosa de dinero; es cuestión de dejar bien sentado de una vez quién manda, si ellos o yo.

Por allí debía andar la razón de sus enojos y sus odios: quería seguir siendo el gallo cuando las plumas empezaban a faltarle en aquel gallinero donde cada cual campaba a su antojo sin esperar su maná interesado. Aquel nuevo rencor se veía con sólo asomarse a la pupila herida de sus ojos, escuchándole hablar a solas, rechazando cualquier trato en el bar cuando alguien le invitaba a un vaso. Era un odio más allá de aquel dinero mal administrado, crecido poco a poco desde que le faltaron manos dispuestas a trabajar sus tierras o servicio en las Caldas con que sacar partido de ellas.

Los tiempos habían cambiado, pero no parecía dispuesto a aceptarlo; por el contrario, se aferraba a la prensa, incluso al chófer, siempre a la caza de noticias en sus constantes viajes.

—Parece que los nuestros se llevarán la votación de calle.

—¿No lo decía yo? La gente no es tan tonta. ¿Quién quiere otra revolución ahora?

Incluso se mantuvo en contra cuando se decidió la vieja cuestión de los caballos. Nunca supo Marian si por vencer a los demás o por sacar mayores beneficios. De poco sirvió que el Arrabal se uniera y retirara sus yeguas: trajo sus propios garañones a fin de demostrar quién llevaba las riendas en el monte.

La primavera, mientras tanto, corría convertida en jirones de nubes transparentes a punto de estallar sobre la mancha perenne de los robles. Un latido solemne, cada vez más atento, parecía mantener en perpetua vigilia al Arrabal, tal vez una secreta esperanza de que aquel verano vecino fuera a cambiar el mundo de las Caldas. Por entonces el amo recibió el postrer desaire con ocasión de la festividad que anualmente reunía en torno de una mesa a vecinos y pastores. Se le invitó con tiempo suficiente, pero el aviso nunca llegó.

—Le echamos en falta —explicó el dueño de la venta donde tuvo lugar el banquete—, incluso le esperamos un buen rato.

—Por casa nadie apareció —había respondido entre altivo y curioso.

—Pues que conste que se le invitó. Yo vi escribir la carta.

—Y yo digo que esa carta no llegó.

—Se perdería entonces.

—Sólo se pierden las que no se mandan.

Una sombra había oscurecido su rostro en tanto murmuraba para sí: «¡Que me deban tanto y a la hora de la verdad me olviden, es algo como para mandar a todos al infierno!»

—Pues eso es porque quiere —respondía Marian, tras de oírselo repetir tantas veces—. ¿A qué viene meterse en la vida de los demás? Allá cada cual con sus asuntos. Si le piden un semental o dinero prestado y luego no le pagan, para eso están los tribunales. Pero usted quiere estar, como Dios, en todas partes; se empeña en defender hasta los pastos que arrienda a otros, y así le va, sin un día de paz, hecho un demonio mirando si le roban un caballo o le quitan el agua. Las Caldas no le bastan. No piensa en otra cosa que en andar denun-

ciando a los demás. ¿Por qué no se olvida de esa dicho-
sa hacienda? Así descansaría al menos una temporada.

—Puede que tengas razón —había admitido por primera vez.

Quizás verle así, tan entregado y solo, olvidado de
todos en su orgullo, fuera lo que aquella tarde hiciera a
Marian sentirse más vecina a él. Ahora los dos, por un
instante, parecían presos de un mismo afán, unidos por
la misma suerte que, más allá de su vida limitada, parecía alejarlos de un mundo diferente, ajeno al tiempo
de las Caldas y del Arrabal. También Martín debía pensar en ello. Se notaba en sus silencios frecuentes mientras los dos cenaban o en su desinterés cuando a la noche se acostaban. Su cuerpo ya no era un mutuo desafío,
sino carne sumisa y lejana. Los dos sabían que todo nacía y venía de allí, de aquel revuelto despacho adornado
con falsos cuadros entre rimeros de periódicos que cada
día crecían dispuestos a devorarlo todo, desde los estantes al rojo sillón.

Y fue precisamente una de aquellas noches cuando
desde el bar llegó la noticia que casi todos esperaban y
el hermano del ama temía. Vino por los aires envuelta
en un rumor de cánticos, vivas al pueblo y estruendo de
botellas. El amo al punto temió haber perdido la partida y, cerrando tras de sí la ventana, murmuró:

—Veremos cómo acaba la cosa.

Pero la cosa no fue más allá de un toque de campana repetido como un latir apresurado. Incluso los
caballos en el monte olvidaron sus nocturnos galopes
para permanecer atentos escuchando. Era como la voz
del mar, pero más agria, rota, precursora del alba que
parecía detenerse. Cuando al fin comenzó a vacilar, volvió el rumor de vasos en el bar, los golpes sonoros de
los bancos y los vivas y cánticos, hasta que el sueño
acabó rindiendo a todos.

Aquella noche no durmió en su lecho el dueño de las
Caldas; se contentó con arrimar el sillón a la ventana
y, luchando por cerrar los ojos, le sorprendió la madrugada. Ya entrada la mañana, el chófer vino a confirmar
lo que el toque 'había anticipado: los votos habían decidido en contra. No era difícil adivinar ahora cuál sería
su destino en adelante.

Así lo halló Marian, vestido todavía.

—¿Qué le pasa? ¿Está enfermo? —preguntó.

—Nada; no pasa nada.

—¿Por qué no se acuesta de veras y descansa? Se ve que no pegó ojo en toda la noche.

—No tengo sueño. Déjame.

Volvió a cerrar los ojos. Dentro de su cabeza debían de bullir dudas, conflictos y pasados proyectos sacados a la luz de nuevo por aquella noticia. Marian, por su parte, echó un vistazo a los periódicos, que anunciaban la fuga sucesiva de mando y gobernadores. Incluso algún párroco que otro huyó también, y Marian temió que su amo decidiera imitarle.

—Si es eso lo que le preocupa —procuró calmarle—. puede dormir tranquilo. Nadie se atreverá a quitarle nada.

—¿Cómo lo sabes tú?

—Digo lo que estoy viendo —le tendió el periódico— Eso prometen los que al fin llevaron el gato al agua... —Y añadió, tras dudar un instante—: Que todo va a seguir igual con tal que la tierra la trabajen. Usted trabaja esta casa, ¿no?, pues nadie va a tocarla mientras viva. Lo demás es hablar por hablar; la gente lo que quiere es vivir en paz. Al menos eso dice Martín.

Oyendo el nombre, le vio abrir los ojos y hacerla señas de que se acercara. Y, una vez próxima, murmuró a su oído:

—Si un día yo falto, ¿tú serías capaz de sacar todo esto adelante?

—¿El qué? ¿Las Caldas? ¡Qué cosas se le ocurren! —Marian quedó pensativa; luego añadió—: Para eso está su hermana.

—Mi hermana es capaz de venderlas con tal de no volver. Lo sabes de sobra.

—Véndalas usted entonces, o arriéndelas si puede.

—Tendría que buscar alguien de confianza, una persona que estuviera dispuesta a trabajar de veras. Por eso pensé en ti.

—¿En mí? —suspiró Marian—. Calcule lo que dirían.

—Lo mismo que ahora.

—Eso es verdad —reconoció Marian—. Y lo que no saben se lo inventan.

—¿Qué dicen de nosotros?

—Lo de siempre.

—Además, estamos en la edad justa. No te doblo los años todavía.

—Pues más a su favor.

Marian no contó al amo que también ella andaba con sus dudas a vueltas, a ratos dispuesta a dejarlo todo, hasta a Martín, a iniciar otra vida lejos de las Caldas, incluso más allá de la villa o de la capital. Calló, aunque no era difícil explicar los motivos de aquella decisión, sacada a la luz ahora por aquella súbita proposición.

Si Martín no era ya el mismo de antes, allá en la capital también la rechazaban ahora la furtiva sombra de la madre, doña Elvira y su teléfono dorado, o el recuerdo fugaz de la hermanastra en su caja, navegando entre blancas tocas, parras y moscas. Todo ello la mantenía de momento allí mucho más que la presencia de Martín, solamente elocuente en el bar a la tarde, esperando la llegada del coche.

—Quemaron dos conventos en Madrid —anticipaba el chófer.

—Y, de los presos, ¿qué? —insistían los del bar, dejando por un momento descansar los naipes.

—Hay casi treinta mil.

—Pero ¿salen o no?

—Van a poner a todos en la calle.

Y aquel mismo coche devolvió cierta tarde a un Ventura delgado, casi transparente.

—Aquí te pones bueno en un par de meses —le habían saludado los del bar al recibirle, mientras Marian temía que una vez recobrada la salud acabara alzando otra vez en Martín pasados entusiasmos que ella creía olvidados para siempre.

Pero tales temores resultaron vanos. Apenas quiso hablar de la cárcel.

—Alguien me denunció —fue todo lo que consiguieron arrancarle—; a lo mejor los mismos de la Asociación.

—Será por contarles la verdad.

—Puede ser; de todos modos, no tardaremos tanto en saber quién lleva la razón.

—¿Cuándo? —preguntó Martín impaciente.

—Ni ellos mismos lo saben. Y, lo que es peor: puede que ni les dé tiempo de enterarse.

—¿Tan mal andan las cosas?

—El tiempo lo dirá, compañero.

Sin embargo, el periódico del amo no era de la misma opinión. Una nueva revolución se preparaba para pronto.

—Son ganas de meter miedo a la gente —comentaba—, pero tampoco hay que fiarse. Un día te despiertas y no tienes dónde caerte muerto después de trabajar como un negro media vida. —Hacía una pausa, como siempre, y después preguntaba—: ¿Y tú?, ¿te decidiste?

—Lo estoy pensando todavía.

De pronto se tornaba serio.

—No llegará la sangre al río, pero, si eso sucede, pongo esto a tu nombre.

—¡Qué cosas tiene! Un día voy a tomarle la palabra.

Nunca Marian sabía si lo tenía decidido o hablaba por hablar, por sentirla más cerca cada día.

—Tampoco sería mala solución. Cuando esto pase me las devuelves, y en paz.

—Está bien —respondía de buen humor Marian—, pero todo eso me lo pone por escrito.

El amo, en vez de responder, le había mostrado la portada del periódico con una hoz y un martillo sobre conventos repletos de canónigos.

—El santero sí que supo ver a tiempo esto —suspiraba.

Mas aquella revolución tan temida y esperada sólo llegaba sobre el papel que hablaba de presos libres y tierras yermas que en el Sur ocupaban cuadrillas de improvisados labradores.

Allí, en cambio, cada cual trabaja la suya. Todo tenía su dueño al pie, incluso los caballos que tales cóleras alzaban, hasta las mismas Caldas —se decía el amo, cada vez más tranquilo tras los primeros sobresaltos.

—La cosa va para largo —solía repetir.

—Tan para largo —contestaba Marian—, que estamos en el mes de abril. Aún falta por contratar el servicio completo.

—No te preocupes. El médico vendrá puntual como todos los años; quien dice que no vuelve es el capellán.

La prensa hablaba ahora de curas perseguidos, de iglesias incendiadas, de monjas refugiadas en casas de familias piadosas.

—Por una de ésas —insistía el amo— andará el santero ahora.

Hasta el mismo Ventura iba a menudo a la capital, con Martín, para volver cargados de pasquines. A la vuelta parecía más seguro.

—Al menos ahora somos libres —comentaba éste tratando de justificar aquellos viajes.

—¿Y qué es ser libre? ¿Poder morirte donde quieras mientras la vida sigue como siempre? Mientras la tierra esté en las mismas manos, nadie puede decir que adelantamos algo.

Más tarde se perdía en discursos interminables sobre la propiedad y el modo de ponerla al alcance de todos. Citaba de memoria cifras, nombres ya muertos en su mayoría, que a Martín nada decían. Marian escuchaba ensimismada aquel monótono torrente esperando de un momento a otro que apuntara a las Caldas; pero, si alguna noche tal cosa pasó por su cabeza, Ventura supo evitarlo cuidadosamente. Así, cada vez que el amo preguntaba, ella, invariablemente, repetía:

—De usted no dicen nada. Esté tranquilo.

—¿Y de ti?

—De mí tampoco.

—Lo tendrán dicho todo a tus espaldas.

—Puede ser. De todos modos, cada vez paran menos los dos en casa.

Era cierto: la mayor parte de su tiempo transcurría ahora en el bar en constantes reuniones, discutiendo el cariz que tomaban las cosas. Luego los dos volvían a la noche roncos de tanto hablar, beber, fumar, de intercambiar razones que nadie admitía. El menos convencido era el dueño, que siempre concluía de igual modo:

—Lo que sobra en el Arrabal es una buena partida

de cabrones. Habría que encerrarlos a todos, empezando por el de las Caldas, repartir las tierras y de paso volar la capilla.

—Y a ti ¿qué te molesta, si no pones los pies en ella?

—Sólo verla me saca de quicio, lo mismo que esos protestantes. Todo el mundo revuelto y ellos tan tranquilos sin hablar con nadie.

—¿Y qué hay de malo en eso?

—Que o se está con unos o con otros. Aquí hay que dar la cara, compañero. Es muy bonito estarse ahí, metido en tu molino esperando a que los demás te saquen las castañas del fuego.

—Como ese fuego prenda, ya los verás salir; el padre el primero. Si ganamos, nos salvamos todos; si perdemos, aquí no queda un alma.

—Siempre vivieron lo mismo —insistía el dueño del bar—. Si en vez de andar como escondidos se pasaran por aquí como todos, sabrían que ese Señor que nunca se les cae de la boca, no les va a salvar si se tuercen las cosas.

—¿Por qué no vas y se lo dices tú?

—¿Yo? Allá cada cual —reía el del bar y, viendo a los demás camino de la puerta, añadía—: Bastante tengo con abrir cada día, como para echar una mano a los demás.

Fuera el viento apagaba el rumor de los pasos, la voz del río, de sus oscuros remolinos; los pájaros callaban y sólo algún ladrido lejano daba fe de una vida en vela constante, pendiente de la radio y sus noticias.

XXXIV

UNA DE AQUELLAS noches, sin saber bien por qué, tal vez por probar a Marian si era cierto lo que temía o imaginaba, quizás por celebrar aquella nueva libertad de la que los periódicos hablaban, Martín tomó su decisión:

—Oye, Marian, escúchame una cosa.

—¿Qué quieres?

—¿Por qué no nos casamos?

A veces se lo había propuesto, ya en tono de broma, ya en serio como ahora. Así supo que aquellos días no habían cambiado las cosas entre los dos, cuando le preguntó:

—¿Por qué ahora precisamente?

—No sé; podía aprovechar el viaje y arreglar los papeles.

Marian se le quedó mirando. Por un instante su semblante le recordó el de aquel otro Martín de los caballos, jinete entre zarzas y abedules.

—Habría que decírselo a mi madre.

—Escríbele una carta. Total, no va a venir.

—Y tú, ¿cuándo te vas por fin?

—Cuando a ti te parezca.

Marian quedó un momento pensativa, luego respondió:

—¿Por qué no lo dejamos para más adelante?

—De todos modos, iré a ver a mi padre.

Esta vez Marian calló su respuesta, que Martín adivinaba en el silencio pesado de la tarde. En el bar nadie entendió tampoco aquel capricho repentino de visitar a la familia.

—¿Qué mosca te picó? Después de tanto tiempo sin aparecer, creerán que te largaste al otro mundo.

—Por eso, para que sepan que estoy vivo todavía.

—Y a ellos ¿qué más les da? Cuando se está casado, aún.

Martín, en tanto, callaba y asentía mirando en la penumbra el fondo de su vaso.

Muy temprano cierta mañana, tomó el sendero que cruzaba ante la ermita del santero, poblado de doradas siemprevivas. Lejos pastaban los caballos y un halcón se mecía en lo alto buscando a ras de tierra alguna presa. Según iba dejando a un lado matas de piornos y abedules, mirando aquellas ruinas sobre el Arrabal, la imagen de Marian iba y volvía a su memoria en aquellos caminos que recorrieron juntos tantas veces. Aquellos senderos mudados en torrentes por donde el agua corría ahora, también se habían abierto al silencio de los dos tendidos sobre el césped. A pesar de la guerra de octubre, de las Caldas, de la villa y Ventura, era difícil olvidar un tiempo que nunca más volvería a repetirse en los días que el compañero adivinaba cada vez más cercanos. Tan sólo era preciso —aseguraba— escuchar a mineros y tratantes para reconocerlos enfrentados, los unos con gesto grave, los otros con el puño en alto, como un deseo de revancha a punto de estallar a la menor ocasión. Quizás sin saberlo se viera retratado a sí mismo en tales avatares, torpe reflejo de otro Martín humillado cada noche por la sombra del amo, pero de todos modos capaz aún de buscar una tregua más allá de aquel monte que ahora traía a su memoria el recuerdo constante de Marian.

Los grajos batían en lo alto sus pesados tambores, alguna res perdida se lamentaba con mugidos solemnes, ladraban perros en el horizonte y a veces aparecían ruinas cubiertas de verdes jaramagos. En un valle escondido, alguien partía leña alzando en torno un eco repetido que, una vez borrado junto a su caserío, recordaba la villa hacia la que Martín encaminaba sus pasos.

El camino era ya todo coser y cantar, comparado sobre todo con el de la capital. Se preguntó por qué tenía que ser cabeza de provincia aquella ciudad tan vieja y perezosa a pesar de sus hoteles y comercios.

Quizás la villa la suplantara un día, si el porvenir

pintaba tal como preveía, con sus fachadas teñidas de carbón, con su fauna y su fama referida siempre a una revuelta singular, llevada adelante, según algunos, para poca cosa. Viendo cada vez más vecinas las vetas de carbón, las torres y las vías, recordaba la primera vez que el padre le llevó a ver un pozo bajando en la sombría jaula de un viejo ascensor desde el túnel, primero repleto de vagones, hasta el último tramo en el que las paredes se mantenían apartadas unas de otras gracias a unos cuantos troncos apoyados a ambos lados del angosto paso. Allí un puñado de sombras abría las entrañas del monte a golpes de brazo mientras a ratos se escuchaban en remotas galerías continuas avalanchas que hacían detener los picos. Luego, cuando el rumor cesaba, vuelta a picar de nuevo entre una espesa niebla de polvo y humedad que poco a poco volvía el rostro pegajoso al tiempo que manchaba de sudor la espalda. Era preciso abrirse paso con pies y manos, perseguir la veta por las entrañas de la tierra, detenerse, volver a coger fuerzas y ajustar la lámpara para avivar su llama diminuta, antes de descubrir arriba, en los primeros tramos, unos cuantos muchachos atendiendo mulas, limpiando vías, callados a su vez, igual que los mayores. En el último tajo, tan sólo los hombres resistían. El padre había preguntado a uno de los más altos si era de por allí, y el otro, tras secarse la humedad del rostro, había respondido sonriente:

—¡Ay, compañero, de un poco más abajo! ¡A que no lo adivinas!

—Andaluz.

—Más lejos todavía. Soy canario, y aquí me tienes, que ni como ni canto. Subí hasta aquí en busca de trabajo, me casé hace dos años y aquí sigo sin poder salir.

De allí habían salido, en cambio, los padres de Raquel; al menos eso contaba Marian. Habían llegado como tantos cuando el ferrocarril y allí se habían convertido en protestantes por culpa de un ingeniero inglés que vino a encargarse de las obras. Su mujer había abierto una misión en una aldea vecina que pronto, a fuerza de libros y socorros, quedó toda por ella, saliendo a recibirla cada vez que su automóvil se anunciaba abriéndose paso sobre el camino de cascajo. La misión crecía día tras día; llegó a pedir una sala a los vecinos, que hicieron acto de presencia con el alcalde a la cabeza. Fue preciso pedir más biblias a Madrid, himnos impresos y folletos en los que aprender a dar testimonio de aquella nueva fe que conmovía a las gentes desde los prados a las minas.

Aquella novedad llegó incluso a un convento cercano dedicado a la enseñanza de los niños. Una de las monjas quiso leer también alguno de aquellos famosos libros y se lo hizo traer escondido en la cesta de la compra. Noche tras noche, recogida en su celda, lo fue leyendo, comprobando que aquella biblia y la de la superiora poco tenían que ver.

Pronto corrió la voz entre sus compañeras de que también predicaba a su manera. Se negaba a confesar con ningún sacerdote; pretendía hacerlo a solas con Dios, que no en vano había muerto por todos. No hacía ningún caso de imágenes o crucifijos, hasta que un día desapareció y sólo al cabo de algún tiempo supieron sus antiguas compañeras que se había casado con uno de la mina. El ingeniero inglés les ayudó a salir adelante y, poco a poco, fue convirtiendo al marido, que nunca más volvió a bajar al tajo.

Cada vez que Marian contaba aquella historia, Martín ponía en duda la fe del dueño de la aceña. Era difícil saber si la ayuda oportuna del ingeniero inglés no andaría en el fondo de aquel matrimonio. Verdad o no, prefería a su hermano trabajando en el matadero de la villa, apuntillando caballos. Cualquier oficio antes que andar bajo tierra desde el amanecer hasta la tarde, con un descanso leve para comer y otro para tomar la ración de escabeche bañada por un aluvión de vino. Allí un día se parecía a otro, sin una sola fiesta, sin descansar siquiera los domingos. Mejor sufrir un solo capataz que aguantar a tantos como la empresa colocaba siempre desconfiada, sólo atenta a defender sus intereses.

Ventura aseguraba que en todo el mundo no era así, y él debía saberlo, aunque quizás lo había aprendido como todo en los libros; mas, cada vez que Martín en alguno de sus viajes veía aparecer la villa encerrada en su valle, no podía por menos de pensar en aquella otra que bajo sus cimientos hacía mover las ruedas de sus altas torres. No era extraño que allí hubieran nacido aquellas jornadas en las que tantas ilusiones acabaron frustrándose entre trenes suicidas, retumbar de cañones y tropa traída del interior al galope o en pesados camiones. Luchar a plena luz del día era mejor que lidiar con la muerte en largas noches repletas de fango, luces a punto de extinguirse y un barrenar constante zumbando en los oídos como un mar agitado. La villa, sin embargo, apareció esta vez distinta, con sus muros cubiertos de pasquines y el pequeño teatro anunciando en sus puertas mítines cargados de consignas y nombres. Tan sólo las palomas seguían como tiempo atrás, cruzando el cielo en torno del quiosco de la música, donde aún flotaban en el aire banderas y pancartas de la última campaña electoral.

A través de calles vacías, ahora enfiló la que de chico llevaba a casa. Por primera vez encontró la puerta cerrada. Fue inútil insistir, golpeando.

—¿Por quién preguntas? —quiso saber una mujer abriendo al fin; y, cuando dijo el nombre, respondió—: Ya no viven aquí. El viejo murió hace un año escaso y se mudaron.

Vino un triste peregrinar en busca de la nueva casa y, una vez en ella, un montón de leves abrazos, como si nadie diera demasiada importancia a su llegada.

—No sabíamos que habías vuelto —confesó el hermano—. ¿Cómo marchan las cosas por las Caldas? Alguien dijo que marchaste a Madrid, pero no lo creíamos; se nos hacía raro que no mandaras siquiera una postal.

La verdad es que nadie le había echado de menos demasiado. Vivo o muerto, sus vidas proseguían; la hermana, recién casada, esperaba un hijo, y el hermano cada vez aparecía menos por el matadero.

Los domingos libraba. Marchaba a merendar con unos cuantos amigos, de aspecto bien diferente al suyo, a las colinas cercanas a la villa, a estirar las piernas y olvidar su cuchillo en partidas regadas generosamente. Lo que más extrañaba a Martín, aparte de su modo de vestir tan diferente, era que aquellos amigos nunca le dejaban pagar.

—La próxima es por tu cuenta.

Mas la ronda siguiente nunca acababa de llegar.

—Son buena gente. Además, de dinero.

Un domingo de los que acompañó a su hermano, se fijó en ellos con más atención. No eran obreros, ni artesanos, ni siquiera empleados de aquellos que solían dejar pasar el tiempo al otro lado de un cristal en los bancos recién abiertos de la villa. Por el contrario, eran gente de dinero que se hacía notar al primer golpe de vista.

—De modo que éste es tu hermano, ése del que hablas tanto.

—Éste es. Aquí le tienes para lo que haga falta; sólo quiere un hueco donde meter la cabeza.

—Parece chico listo.

—Tonto no es, y además callado como un muerto. Se puede confiar en él.

—Lo tendremos en cuenta, si vale tanto como dices.

—Eso creo yo.

El otro le miró extrañado:

—¿Así? ¿Sin saber de lo que se trata estaría dispuesto?

—Por algo hay que empezar, ¿no crees?

—Tienes razón —sonrió el otro, complacido—. Si hay que arriesgarse, se la juega uno y en paz. De cobardes nunca se dijo nada. Ni siquiera una línea en el periódico.

Aquellos nuevos amigos gustaban de ir sobre todo en coche. Apenas sabían moverse a pie, incluso en los días de gira. Tras la comida, solían detenerse en algún discreto rincón del monte y disparaban a los árboles con un par de pistolas niqueladas.

—¿Qué? ¿Te gustan? ¿Verdad que son como un juguete? —le habían preguntado a Martín—. Cada una cuesta un dineral porque matan lo mismo que las de verdad, pero, eso sí, son mucho más discretas. Vamos, prueba a tirar. Tiene que dar gusto matar con ella a los que te fastidien.

—¡Qué cosas se te ocurren! —había exclamado uno

del grupo—. Una cosa es tirar a asustar y otra andar por ahí cargándose a la gente.

—Depende de las circunstancias.

—Lo que es cuando la bala sale, no hay circunstancia que valga, nadie la para.

Mientras hablaba apuntaba a un invisible blanco imaginando los disparos, que imitaba con un chasquido de labios.

Sus manos blancas, sin una huella de carbón, gozaban como las de los niños matando con la imaginación. El hermano disparaba también y nada tenía que envidiar a los demás. Su mano diestra, sin el negro guante de apuntillar caballos, se mantenía quieta y firme, pero igual de segura a la hora de acertar. Después, en tanto los otros le felicitaban, se volvía hacia Martín insistiendo a su vez:

—¿Qué te parece? ¿Quieres probar también?

Martín se negaba; se sentía ajeno, diferente a él, a aquel grupo de amigos que a saber dónde había encontrado. Tan sólo en un detalle se parecían: en su interés por la prensa, a la que cada mañana echaban un vistazo en el casino. Como los dos hermanos no eran socios, debían contentarse con los comentarios, que nunca faltaban a la noche.

—En Madrid ha habido detenciones. Por lo visto, encontraron municiones.

—Ya estamos como hace tres años.

—Sobre todo en Sevilla: allí no pasa un día sin que descubran algo. Hasta ellos mismos se pelean entre sí. El día menos pensado aparecen por aquí.

—Aquí les estaremos esperando. De una vez hay que cortar por lo sano; si no, tendremos amenazas para rato.

El que hablaba no había terminado su discurso cuando ya un camarero le llamaba desde el otro lado del cristal.

—¿No te decía yo? —dijo al amigo, entrando a toda prisa—. Vamos a ver qué nos preparan hoy.

En tanto el otro esperaba, dos hombres desnudos de cintura para arriba avanzaban por la plaza del casino.

—Seguro que son dos esquiroles —explicó el camarero—; como no les ayuden, mal lo van a pasar.

El amigo echó mano al pantalón y, sacando al aire aquel juguete niquelado, bajó al pie de la escalera que se abría a la plaza donde ya el hermano de Martín esperaba. Cuando por fin los perseguidos consiguieron ganar el interior del casino, una hostil multitud fue rodeando poco a poco al que llevaba el mando y a cuantos le rodeaban.

—¿Qué andáis buscando? Al que dé un paso más, me lo cargo.

Los que iban en cabeza frenaron a los demás pendientes de los destellos del juguete, que de pronto se encendió en las manos del amigo. En la primera fila, un hombre se llevó las manos al chaleco, donde un punto rojo reventó de repente al tiempo que llegaban guardias de asalto dispuestos a poner fin a la contienda. En tanto cargaban al herido, preguntó el teniente:

—¿Qué pasó?

—Dos que iban a linchar —respondió el amigo—. Menos mal que conseguimos impedirlo.

—Si no es por nosotros, no lo cuentan.

Al día siguiente fue el entierro: aquella mancha roja, pequeña en un principio, creció tan aprisa que la víctima ingresó ya cadáver en el hospital.

En el cortejo, al que asistieron todos los partidos, vio Martín por vez primera mujeres de uniforme. Pensaba en Marian cuando sintió de pronto un rudo golpe sobre sus espaldas.

—Mala ocasión para encontrarnos, compañero. ¿Qué tal Ventura y los demás?

Le costó reconocer a Quincelibras, más delgado que nunca, pero firme y sincero como siempre, dispuesto a conocer la suerte de los otros.

—¿Qué tal el santero?

—Nadie sabe dónde anda.

—Entonces, estará en el cielo. A lo mejor puede seguir allí con el negocio. ¿Y tú? ¿Qué tal marchas?

—No me puedo quejar. Del bar a casa y de casa al bar.

—¿Se notó mucho allí lo de las elecciones?

—Al principio sí, luego regular.

—Un día de éstos voy a acercarme; Ventura y tú andáis algo bajos de moral.

—De moral vamos bien; lo que faltan son ocasiones.

—Compañero —le miró fijamente—, las ocasiones se buscan, o se inventan —lanzó una mirada al féretro— Hasta los muertos sirven para eso. Mira ese que va delante: maldito si en su vida se metió en estos trotes; sólo la mala suerte de pasar por delante del casino cuando querían linchar a los dos esquiroles. Lo mataron y ahí va hecho un santo, con bandera y todo. A nosotros nos vale; total, a él, ¿qué más le da donde quiera que esté?

Martín vio en sus ojos un destello de burla parecido al que tiempo atrás asomaba cuando azotó al santero ante las Caldas y, sin saber por qué, decidió en aquel mismo instante volver a ellas ahora que el verano ya parecía abrirse paso en un cielo sin nubes. Se dijo que, con el padre muerto y la hermana casada, ya poco le ligaba allí, ni siquiera sus recuerdos de niño, ni mucho menos aquel Quincelibras simpático y cordial entre mujeres de uniforme, mineros en traje de domingo y periodistas pendientes del cortejo. Abajo, al menos en el breve sendero que llevaba desde el bar a la casa, su vida corría ahora al filo de una antigua esperanza que no sabía bien si aborrecía o deseaba. No dijo nada a nadie y, una vez sus papeles en regla, abandonó la villa emprendiendo el camino de vuelta.

XXXV

Por fin las Caldas abrieron sus puertas. Ante sus muros recién encalados, el tiempo parecía haberse detenido. Afuera quedaban los sucesos de la villa y de la capital. Al otro lado del jardín se borraban los rostros hostiles, los pasquines pegados a los muros y los puños en alto amenazando. En el jardín, más allá de los muros o en torno a la capilla, las tardes transcurrían como un mar de silencio roto tan sólo a veces por los murmullos de la brisa o las charlas a media voz de los enfermos. Todo marchaba por el sendero de años anteriores; incluso con el mismo médico, que no tardó en ocupar su despacho habitual, y el cocinero, con sus bigotes cada vez más largos. Tan sólo faltó a la cita el capellán. Para ocupar su puesto vino otro párroco de la capital, que en un cansino caballo aparecía los días festivos. Antes de echar pie a tierra, saludaba:

—Buenos días, Marian.

—Buen día, don Manuel.

Aprovechaba el viaje para comer y cenar. A la tarde, entre dos luces, volvía a perderse a lomos de su magro jaco, que parecía conocer el camino de memoria.

—¿No le da miedo andar solo a estas horas? —le había preguntado Marian.

—El señor me protege —respondió—, y además tengo éste.

Y, alzándose de golpe la sotana, le había mostrado, terciado sobre sus pantalones, un antiguo revólver capaz de derribar una res de un solo disparo. Luego, como si se tratara de correr un nuevo riesgo, preguntaba a Marian:

—Y tú, ¿cuándo te casas?

—Cuando usted quiera.

—Entonces, el mes que viene. O, mejor, antes.

—Habrá que amonestarse.

—¿Y quién se va a oponer? Mejor casarse que quemarse. ¿Tenéis en regla los papeles?

—Martín trajo los suyos de la villa. Los míos los estoy esperando.

—Pues vete preparando. En cuanto lleguen, la boda es cosa hecha.

Todo el servicio, del cocinero a las criadas, pareció aceptarla de buen grado cuando Martín volvió con los papeles en la mano. No faltó en tal ocasión quien pensara en el amo, pero el señor de las Caldas se limitó a regalarles un moderno aparato de radio como encargándoles de tenerle al día, librándole de pasar por el bar para saber lo que en el país sucedía.

El señor de las Caldas dejaba pasar los días eternamente pendiente de la prensa, satisfecho de haber puesto su modesto reino en manos de Marian. El tiempo le había dado la razón: la autoridad se mantenía, el negocio corría más próspero que nunca.

—A este paso te acabaré nombrando socio —solía repetir entre bromas y veras, echando una ojeada a la terraza—. Se lo diré a mi hermana, a ver qué le parece.

—Mejor me paga antes lo que me debe.

—Con qué cosas salís a veces las mujeres.

Mas no era ella, sino Martín, quien hablaba por su boca. Desde la boda parecía empeñado en imponer su mando incluso sobre el mismo Ventura, que, ahora más silencioso, solía espiar la carretera desde que amanecía.

—No sé qué tiene ese hombre —se quejaba Martín aludiendo al amo—, pero todos los que trabajan para él pasan el día protestando.

—¿Quiénes protestan?

—La mayoría, menos tú.

Marian se le quedaba mirando sin que un solo reproche saliera de sus labios.

—El cocinero, por ejemplo —insistía Martín—, dice que en cuanto pueda se larga.

—¿Y quién más?

—El jardinero y alguna que otra criada.

—Está bien, que se vayan. Ya encontraremos otras.

—No discutáis por eso —mediaba Ventura—. Hay

cosas más importantes en que pensar ahora. En Madrid vuelven a andar a tiros por la calle. Lo ha dicho la radio del bar.

—¡Menuda novedad! —comentaba Martín de mal humor.

—Esta vez es distinto. Mataron a un pez grande.

—¿A quién?

—A un ministro, creo. Le fueron a buscar a casa y después dieron aviso de que estaba en el cementerio.

—¿Tan importante es como dices?

—Total, nada. El jefe de la oposición o poco menos.

Ni Martín ni Marian sabían a ciencia cierta lo que el título suponía, pero no era preciso sino lanzar una ojeada al rostro preocupado de Ventura para comprender que algo estaba a punto de jugarse de nuevo, quizás la libertad de todos, o puede que la misma vida.

El dueño del bar, tal vez pensando en su negocio, trataba de calmar a los clientes:

—No pasará nada, como siempre. Echarán tierra encima y en llegando el otoño ya veremos. Mientras tanto, sólo queda verlas venir en paz.

Pero Ventura seguía en sus trece, pegado a la radio, ajeno a naipes y vasos, sembrando sin querer la inquietud en los demás.

—¿Qué adelantas con pasar así toda la noche? —le decían—. El día que se arme, ya te enterarás.

—Es que quiero saberlo antes.

—Y eso, ¿quién lo sabe? Cuatro banqueros y tres generales. Los demás, como tú y como yo. Menos el santero, que debió de olerse la tostada y puso tierra por medio.

—Hizo bien. Si en ésta le cogen, no se salva de acabar en el río.

—Mientras no acabemos los demás...

—Después de todo, no estaría mal. Allí no hay preocupaciones.

—Vaya charla más necia —concluía el del bar—; a lo mejor acabamos todos en el monte.

Martín pensaba que nada cambiaría en tanto los enfermos continuaran en las Caldas. Y allí seguían atentos siempre a los consejos del médico, pendientes del baño y la comida, del vino, sobre todo, cuyo nivel, marcado en la botella, solían comprobar antes de que la retirara la sirvienta. Por encima de su salud maltrecha, sobre sus huesos ruines, Marian se sentía dueña y señora de las Caldas, lejos del amo y de Martín, ahora ordenándolo todo, desde el carbón de las calderas hasta el dinero que se gastaba en la cocina. Su único fracaso consistió en llevar su propia radio regalo del amo desde su casa al comedor, donde permanecía callada casi siempre. Para ella misma, como para la mayoría de los clientes, apenas existía; tan sólo la ponía a ratos, cuando a solas, en tanto los demás reposaban la comida, se tumbaba en el sofá de mimbre tratando de conseguir siquiera un leve sueño. La música, la voz monótona del locutor, la sumían en un cálido sueño. Tan pronto la devolvían a sus años de niña a la sombra del padre, como a los primeros encuentros con Martín en el monte poblado de helechos. En ocasiones se sentía inocente, otras frío verdugo de sí misma, incapaz de ir más allá de su propia ambición por mucho que hubiera de sacrificar. Y a veces también se veía en el azul más allá, dando la mano a una feliz hermanastra limpia, pulida, de su mismo porte, de rostro parecido en arrogancia. Luego, cuando el leve paso de alguna criada la devolvía a este mundo, daba vuelta al botón del aparato y su silencio la tornaba a la realidad. Era como tener a mano un confidente que jamás preguntaba, siempre dispuesto a escuchar sus quejas o alegrías sin pedir nada a cambio, salvo un poco de fe cada vez que su luz diminuta se encendía. Cuando dejaba de cantar, anunciar, advertir, el mundo en torno se ponía en marcha y girando, girando llegaba la hora de la cena, que anunciaba el camino de vuelta a casa.

Así los días transcurrían defendida del mundo y de sí misma, con Ventura y Martín unidos como antaño, siempre a la espera de noticias, imaginando un porvenir que nunca parecía al alcance de sus manos.

—Un día de éstos liamos el petate y nos largamos —solía declarar Martín, incluyendo a Marian en sus proyectos.

—¿Y qué piensas hacer?

—Por lo pronto salir de aquí. Luego buscar en otro

sitio, aunque sea Madrid. Allí se puede poner un negocio. Por ejemplo, un bar.

—Pero ¿tú entiendes de eso? —preguntaba Ventura.

—Yo no, pero ella sí —respondía Martín—. Quien
dice un bar dice una casa de comidas. —Y añadía, son-
riendo—: Haremos un precio especial a los de la Asociación.

—Y Marian, ¿qué dice?

—De momento, nada. Antes quiere tener en la mano
ese dinero que le debe el amo. Luego, cuando el otoño
llegue, esta casa se vende al primero que la quiera. La
madre, por lo que se ve, no tiene trazas de volver, y del
padre nadie da razón, de modo que tonta sería si trabajara más por la mitad del dinero que merece.

—Y tú, ¿qué pintas en todo eso? Porque en las
Caldas ella lo hace todo.

—Yo, buscarme un trabajo, como siempre.

—En Madrid es distinto —el rostro de Ventura cambió de pronto—; allí son brazos los que sobran.

—Algo se encontrará.

El párroco fue el primero en faltar a su cita habitual
con los enfermos. En vano le esperaron el domingo siguiente.

—Es raro. Él suele ser puntual.

—A lo mejor se le pegaron las sábanas. Tendrá alguna boda.

—Lo que tiene son demasiados años a cuestas. A su
edad sólo se está para comer y alguna que otra buena
siesta.

El segundo en marchar fue un concejal cargado de
hijos y criadas. Tras pedir cuenta y coche, partió para
la capital con su nutrida tropa casi rayando el alba. El
ruido del motor arrancó de su sueño a Martín, que preguntó a Marian:

—¿Qué pasa?

—No lo sé —respondió revolviéndose en las sábanas—, parece que alguien se marcha.

—¿A estas horas?

—Alguno que tiene prisa —concluyó Marian tratando de ver algo desde la ventana.

De mala gana tuvo que vestirse, pasarse el peine y mojarse la cara para hacer el camino hasta el despacho del amo y averiguar qué sucedía. Junto al estanque halló al jardinero charlando con un grupo de criadas medio dormidas aún, pero inquietas, lo mismo que el amo, en el comedor, pegado al altavoz de la radio. Viéndole tan temprano fuera de la cama, repitió la pregunta:

—Pero ¿qué sucede?

—Nada, nada. Sólo rumores.

—¿A estas horas?

—La cosa empezó anoche, me parece.

Marian, oyéndole, viendo su rostro a la vez preocupado y lleno de esperanza, se preguntó cuál sería la causa de aquella súbita huida, de todo aquel revuelo de criadas, mas la tranquilizó la presencia de unas cuantas familias que, como de costumbre y a pesar de la hora, se preparaban para ponerse en manos del bañero, ajenas a la radio, que el amo acabó apagando. Como Martín, llevaban tanto sueño dentro que sólo a mediodía conseguían borrarlo del todo. Marian, en cambio, debía madrugar y por lo tanto su presencia tan temprano llamaba menos la atención que la del amo, preocupado por la partida del concejal.

Fue a la noche cuando la despertó un nuevo alboroto de campanas y voces anunciando, como meses atrás, una noticia inesperada. Tras encender la luz, vio la cama vacía y, vistiéndose a toda prisa, bajó hasta la carretera a averiguar la causa de aquel rumor desconocido que unía al bar con las Caldas encendidas. El camino junto al estanque de la infanta hervía de luces y sombras que a la postre rodearon la capilla. Vio surgir una gran llamarada que a poco la envolvía toda de la puerta a las vigas, convertidas al instante en humo y pavesas blancas.

A toda prisa hicieron los enfermos sus maletas en tanto el coche se iba llenando a rebosar. Todo el mundo parecía dispuesto a escapar y fue preciso acomodar a los viajeros de pie, en el pasillo o incluso en los asientos del techo, habitualmente desiertos.

Cuando el autobús rindió su último viaje rumbo a la capital se formó en el Arrabal el primer comité, que presidió Ventura. En la torre humeante aún de la capilla se colgó un trapo rojo y, en tanto de los vecinos caseríos bajaban nuevos grupos de paisanos, el camino de la capital quedó cortado por una barrera de troncos y carros.

—Ahora falta con qué hacer frente a los guardias cuando lleguen —murmuró Ventura preocupado.

Pero armas no tenían, todo lo más alguna vieja escopeta y la carabina del guarda del monte, requisada al instante con unos cuantos cartuchos. Fue inútil que Marian intentara convencer a Martín de que en las Caldas tampoco las había. El comité, con Ventura a la cabeza, entró en ellas hallando sólo un revólver tan viejo como el edificio.

—Las tropas de Marruecos se han sublevado —hizo saber al cocinero, asustado ante aquella visita a tales horas.

—¿Qué tropas? —preguntó Marian.

—Ya os enteraréis —respondió Ventura. Y, con un «¡Viva la República!», el grupo se despidió tras lanzar en torno una ojeada.

Aquella noche, ya con el amo huido, trataron de quemar las Caldas. Las salvó quizás un extraño respeto, como si el dueño continuara allí, en su despacho. Tan sólo Martín volvió a llevarse la radio regalo de boda. Cuando al fin la encendieron en casa, el altavoz ya hablaba de vecinas aldeas en pie de guerra, de nuevos desembarcos en el Sur, de insólitas venganzas, de comités y comandancias, de muertos y heridos disfrazados con el nombre de «bajas».

Un huracán de sangre y ruinas parecía alzarse sobre el país como en tiempos de la infanta, asolando campos invisibles, caseríos remotos, aldeas escondidas al compás de los partes que cada noche traía la voz de la radio, que Marian solía encender.

—¿Qué escuchas —preguntaba Martín—. Apaga y duérmete. Bastantes desgracias tenemos aquí.

—Estaba esperando las noticias.

—Ya lo dirán mañana. Cuanto más te preocupes, peor. Si algún día la guerra se acerca, los primeros en saberlo seremos nosotros.

Parecían haber vuelto los días de aquel famoso octubre al que todos se referían a diario, pero menos violentos, como si esta vez los que los promovían estuvieran seguros de contar a su favor con el tiempo. El antiguo concejo se convirtió en Comisión Gestora, que comenzó a incautar bienes y casas.

—De ahora en adelante —explicaba Ventura— todo será de todos.

Y en torno a él callaba un círculo de rostros preocupados, de oídos atentos y ojos atónitos.

Las Caldas, con su señor huido y Marian refugiada en casa, quedaron incautadas de inmediato, convertidas en almacén de la comunidad, donde acabó todo cuanto se requisaba. Pronto las habitaciones quedaron repletas de somieres y colchones, camas desarmadas, repuestos de automóvil, revueltos con sacos de grano y paja.

Tras de ellas llegó su turno al molino.

—¿Quién va a encargarse de él? —había preguntado el padre de Raquel.

—Seguirás trabajando, pero de ahora en adelante pertenece al pueblo. —El de la aceña miró a su mujer, en tanto Ventura concluía—: Como nosotros respetamos la libertad de cultos, cada cual en su casa puede hacer lo que quiera con tal que no intervenga en asuntos de guerra.

Así el molino quedó también requisado, y a la noche, cuando en las trincheras se mudaban las guardias, la madre de Raquel preguntaba al marido:

—¿Tú estás seguro de que no nos lo quitarán?

—¿El qué? ¿El molino? Lo oíste como yo. Además, nosotros nunca nos metimos en nada. Nosotros trabajamos sólo para nuestro Señor.

—Entonces, ¿esta guerra no va con nosotros?

—Es cosa de católicos. Mientras estemos quietos en casa, no ha de faltar quien vele por nosotros.

Y los dos, confortados, dormían más tranquilos.

La Comisión Gestora montó una comandancia encargada de defender un frente que no existía, pero que mantenía un centinela en la ermita. Era una guardia inútil; en vano los prismáticos vigilaban el tranquilo horizonte sólo animado por alguna hoguera de verano o disparos remotos que hubieran podido ser de habituales cazadores. Con el chófer de las Caldas huido con coche y todo a la sombra del amo, fue preciso organizar nuevos transportes desde retaguardia, una vez agotadas las primeras reservas de sal, harina y vino. A fin de no llamar la atención del enemigo ni provocar su fuego, se tuvo que volver a los caminos trazados junto al río en tiempos de la infanta, por los que a buen seguro fue y vino en vida tantas veces. La corriente, menguada en verano mas demasiado fría ya para septiembre, lamía sus costados en repechos tallados en la roca, roídos por el viento, que otra vez se animaron con el rumor de los cascos y el aliento de caballos cargados de escasa munición, de unos pocos pellejos de aceite. El hambre comenzó a sentirse como siglos antes y, como entonces también, no era raro encontrar a la sombra de los puentes el perfil de un furtivo pescador acechando alguna buena pieza a la que hincar el diente.

Volvió la caza a las alturas. De nuevo se tendieron cepos cerca de los arroyos, donde tórtolas y mirlos quedaron convertidos en festín apetitoso. Lo mismo sucedió con las palomas, que no volvieron a cruzar los pastos ni los pulidos ribazos del molino. A veces, cuando se retrasaba el suministro, no era raro sorprender a los de los vecinos caseríos llorando de hambre, que no sabían cuándo podrían saciar. Fue preciso ayudarles en lo que se podía disparando sobre todo aquello que en el monte se movía, aun a riesgo a veces de acertar a algún vigía de la Comisión pendiente de descubrir al enemigo. Y no sólo los caminos de la infanta volvieron a servir como en sus tiempos, recién construidos, también el monte se tornaba vivo a su vez en días de acecho, junto a los manantiales que era necesario vigilar tras jornadas de duro caminar.

De noche, aquellas armas se volvían no contra solitarios animales, sino buscando en las sombras oscuras siluetas que trataban de pasar al otro bando. Sólo alguna se detenía obediente al grito de los que seguían sus pasos. Casi todas preferían morir; unas, matando; las más, de bruces contra el suelo como siervos de aquella tierra miserable.

XXXVI

Y LA GUERRA, por fin, se hizo presente en el horizonte, cuando el centinela de turno descubrió a lo lejos, por la carretera, una punta de tropa que caminaba lentamente. Sus armas brillaban al sol sobre tranquilos mulos.

El centinela pasó pronto aviso:

—Camarada, ya están ahí.

Y al punto la reducida tropa se movilizó: unos cuantos dispuestos a defender el paso de la ermita y Ventura, con Martín y el del bar, detrás de la barrera improvisada para cortar la carretera.

Aquella noche las cumbres se animaron por primera vez con un rumor de disparos a los que el día sumó profundos estampidos.

—Ésos son morteros —murmuró el del bar.

Y, como dándole la razón, el suelo en torno de los tres tembló con un rosario de explosiones.

—Si son morteros, de aquí no salimos.

—¡Calla de una vez! —gritó Martín, nervioso—. Mientras resistan los de la ermita, nada se ha perdido.

—Ahora va de veras. Ojalá que la suerte no se repita —sentenció el del bar—. No volveremos a tener otra ocasión de morir o matar.

Mas la guerra en el fondo del valle se redujo a unas cuantas escaramuzas en las que Ventura y los suyos llevaron la peor parte. Consiguieron defender el paso de la carretera durante medio día, pero, a la postre, tuvieron que ceder. Resultaron inútiles las órdenes y gritos del dueño del bar. La trinchera cedía poco a poco y fue preciso buscar nuevo refugio entre los álamos. Allí estaban los que aún quedaban aguantando cuando vieron avanzar a los padres de Raquel sin hacer caso del fuego de ambos bandos.

—¿Se han vuelto locos? ¿Qué hacen? —gritó el del bar.

—Nosotros no entramos en esto, nos vamos a la capital.

—Eso se piensa antes, compañero. Échate a un lado, que ésos tiran a dar.

Mas el padre de ·Raquel no hizo caso. Fueron precisos nuevos disparos para hacerle buscar refugio en las Caldas, siempre pendiente de la mujer a su lado.

—Me parece —murmuró a media voz— que es el camino que nos queda. Pongamos nuestra esperanza en manos del Señor.

—Mejor salir de aquí —propuso Ventura.

Ya estaban todos decididos cuando por el sendero de la ermita vieron bajar a toda prisa a parte de sus defensores. Sólo eran tres o cuatro; unos sangrando, otros arrastrándose, al fin consiguieron evitar los disparos de los que les seguían hasta acabar bajo los mismos álamos.

—¿Son muchos los que vienen? —preguntó el del bar

—Muchos, demasiada tropa. Nos van a cercar.

Y, dando la razón a sus palabras, surgió de entre los avellanos una vanguardia de color de la tierra apuntando al valle con sus oscuros mosquetones.

Fue inútil intentar escapar, buscar nuevo refugio en las Caldas. Al acabar el día, aquellos muros que debían haberles defendido se hallaban convertidos en prisión de todos donde cada cual procuraba adivinar qué destino le esperaba.

Los bisoños, sobre todo, preguntaban a los más veteranos:

—¿Tú crees que salimos de ésta, compañero?

—¿Quién sabe? Depende de que te avalen o no.

—Yo tengo un tío fraile, hermano de mi madre.

—Pues no te olvides de decirlo. A lo mejor te echa una mano. Depende de qué oficial te toque. Con los chavales no se portan mal. Con los demás ya es otra cosa. De todos modos, si te preguntan, tú no sabes nada, ni siquiera los nombres de los que mandan. Para ti murieron todos.

—¿Y si luego se enteran?

—No sé cómo. Los muertos callan siempre. Además,

lo malo viene luego; no tienes que preocuparte ahora

—¿Qué viene? —preguntaba el bisoño, preocupado.

—Ya lo sabrás cuando te llamen a declarar. Aunque tú, a lo mejor, te salvas por la edad.

El oficial que mandaba la tropa no se portó mal: se limitó a anotar el nombre de los presos y preguntar a unos cuantos sin mostrar demasiado interés, como si confiara poco en sus declaraciones. Luego reunió a sus hombres y, tras dejar un pequeño retén en el Arrabal, se perdió carretera adelante, días antes de que llegaran los del servicio de información.

—Ésos son los peores —anunció el veterano—; como a esos les dé por sospechar de ti, ya te puedes ir preparando.

Todos los vieron llegar preocupados; Ventura más que nadie, cuando reconoció a «Tejón» como jefe del grupo. También «Tejón» le reconoció a su vez, pues nada más llegar fue en su busca encarándose con él. Le miró de los pies a la cabeza recordando en alta voz:

—Tú estuviste en el hotel conmigo.

—No sé de qué hotel hablas.

Ante el silencio inmóvil de los otros, sonó una bofetada que Ventura aguantó sin rechistar.

—Deja de hacerte el tonto. Lo sabes de sobra.

Ventura ahora estaba seguro de quién había sido el causante de que la fuga de la cárcel se frustrara. Tal como los demás aseguraron, ninguno se fue del pico; el culpable había sido «Tejón», que ahora mantenía una charla amistosa con el dueño de las Caldas, recién llegado de la capital.

Se les veía entrar y salir, recorrer los pasillos de las Caldas envueltos en el constante lamentarse del dueño.

—¡Alguien tiene que pagar estos destrozos!

—No se preocupe —replicaba «Tejón»—. Pagarán. De eso me encargo yo.

Y, pensando en el futuro escarmiento, los dos se encerraron en el despacho del amo.

—¿Qué andarán tramando? —preguntó el bisoño, preocupado.

Y el veterano le miró en silencio. Sólo al cabo, Ventura comentó sombrío:

—Nada bueno. Me parece que para unos cuantos la guerra terminó.

El primero en ser llamado a declarar de nuevo fue el padre de Raquel.

—Yo no tengo nada que ver con esto —afirmó antes de que le preguntaran—. Yo nunca me he metido en nada.

—¿Y te parece bien vivir así mientras los otros dan la cara? Tú eres protestante, ¿no? ¿Desde cuándo?

—Desde que el Señor me iluminó.

—Pues ya puedes irle pidiendo que te salve.

—Pero ¿qué he hecho yo?

—Mira, amigo —respondió «Tejón»—: para nosotros, protestante es lo mismo que masón. A todos vosotros que vais contra la gente de orden os vamos a mandar a criar malvas, ¿entiendes? Mientras aquí se pasa hambre, vosotros engordáis con esas ayudas que os mandan de fuera.

De tan poco sirvieron sus protestas, como el silencio de Ventura. Los dos, junto al del bar, acabaron ante las tapias del cementerio, que quizás Quincelibras vigilaba desde lo alto del monte donde quizás hubiera vuelto en busca de cobijo.

El padre de Raquel fue el primero en caer de rodillas, como pidiendo perdón no a los que los mataban, sino al mismo cielo.

—Señor —exclamó ante el pelotón que le apuntaba—, en tus manos estoy; he llegado al final de mi camino. No me juzgues por mis pecados: por el contrario, recíbeme en tus brazos, dame valor para hacer cara a mi destino.

Cuando cayó a tierra, «Tejón» pensó que su cuerpo no era digno de descansar junto a los de los católicos y lo mandó enterrar a orillas del molino, en su propio prado, donde la mujer iba a velarle cada día.

Martín, al verla, preguntaba a Marian:

—Y a mí, ¿por qué no?

Y Marian, a su lado, alejaba los ojos de las Caldas.

—¿Por qué yo no? Di —insistía Martín—: ¿hablaste con él?

Marian calló durante largo tiempo, hasta que al fin respondió:

—¡Claro que hablé! Por eso estás vivo todavía. Y por eso no te movilizan.

Desde entonces, Martín odió aún más a aquel al que nunca quiso deber dinero y ahora debía nada menos que la vida. Su destino, como el de Marian, quedaba al fin a merced de aquel aval que ahora pesaba como una espada sobre sus cabezas. Tal como adivinaba, había entrado a formar parte de aquella rueda que, años atrás, a tantos unía a cambio de un modesto pasar.

Y, por si fuera poco, el recuerdo de Ventura le perseguía ahora noche tras noche.

—¿Qué sacas con pensar en él? —trataba de animarle Marian.

Pero era inútil intentar borrar su memoria. Apenas se apagaba la luz, su rostro aparecía cubierto de sangre y fango, destrozado el mentón, rotos sus labios. A fin de cuentas, la libertad que ahora gozaba había venido de la misma mano que firmó su sentencia de muerte, igual que la de tantos otros muertos, heridos a ambos lados del monte. Ahora el trabajo de Marian, sin enfermos ni baños, se había reducido a esperar también el final de la guerra, constantemente anunciado y aplazado y del cual en cierto modo dependía su suerte.

Peor había sido la del dueño del bar, apaleado, o el mismo guarda del monte, acusado de llevar o traer paquetes y noticias, o alguno que otro, solamente por escuchar las noticias de la radio.

—A fin de cuentas —murmuraba Marian—, no hay que quejarse tanto; nosotros nos salvamos. Todo esto es cosa de dos días; lo dice el parte.

Y, ante un Martín cada vez más sombrío, el altavoz anunciaba nuevas llamadas a filas, juicios, partes de guerra, discursos repetidos hasta la saciedad, colectas y amenazas mezcladas con consignas patrióticas.

Después vino un tiempo de mísero abandono. Por todas partes aparecieron nuevas huertas repletas de verdes navicoles. Los pocos vecinos del Arrabal que restaban todavía parecían resucitar cada mañana.

Hasta la misma infanta, quién sabe si en busca de un cantero de pan, volvió un día a la luz en su rincón de sauces. Fue al levantar de nuevo la capilla cuando el pico que Martín manejaba dejó al descubierto su imagen inmóvil, labrada en blanca caliza. Allí estaba con su corona ciñéndola las sienes, las manos juntas y el vestido sujeto por un grueso bordón, mirando al cielo del estío. Sin embargo, ninguno la reconoció; corrió la voz de que era la imagen de la Virgen enviada para velar por todos y pregonar años mejores. Ocupó el lugar principal de la capilla, recién restaurada, y el mismo obispo escribió una oración en su homenaje, bautizándola con el nombre de Nuestra Señora de la Buena Muerte.

Las Caldas no volvieron a abrir sus puertas y faltaron brazos para segar el grano, molerlo o trillarlo; aquellos que pudieron hicieron su modesta matanza mientras la mayoría volvía al monte en busca de la cosecha de la guerra.

Granadas sin estallar, pedazos de metralla, bombas de mano, todo pedazo de metal sembrado entre los abedules, fue llenando día a día sacos y fardelas camino de un mercado improvisado en el que se tasaba y vendía para fundirlo de nuevo. Hasta que cierto día se escuchó un estampido que pareció a punto de echar a tierra la casa de Marian. Cuando los pocos hombres que aún quedaban se asomaron al corral, hallaron a Martín tiñendo la tierra con su sangre, los brazos convertidos en muñones y la cara deshecha.

No lejos de él, aún encontraron el punzón que le servía para inutilizar las espoletas. Tras la primera cura de urgencia llevada a cabo por el médico del retén, se le llevó a toda prisa a un hospital de campaña donde volvieron cada pedazo de su cuerpo a su sitio, salvo los ojos, perdidos para siempre, con sus cuencas escondidas tras unos lentes apagados, oscuros.

Cuando pisó de nuevo con paso vacilante el Arrabal, ya el amo de las Caldas llevaba cierto tiempo allí, y, como acudiendo a una cita esperada, también entonces apareció Quincelibras.

—¿Qué crees tú que andará buscando? —preguntaba Marian a Martín.

—Vete a saber. Pregúntaselo a él.

Nunca supieron si los del retén entonces se enteraron de su presencia. Bien es verdad que Quincelibras, desconfiado siempre, solía dormir en el monte y sólo bajaba al Arrabal de noche. Y fue un domingo cuando apareció en el bar. Se detuvo en el quicio y anunció en alta voz:

—Vengo buscando al delegado.

La partida de brisca se suspendió al instante en tanto preguntaba el amo, demudado:

—¿Delegado de qué?

—De Orden Público, creo que le llaman.

—Soy yo. ¿Querías algo?

—Sólo charlar un rato.

—Tú dirás.

—De un tal Ventura. ¿Le recuerdas?

El rostro del amo se volvió más blanco aún.

—Claro que lo recuerdo. ¿A cuento de qué viene eso ahora?

—Viene a cuento de nada. Es sólo por el gusto de saberlo.

Poco a poco el bar se vació; en vano el nuevo dueño se empeñó en retener a los escasos clientes haciendo sonar sobre el pulido mostrador los vasos. Al fin, el mismo Quincelibras volvió la espalda sin siquiera despedirse, como una sombra más entre los álamos. En el camino se cruzó con el chófer de las Caldas, recién nombrado comisario de Abastos. «Habría que denunciarle», se dijo éste para sí, viéndole perderse en lo más oscuro del monte de avellanos. «O dar parte a los guardias, o por lo menos avisar al amo.» Mas, cuando se encontró con él a la puerta del bar, no abrió los labios sino para contestar a su vago saludo preocupado.

—¿Qué le pasa? —preguntó al del bar.

—Nada; que anda por ahí uno que está de más en el Arrabal.

—Le acabo de ver. Un día de éstos voy a hablar con el cabo de los guardias.

—Algo habría que hacer antes de que él se nos adelante.

Fuera, el Cierzo sembraba de nubes los pasos que iluminaban todavía haces tenues de perdidos relámpagos. El antiguo chófer pensó en los caballos. Ahora, sin reses que matar, sería preciso bajar unos cuantos.

XXXVII

Ante un estrado que no llega a ver, vecino de una mesa que no toca, Martín va narrando una vez más su historia:

—Así pues, señor juez, el caso es que el tal Quincelibras aquel día no hizo nada a nadie. La verdad es que tampoco nadie sabía a ciencia cierta quién facilitó los nombres de Ventura y los demás a «Tejón», el que les dio el paseo sin esperar siquiera el día siguiente. De todos modos, alguno debió irse de la lengua, pero nunca pudo probarse que hubiera sido el amo que le digo.

El juez hace un gesto de cansancio y ordena:

—Cíñase a lo que importa y siga.

—Pues, como le decía: el tal Quincelibras andaba por allí rondando cada noche con un cuchillo al cinto que ni se molestaba en esconder. Desaparecía, en cambio, todo el día.

—¿Nadie lo denunció?

—Ya sabe cómo son estas cosas. Quien más quien menos, sabía que no andaba solo, que siempre llevaba unos cuantos para ayudarle en caso de necesidad, y la verdad es que todos le tenían miedo, incluso el amo de las Caldas. —Martín hace una pausa como si no le fuera fácil recordar y luego sigue—: Allí hay la costumbre, en el mes de septiembre, de matar una borrega que regalan los pastores, esos que vienen desde Extremadura; seguro que oyó hablar de ellos o habrá oído el cantar.

—Adelante.

—Pues, como todos los años, la matamos, comimos y bebimos hasta acabar en la brisca de siempre. Y allí, en el bar, estaba Quincelibras esperando otra vez.

—¿Lo mató entonces?

—Verá, yo estaba sentado tal que así —Martín se

mueve en la que ocupa ahora— en una silla junto al amo de las Caldas, que como nunca jugaba, iba anotando las partidas. Aún no habían repartido la primera mano cuando el tal Quincelibras se acercó saludando con un «buenas tardes». Yo estaba sentado a la derecha y le reconocí en la voz.

—¿Y el amo contestó?

—Sí, señor; con otro «buenas tardes».

—Siga.

—Entonces escuché que decía: «Algo bueno diera yo por que estuviera aquí mi amigo Ventura»; y, cuando el amo fue a levantarse, añadió todavía: «porque usted mandó a «Tejón» que lo matara, ¿no?» El amo respondió: «Tú de eso no sabes nada; hace ya mucho tiempo.» Entonces Quincelibras echó mano al cuchillo del cinto y, sin mediar otra palabra, le metió un viaje al cuello que le hizo caer de rodillas. Yo le eché mano por debajo del brazo y, según inclinó la cabeza, en un minuto chorreaba sangre como cuando se sangra a un puerco. Puse el pie en el banco para sostenerlo y saber cómo era el tamaño de la herida. Se me ocurrió tomarle el pulso, y pulso no tenía. Le llamé por su nombre, pero no contestó. ¿Ve estos dos dedos de mi mano?, pues los dos le entraban en la brecha de la garganta. El caso es que allí lo tuve sin ayuda de nadie, allí nadie quedó, unos dijeron que se iban por si el que lo mató se metía con ellos, mas la verdad es que ninguno volvió hasta que mi mujer vino a echarme una mano. Tiramos una manta al suelo y lo pusimos en ella, pues, como estaba de rodillas, igual quedaba retorcido una vez frío. Me llamaron a declarar y conté todo esto: la pura verdad, y al día siguiente tuve que repetirlo. No pasó nada más. Sólo que mi mujer heredó algunas tierras que el amo le dejó. La hermana del amo, en cambio, debe seguir en la capital, pegada a la criada. —Martín hace una pausa, suspira de nuevo y concluye—: Ya entiendo, señor juez, que son cosas que tienen poco que ver con el amo y las Caldas pero dígame, por favor: ¿Qué pasa con los hombres para volverse así de pronto? ¿A santo de qué vienen tales odios? ¿O es que llevamos dentro una alimaña que nos hace matar a los demás a la primera ocasión que se presenta? Con leyes y todo, ya ve dónde se llega a veces, hasta a acabar con un viejo, como aquel que dice. Ahora puede que el agua lo borre todo, porque hablan de cerrar la vega y hacer de ella un pantano. Nos comprarán las tierras y puede que vivamos mejor o, por lo menos, trabajando poco. Puede que nos vayamos a la capital, pero no quiero molestarle más con tanta historia. Usted me llamó y aquí estoy; lo que conté es la pura verdad. No sé si servirá o no, pero yo cumplí como debía. A sus órdenes.

Los jinetes del alba no cruzan ya los pasos de la sierra bajo la luna cenicienta que sólo alumbra un gran espejo de agua estancada y sucia. En los meses de lluvia se convierte en un pequeño mar rodeado de apacibles caseríos sobre el cual se cierne alguna perdida gaviota en busca del cercano mar. El tiempo de sequía da cita en torno a multitud de turistas que miran el fondo de limo y ramas donde aún pueden adivinar las ruinas perdidas de las Caldas, lo poco que aún resta en pie del Arrabal y la ciega espadaña, bajo la cual se halla en su trono de piedra y siglos la vaga imagen de la infanta.

La tarde es la hora mejor para asomarse al mirador en que se convirtió la antigua ermita. Con las primeras sombras pueden verse muros intactos bajo techumbres rotas, senderos borrados, inútiles ya desde que se trazó la nueva y definitiva carretera.

La brisa anima en las ventanas algas y mimbres que rizan la tranquila superficie. La infanta, disfrazada de Virgen, mira y calla en torno a medida que las estrellas huyen y aparece en lo alto la mancha de la luna, iluminando muros, silencios, ecos, retazos de una historia que jamás debiera volver a repetirse.

Impreso en el mes de febrero de 1984
en Romanyà/Valls,
Verdaguer, 1
Capellades
(Barcelona)